Я хочу

снова

вырасти

Приведите к лучшему в вас, изменив восприятие и перестроив поведенческие шаблоны.

> "Книга Сумит Гоэль очень понятна и связывает нас с нашим внутренним "я", отправляя нас в путешествие нашей собственной эволюции".
>
> – Анупам Кхер

Translated to Russian from the English version of

I Wanna Grow Up Once Again

Dr. Sumit Goel

Ukiyoto Publishing

Все глобальные права на публикацию принадлежат

Ukiyoto Publishing

Опубликовано в 2023 году

Авторское право на контент © Sumit Goel

ISBN 9789358468168

Все права защищены.
Никакая часть этой публикации не может быть воспроизведена, передана или сохранена в поисковой системе в любой форме любыми средствами, электронными, механическими, копировальными, записывающими или иными, без предварительного разрешения издателя.

Были заявлены моральные права автора.

Это художественное произведение. Имена, персонажи, предприятия, места, события, локализации и инциденты либо являются плодом воображения автора, либо используются в вымышленной манере. Любое сходство с реальными людьми, живыми или умершими, или реальными событиями является чисто случайным.

Эта книга продается при условии, что она не будет предоставляться в виде обмена или иным образом, перепродаваться, сдавать внаем или иным образом распространяться без предварительного согласия издателя в любой форме переплета или обложки, отличной от той, в которой она опубликована.

www.ukiyoto.com

For Dr. Sunil and Madhur Goel

... С которого началось мое путешествие и рост

...Ты живешь в моей памяти

For Anamika, Mohit, Samreedhi, Samidha and Sparsh Goel

... Кто способствовал моему росту

...Ты живешь в моем сердце

For Namrata Jain, Preksha Sakhala, Niyati Naik, Komal Ranka

... Который поддерживал мой рост

...Ты освещаешь мою жизнь

Для всех вас

...Мы будем расти вместе

Говорит Анупам Кхер…

"Я написал книгу о лайф-коучинге, потому что моя жизнь стала моим собственным ориентиром в том, как жить".

Наше восприятие определяет нас. Наше восприятие определяет наши жизненные паттерны. Просто измените свои представления о себе и жизни, вы нарушите стереотипы своего поведения и создадите жизнь, которую выберете для себя сами.

Спросите себя – чему я учусь в этой ситуации? Как это изменило меня? Как это изменило мое чувство цели? Чему это научило меня в жизни?

Когда вы пытаетесь, вы рискуете потерпеть неудачу. Когда вы не пытаетесь, вы гарантируете это.

Помните, что печаль и невзгоды не следует презирать или чего-то бояться; они обогащают человеческий характер. Они вдохновляют нас на стойкость и делают жизнь стоящей того, чтобы ее прожить. *'Жизнь состоит не в том, чтобы пережить бурю, а в том, чтобы танцевать под дождем'*. Проживая каждое мгновение, мы должны испытывать печаль в печальные времена и счастье в счастливые времена.

Откройте себя и следуйте зову своего сердца. Не отчаивайтесь, но вдохновляйтесь жизнью. И поищите в себе эту искру вдохновения. Не одалживай его. Немного самоанализа поможет вам проделать долгий путь на пути к самопознанию. Как только процесс начнется, вы начнете находить ответы на большинство своих проблем, вместо того чтобы чувствовать себя преследуемым.

Воспринимайте трудные времена как этап обучения в вашей жизни. Именно готовность учиться на собственном опыте является решающим отличием успешных людей от не очень успешных.

Я хочу повзрослеть... Еще раз!

Жизнь - это не то, что мы о ней думаем, и не всегда идет в соответствии с нашими планами. Жизнь - это то, что мы из нее делаем. Каждое тяжелое испытание преподает нам ценные уроки. Наши мысли и склад ума во многом определяют то, как мы воспринимаем

что ждет нас впереди. Итак, дайте себе этот шанс. Сделай это таким, каким ты хочешь, чтобы это было. Не позволяйте страху доминировать в вашем сознании. В конце концов, мы сами себе хозяева.

Наша жизнестойкость может стать сильнее только тогда, когда мы принимаем перемены и позитивно справляемся с этими вызовами, а не скрываем и игнорируем возможности, которые перемены могут привнести в нашу жизнь.

Извлекая уроки из прошлого, перестраиваясь, переоценивая и приспосабливаясь к новому, мы всегда будем двигаться вперед с новым энтузиазмом и прививать новый интерес к жизни. Мы все хотим жить счастливой, полноценной и успешной жизнью. Чтобы достичь этого, нам нужно активно понимать, как и когда адаптироваться, от чего отказаться и какие уроки извлечь, чтобы внести необходимые изменения.

Следовательно, *измените восприятие; разрушьте шаблон!*

Книга Сумит Гоэль - очень близкая книга, которая связывает нас с нашим внутренним "я". Это ведет нас по пути нашей эволюции. С первым вздохом, с первым криком мы начинаем большое долгое путешествие под названием *Жизнь*. Взрослея, мы пытаемся понять свою жизнь, самих себя и мир вокруг нас. Эти понимания являются нашими *восприятиями*. Наше восприятие становится для нас реальностью и историей нашей жизни. Наше восприятие приводит к нашим *моделям* поведения. И в большинстве случаев эти модели поведения - это то, от чего нам трудно избавиться. Итак, день за днем мы ведем одну и ту же рутинную жизнь. Мы оказываемся в ловушке жизненных петель. Истории разные, ситуации разные, но наши модели поведения остаются прежними.

Когда мы оглядываемся назад на свою жизнь, нам иногда хочется прожить ее заново. Эта книга проведет вас по пути трансформации, пройдя три этапа осознания, принятия и действия.

Я думаю, если вы посмеетесь над своими неприятностями и расскажете всему миру, что пошло не так, вас ничто не сможет напугать. Когда вы занимаетесь любимым делом и испытываете к нему глубокую страсть, каждый день кажется праздником и хорошо проведенным днем.

"Давайте влюбимся в процесс становления лучшей версией самих себя".

Как я всегда говорю …

Самое лучшее в тебе - это ТЫ САМ!

Твой лучший день - сегодня!

Я искренне рекомендую …

Я хочу повзрослеть... Еще раз!

Измените восприятие и разрушьте шаблон

Анупам Кхер

Международный актер, автор, мотивационный оратор

Пусть путешествие начнется

"В бесконечности жизни, где я нахожусь, все совершенно, цельно и завершенно."

— Луиза

Хей, мы все хотим воплотить в жизнь свои мечты и создать ту жизнь, которую хотим.

Но происходит ли это так, как мы хотим?

В детстве у нас было так много амбиций. Практично это или непрактично, для нас не имело значения. Нам очень понравилось играть эти роли. Мы могли бы разыгрывать тех, кем хотели бы быть.

Но разве, повзрослев, мы не чувствовали … что если бы только это было возможно… если бы мы могли отмотать нашу жизнь назад и сказать себе – *Я хочу повзрослеть… Еще раз!*

Тогда что же останавливает нас сейчас?

Страшно подумать о том, что произойдет, если мы последуем зову своего сердца, когда это кажется не очень практичным. Страшно отказываться от безопасного, предсказуемого существования в рутинной жизни. Страшно делать то, что, как нам кажется, мы не можем сделать. Страшно подумать, что мы можем потерпеть неудачу. Это пугает, когда мы не уверены, с чего начать.

Мы часто задаемся вопросом о смысле или цели нашей жизни. У нас возникают "обескураживающие" мысли, которые, кажется, возникают из ниоткуда. Мы чувствуем себя непохожими на других людей. Отсутствие связи с нашими чувствами отделяет нас друг от друга и разрывает на части. Когда наши эмоции вытесняются, мы испытываем чувство пустоты, как будто внутри нас чего-то не хватает, но не можем определить, чего именно, и нам трудно установить связь. Мы пытаемся перестать быть самими собой, быть включенными в группу, в общество в целом. Мы хотим завести друзей, быть частью социальных кругов. Но в конечном итоге мы чувствуем себя одинокими.

Несмотря на нашу связь через Интернет, многие из нас, как это ни парадоксально, чувствуют себя более изолированными, чем когда-либо. Путь к самореализации, удовлетворенности и расширению прав и возможностей не так прост, как чтение нескольких позитивных мысли. Многие из нас, даже те, кто прочитал все книги по самопомощи, посещал семинары и практиковал техники, чувствуют, что что-то не так.

Это потому, что мы обращаемся за помощью вовне.

Вот как мы живем: ходим в школу, поступаем в колледж, выполняем работу, которая нам не нравится, выходим замуж, заводим детей, откладываем деньги на пенсию и постепенно сдаемся. Мы могли бы перестраховаться. Но это не жизнь, это просто существование. Но мы не хотим так жить.

Все мы когда-то были детьми, и этот ребенок все еще живет в нас. Мы накапливаем свои детские обиды, травмы, страхи и гнев. Важно помнить, что наши родители делали все, что могли, с тем уровнем информации, образования и эмоциональной зрелости, который у них был. Но все же, в самой глубине души, мы чувствуем, что "Что-*то не в порядке*". *Повзрослев, мы думали, что оставили свой эмоциональный багаж позади. Мы думаем, что мы зрелые, мы взрослые люди. Но на любом этапе нашей жизни наш внутренний голос все равно говорит нам – я хочу повзрослеть... еще раз!*

Эта книга могла бы стать лучшим подарком для детей. Но, увы, им еще слишком рано постигать замысел книги.

Эта книга предназначена для подростков и молодых взрослых, которые переживают подходящий момент в своей жизни и "взрослеют", чтобы быть теми, кем они хотят быть.

Эта книга предназначена для всех "зрелых нас", которые чувствуют, что прожили свою жизнь. Ну, не совсем, нам еще предстоит пройти долгий путь.

Это для всех нас... "мы, люди!"

Эта книга - "*путешествие внутрь себя*", в то, как мы жили до сих пор... и как мы выбираем жить дальше!

Поскольку мы решили пройтись по этой книге, нам нужно найти время, чтобы остановиться и поразмыслить.

При первом прочтении этой книги она заставит нас заглянуть внутрь себя. В книге был бы момент, когда каждый из нас почувствует ... *Это моя история!* Намерение состоит в том, чтобы создать *осведомленность*.

Когда мы осознаем свое восприятие и паттерны, у нас возникнет внутреннее побуждение перечитать эту книгу еще раз. Намерение - это *принятие*.

Конечное намерение - это *действие*.

Нам не нужно искать свой путь "где-то там'. Это уже ждет внутри нас, ждет, чтобы раскрыться. Все, что нам нужно сделать, это сделать первый шаг.

Мы решили начать прямо *сейчас*.

Как метко выразился Анупам Кхер ... Твой лучший день - сегодня!

Сделаете ли вы первый шаг?

в полном одиночестве

Я совсем один, выброшенный на берег на острове

Такое чувство, что мои близкие вот-вот отпустят мою руку, я совсем один, заблудился в темном лесу.

Такое чувство, что мои эмоции находятся под арестом

Я совсем один, блуждаю в глубоком синем океане, Такое чувство, что мои сердце и душа потеряли связь, я совсем один, сижу, откинувшись на спинку стула, и смотрю в небо.

Такое чувство, что плакать стало моим хобби, я совсем одна, стою в толпе.

Такое чувство, что я хочу критиковать себя вслух

Я совсем один, озадаченный мозаикой мыслей

Такое чувство, что я дезориентирован всевозможными отвлекающими факторами, я совсем один, мое сердце разрывается от боли.

Такое чувство, что моя самомотивация пропадает даром, я совсем один, мои опухшие веки с сухими глазами, Такое чувство, что я никогда не восстановлюсь, даже если попытаюсь

Я совсем один, моя надежда угасла

Такое чувство, что я нахожусь в темном туннеле без солнечного луча, я совсем один, с разбитым сердцем.

Такое чувство, что мой коллапс вот-вот начнется

Я совсем один, нет ни оправдания, ни причины, по которой я чувствую себя ужасным человеком.

Я навсегда останусь совсем одна

Я хочу, ***я хочу повзрослеть... еще раз***

Подтверждения

История каждого из нас - это история человечества.

Некоторые души просто вдохновляют нас своим существованием.

Я благодарю всех, кого я встретил в этой замечательной жизни, каждую историю, которая вдохновляла, каждую ситуацию, которая сломала меня, чтобы помочь мне перестроить себя. Я выражаю свою благодарность всем вам и искренне надеюсь, что эта книга послужит своей одухотворенной цели.

Анупам Кхер сам по себе является институтом – разносторонне одаренный, актер, автор и истинный мотиватор, который вдохновляет своими поступками. Его поддержка удваивает мой энтузиазм.

Кашви Гала и Нияти Найк кропотливо поддерживали меня с самого начала работы над этой книгой и до ее создания. Я признаю их литературный вклад в эту книгу.

Комал Ранка был настоящим другом, мотиватором и критиком, всегда помогавшим мне сосредоточиться.

Мрице Кукьян, Прекша Сахала, Вини Нанду, Крише Пардеши за вашу искреннюю поддержку, когда она была нужна больше всего.

Паризад Дамания, Дженил Пантаки, Дивья Менон, Рупали Дубей, Випин Дхьяни и многим другим людям, которые благословляли меня, молились за меня и делились своей жизнью и опытом!

Независимо от источника, я выражаю свою благодарность тем, кто анонимно внес свой вклад в эту работу посредством советов, учений, статей, блогов, книг, веб-сайтов и опыта.

Команда Notion Press заслуживает аплодисментов за свой профессионализм, оперативность, дисциплину, организованность и позитив!

Данке! Дханьявад! Спасибо! Спасибо! Спасибо!

Содержание

Раздел 1: Восприятие	1
подрастающий…	2
Восприятие	15
Восприятие одиночества – Психологическое одиночество"	21
Психологически одинокий: 'Я' шторма	27
Психологически одинокий: Я в порядке	35
Психологически одинокий: Я не могу сказать "Нет"	40
Психологически одинокий: Я недостаточно хорош	46
Психологически одинокий: Я Виноват	53
Психологически одинокий: Я неудачник	60
Одинокий психолог: Мне жаль	69
Психологически одинокий: Я лжец	74
Раздел 2: Шаблоны	84
Узоры	85
Внутренние дочерние паттерны	90
Паттерны внутренних детских паттернов	98
Внутренний диалог и скачок во времени	101
Отклонения в мышлении	117
Заблуждение о справедливости	128
Разъединение	136
Искажения	140
Особенность	145
Черты внутреннего ребенка	150
Исследуя наши паттерны	157
Раздел 3: Измените Восприятие, разрушь шаблон	169
Вселенная - это Мысль!	170
Путешествие к преображению	176
Раздражители	185
Почему мы этого не делаем	196
Делать То, Что Мы Хотим Делать?	196
Держусь... Отпусти	208

Неудачи и эмоциональное выгорание	219
Ломка шаблонов	228
просто сделай это …	234
Актер – Наблюдатель – Режиссер – продюсер	244
Осознанность: Жизнь на одном дыхании	254
Изменил восприятие и сломал шаблон	264

Раздел 1: Восприятие

подрастающий…

"Ибо в каждом взрослом живет ребенок, который был, и в каждом ребенке таится взрослый, который будет".
- Детство никогда не длится вечно. Но каждый заслуживает этого."
"Легче вырастить сильных детей, чем восстанавливать сломленных мужчин".
"Все мы - продукты нашего детства".

— Майкл Джексон

подрастающий … Первый год

Детство подобно зеркалу, которое отражает в загробной жизни образы, впервые представшие перед ним. Первое навсегда остается с ребенком. Первая радость, первое горе, первый успех, первая неудача, первое достижение, первое злоключение рисуют передний план его жизни.

Выражение эмоций - это первый доступный младенцам инструмент общения с нами. Они выражают свои эмоции с помощью позы, голоса и мимики с самого рождения. Эти установки помогают нам адаптировать наше поведение к эмоциональному состоянию ребенка. По мере взросления ребенок проходит несколько эмоциональных и социальных этапов своего развития. Начиная с жизни в утробе матери и заканчивая процессом родов и начиная с сонного новорожденного, ребенок вскоре становится бдительным, отзывчивым и заинтересованным во взаимодействии с окружающими его людьми.

Способность младенцев различать выражения эмоций развивается в первые шесть месяцев жизни. В этот период они отдают предпочтение улыбающимся лицам и счастливым голосам. До шести месяцев они могут отличить счастье от других проявлений, таких как страх, печаль или гнев. Начиная с семи месяцев, у них развивается способность различать несколько других выражений лица.

1-й месяц

Новорожденные проводят большую часть своего времени во сне. Им нравится, когда их берут на руки, и они приходят в восторг от того, что их обнимают. Они проходят через различные состояния бдительности. Состояние тихой тревоги - это когда ребенок ласков и спокоен, когда он смотрит нам в глаза, слушает наш голос, осматривается вокруг и привыкает к окружающей обстановке. Активное состояние тревоги - это когда ребенок часто двигается, оглядывается по сторонам и издает звуки. Другими состояниями бдительности являются плач, сонливость и засыпание. Поначалу плач - это единственный способ общения ребенка. Плач постепенно усиливается в первые недели жизни.

2-й месяц

Ребенок начинает проявлять радость, интерес и огорчение с помощью мимики. Они двигают мышцами рта, бровей и лба по-разному. Выражение лица ребенка отражает эмоции, которые он испытывает в данный момент, и никогда не является намеренным. В первые пару месяцев ребенок проявляет большой интерес к лицам воспитателей. Их способность поддерживать зрительный контакт неуклонно возрастает. Они явно предпочитают смотреть на лица, а не на неодушевленные предметы. Ребенок может пытаться имитировать мимические жесты своих воспитателей или очень широко открывать рот. Это означает, что ребенок осознает, что между ним и другими окружающими его людьми есть сходство. По мере того как они становятся старше, подражание становится важнейшим инструментом для изучения новых моделей поведения. Они наблюдают за нами и учатся на том, что мы делаем. Они также начинают интересоваться разговорами людей и тем, как люди по очереди слушают и говорят. Они издают звуки, когда мы с ними разговариваем, и ждут, когда мы ответим. На самом деле, если ребенок плачет, мы можем отвлечь его, просто поговорив с ним. Вероятно, именно тогда у них появится их первая "настоящая" улыбка! Теперь они улыбаются в ответ на нашу улыбку. С этого начинается общение лицом к лицу.

3-й месяц

Плач ребенка теперь начинает затихать. Сеансы улыбки становятся все более оживленными и радостными. Когда ситуация становится слишком эмоционально напряженной, они перестаньте пристально смотреть и отведите взгляд в сторону на несколько мгновений. Это отвращение к взгляду и показывает, что уровень возбуждения ребенка высок. Они начинают издавать звуки всякий раз, когда счастливы и довольны. Им нравится подражать нам и заставлять нас подражать им.

4-й месяц

Ребенок становится лучше в общении с тем, что ему нужно. Они вскидывают руки в воздух, давая нам знать, когда хотят, чтобы их подняли. Мы, в свою очередь, лучше разбираемся в том, что означают их крики. Примерно в это время ребенок замечает проявления наших эмоций, такие как тон нашего голоса, мимика и язык тела. Они имитируют проявления эмоций, которые видят. Если мы проявляем негативные эмоции, они могут отреагировать по-разному. Например, если мы проявляем гнев, они расстраиваются; если мы проявляем печаль, они отводят взгляд и меньше взаимодействуют; а если мы проявляем страх, они становятся пугливыми. Если люди вокруг них спорят или ссорятся, они начинают улавливать окружающие их тревожные эмоции.

5-й месяц

В этом месяце начинается еще одна приятная веха: первый смех ребенка. Они также начинают проявлять разницу в том, как они реагируют на незнакомых людей. Они могут терпеть незнакомца, но могут вести себя тихо рядом с этим человеком. Они предпочитают находиться в окружении людей, которых они знают. Теперь ребенок может выражать гнев и разочарование с помощью мимики. *Они злятся "в данный момент", а не на нас.* Если мы предлагаем им что-нибудь поесть, чего они не хотят, они отворачиваются с выражением отвращения на лице. Ребенок общается с нами, когда показывает, что он чувствует. Если они выражают грусть или разочарование, мы должны решить проблему за них. Если мы начинаем расстраиваться из-за их страданий, нам нужно сначала успокоиться самим, а затем успокаивать их более эффективно. Если мы будем чутки к их чувствам, то в долгосрочной перспективе они смогут лучше справляться с негативными эмоциями, вести себя более дружелюбно и будут психически здоровее.

6-й месяц

Ребенок более заметно подражает нашим действиям и эмоциям. Если мы хлопаем, они тоже пытаются это сделать. Если мы улыбаемся, они улыбаются. Если мы хмуримся, они выглядят грустными или даже могут начать плакать. Им нравится высовывать язык, когда мы это делаем. Ребенок начинает поворачивать голову, когда мы зовем его по имени. Они начинают следить за нашим взглядом и обращать внимание на то, на что мы смотрим. Это начало совместного внимания, которое заключается в способности ребенка координировать свое внимание с нашим. Когда ситуация становится слишком эмоционально напряженной, они совершают множество действий в дополнение к тому, чтобы отвести взгляд. Они могут повернуть голову, выгнуть спину, закрыть глаза, вздрогнуть, посмотреть на что-то другое, повернуться к нам, начать сосать, зевать, подавать знаки или начать плакать. Это признаки того, что ребенок затронут.

7-й месяц

В этом месяце ребенок начинает проявлять еще одну важную эмоцию – страх. Они могут расстроиться, если увидят приближающегося незнакомца или услышат внезапный громкий шум. Мы, в свою очередь, можем стать достаточно защищающими и проявлять заботу по отношению к ребенку, если видим, что он начинает бояться. Хороший способ привлечь наше внимание для них - издать какой-нибудь звук. Игра в прятки становится отличной игрой для ребенка!

С 8-го по 10-й месяцы

Теперь у ребенка появляются выражения лица, соответствующие всем основным эмоциям: интересу, радости, удивлению, гневу, печали, отвращению и страху. Эти эмоции можно испытывать по очереди, но чаще всего они сочетаются во множестве различных комбинаций. Например, если они слышат громкий и внезапный шум, они могут выказать удивление и страх, вздрогнув и приняв испуганный вид. До этого возраста ребенок может испытывать гнев, но не может "злиться на кого-то". Примерно через девять месяцев они только начинают понимать действия людей. Они настраиваются на эмоции других людей. Теперь они могут читать по их лицам и понимать, что они чувствуют. Им по-прежнему доставляет удовольствие копировать жесты и эмоции других людей. Их совместное внимание постоянно совершенствуется, и к настоящему времени они могут указать на какой-либо объект и убедиться, что мы отдаем его им. Совместное внимание имеет решающее значение для социальной

развитие и изучение языка. Некоторые могут казаться немного более серьезными или менее расслабленными с незнакомцами, другие проявляют дискомфорт. Тревога перед незнакомцами развивается потому, что теперь они не только могут отличить знакомых от незнакомых людей, но и развили в себе чувство страха. Страх может активировать их систему привязанности, и они демонстрируют это, пытаясь оставаться физически рядом с нами. Их нелегко будет утешить кому-либо еще. Если они не уверены в том, что делают, они обратятся к нам за поддержкой.

11-й и 12-й месяцы

К концу первого года жизни ребенка они становятся более независимыми. Они хотят прокормить себя и заниматься другими делами самостоятельно. В 12 месяцев они все еще испытывают эмоции в полной мере и с большой интенсивностью. Однако, становясь старше, они учатся регулировать свои эмоции. Это означает, что они начнут более мягко переживать свои эмоции. Они найдут способы конструктивно справиться со своими чувствами. Например, если они напуганы, они могут не плакать и не быть подавленными, как это было бы, когда они были моложе. Вместо этого они обращаются за поддержкой к знакомому воспитателю.

В какой-то момент за последние два месяца ребенок, скорее всего, произнесет свои первые слова. С течением времени, на втором и последующих курсах, они начинают общаться устно. Это новый уровень общения с помощью слов. К тому времени, как ребенок произносит свое первое слово, он уже знает около 15000 слов!

Понимание отношений между родителями и детьми

Отношения между родителем и ребенком - это уникальная связь, которая способствует целостному росту и развитию ребенка. Это закладывает основу для их поведения, личности, черт характера и ценностей. *Любящие родители создают любящих детей*. Дети лучше всего учатся и развиваются, когда у них крепкие, любящие, позитивные отношения с родителями и другими опекунами. Позитивные отношения с родителями помогают детям познавать окружающий мир.

Не существует формулы для правильного построения этих отношений между родителями и детьми. Но если наши отношения с нашим ребенком строятся на теплоте, любви и

благодаря отзывчивому взаимодействию большую часть времени

ребенок будет чувствовать себя любимым и защищенным. Начиная с изучения различных стилей воспитания и заканчивая опробованием различных родительских хаков, мы всегда делаем все возможное, чтобы вырастить счастливых и успешных детей. Но независимо от того, какой стиль мы выберем, в конце концов, все равно все сводится к тому, какие отношения складываются у каждого родителя со своими детьми. Чем крепче отношения между родителями и ребенком, тем лучше воспитание.

Родительская роль

Именно благодаря любящим и поддерживающим отношениям между родителями и детьми на раннем этапе закладываются основы будущих здоровых отношений. То, что нас ценят такими, какие они есть, помогает повысить самооценку наших детей.

Воспитательная роль

Воспитание - это забота об основных потребностях ребенка, таких как еда, здоровье, кров, одежда и т.д., а также предоставление любви, внимания, понимания, принятия, времени и поддержки.

Своими словами и действиями мы сообщаем нашим детям, что они любимы и приняты. Важно понимать, что родители должны радоваться и принимать их такими, какие они есть. Пусть они будут такими, какие они есть, а не такими, какими мы хотим их видеть. Здоровое воспитание помогает детям чувствовать себя хорошо, они чувствуют себя привлекательными и достойными заботы, чувствуют, что их слушают, чувствуют, что их понимают, и становятся доверчивыми. Они чувствуют, что могут справляться с трудными ситуациями и сталкиваться с вызовами, потому что мы всегда рядом, чтобы поддержать их.

Чрезмерная забота - это чрезмерная защита и чрезмерное участие в их жизни. Дети становятся зависимыми и утрачивают навыки совладания с ситуацией. Недостаточное воспитание - это эмоциональная отстраненность и недостаточное участие в их жизни. Дети чувствуют себя нелюбимыми из-за проблем с доверием.

Роль структуры

Структурирование заключается в том, чтобы давать направление, навязывать правила, использовать дисциплину, устанавливать ограничения, устанавливать последствия и доводить их до конца, привлекать детей к ответственности за их поведение и прививать ценности.

Цель состоит в том, чтобы помочь детям развить подходящее поведение и увеличить рост, зрелость и способности. Здоровое структурирование дает детям ощущение безопасности, что правила будут действовать, когда они не смогут контролировать свои порывы. Они учатся справляться с разочарованиями, обнаруживают, что мир не вращается полностью вокруг них, учатся ответственному поведению, учатся на своих ошибках, приобретают опыт принятия решений и становятся более самодостаточными и способными.

Чрезмерное структурирование - это жесткость и использование жесткой дисциплины. Дети могут либо стать пассивными, либо взбунтоваться. Недостаточная структурированность делает наши ожидания и правила неясными и непоследовательными. Дети чувствуют себя сбитыми с толку и не учатся быть ответственными.

Здоровое 'взросление' предполагает выполнение обеих ролей с правильным балансом между ними в нужное время и правильным образом.

Модели воспитания

Хорошее воспитание - это ответственность каждого родителя и право каждого ребенка. Существуют различные причины, по которым родитель может быть эмоционально невнимательным, начиная от простого отсутствия лучшей модели в детстве и заканчивая недостатком эмоциональных ресурсов из-за переутомления или перегрузки, борьбой со своим горем или множеством других сценариев. Наши родители могут строго следовать определенному образцу или, возможно, сочетанию многих из них и могут варьироваться от очень здоровых и любящих в одно и то же время до неблагополучных.

Авторитарные родители

Все авторитарные родители эмоционально невнимательны, поскольку они всегда предпочитали свои правила и ориентиры поиску, знанию и пониманию своего ребенка.

- Ориентированы на правила, носят ограничительный и карательный характер.

- Воспитывают своих детей с небольшой гибкостью и высокими требованиями.

- Хотите, чтобы дети следовали правилам, но не склонны прислушиваться к их чувствам и потребностям.
- Не терпите никаких отклонений от их правил, стандартов и способов ведения дел.
- Требуйте непоколебимого и беспрекословного подчинения.

Дети авторитарных родителей

- Дети, воспитанные авторитетными родителями, могут либо восстать против авторитета, либо стать чрезмерно покорными из-за страха последствий, стыда или заброшенности.

Родители-перфекционисты

Родители-перфекционисты твердо верят, что их дети всегда должны добиваться большего. Они воспринимают своих детей как отражение самих себя.

- Становятся очень требовательными к своим детям.
- Мотивированы чем-то большим, чем просто социальным восприятием их самих и семьи.
- У многих сверхуспевающих детей родители-перфекционисты.
- Такие родители никогда не бывают удовлетворены, всегда настаивают и часто выходят за рамки своего потенциала.

Дети родителей-перфекционистов

- Такие дети часто сами вырастают перфекционистами.
- Они возлагают на себя нереалистично высокие надежды.
- У них низкий эмоциональный интеллект и зрелость.
- Они также с трудом справляются с неудачами и борются с чувством тревоги из-за того, что они недостаточно хороши.

Родители-социопаты

Родители-социопаты встречаются чаще и часто более расплывчаты и менее очевидны. У них, как правило, хорошая работа, безупречно выглядящие семьи, и они ответственны.

- Кажутся совершенно обычными, но им не хватает совести и сочувствия.
- Возможно, словесное и физическое насилие.
- Испытываете трудности с признанием своих ошибок и, таким образом, обвиняете во всем ребенка.
- Эмоционально манипулируйте ребенком, причиняйте ему словесную и эмоциональную боль и ведите себя так, как будто ничего не произошло.

Дети родителей-социопатов

- Ребенок склонен испытывать страх, тревогу и замешательство.
- Им трудно защитить себя и установить соответствующие границы из-за страха возмездия.
- Они несут груз стыда и вины и чувствуют тревогу, неуверенность и страх.

Снисходительные родители

Чего родители, склонные к попустительству, не видят, так это того, что детям нужна какая-то структура, какие-то правила и какие-то границы, в рамках которых и вопреки которым они могут определять себя.

- Проявляйте более пассивное отношение к воспитанию детей.
- Считались "крутыми" родителями.
- Вряд ли они навязывают своим детям правила и ограничения.

Дети снисходительных родителей

- Ребенок не в состоянии научиться здоровым механизмам совладания, дисциплине и настойчивости, чтобы справляться с требованиями реального мира.
- Во взрослом возрасте им нелегко устанавливать границы для себя или других людей.
- Став взрослыми, они испытывают трудности с точным

видением самих себя, своих сильных и слабых сторон и того, к чему им следует стремиться.

Нарциссические родители

Нарциссические родители чувствуют, что мир вращается вокруг них. Как правило, все зависит от потребностей родителя, а не ребенка.

• Кажутся напыщенными и уверенными в себе, но легко ранимы и эмоционально слабы.

• Смотрите на ребенка как на продолжение самих себя.

• Могут быть токсичными для развития ребенка и восприниматься как вредные, требовательные и им трудно угодить.

• Могут быть довольно мстительными, когда им бросают вызов или доказывают их неправоту, и выносят суровые суждения и наказания своим детям.

Дети нарциссических родителей

• Став взрослыми, они испытывают трудности с определением своих потребностей и обеспечением их удовлетворения.

• Они чувствуют, что их потребности недостойны удовлетворения, чрезмерны или слишком требовательны к окружающим.

• Они чувствуют себя неловко в близких отношениях.

Отсутствующие родители

Отсутствующие родители - это те, кого нет в жизни ребенка. Это может быть вызвано целым рядом причин, таких как смерть, болезнь, продолжительный рабочий день, частые поездки на работу или развод.

• Родители-одиночки, овдовевшие или обремененные заботой о других членах семьи становятся недоступными для ребенка.

• Ограниченные финансовые ресурсы могут заставить родителя переутомляться или работать вдали от дома, даже в течение месяцев и лет, когда ребенку приходится заботиться о себе самому.

- Такие родители могут быть подавлены горем из-за потери кого-то важного и не способны сосредоточиться ни на чем, кроме своей боли.

Дети отсутствующих родителей

- В конечном итоге они воспитывают себя сами. Старший ребенок может также воспитывать младших братьев и сестер.

- Они не обсуждают свои болезненные чувства, поскольку не хотят, чтобы родитель еще больше обременялся их тяжелым положением.

- Они становятся чрезмерно ответственными. Будучи детьми, они кажутся взрослыми, перегруженными беспокойством о своей семье.

- Они очень хорошо умеют заботиться об окружающих. Но у них большие трудности с уходом за собой.

Депрессивные родители

Депрессивные родители подобны отсутствующим родителям. Они настолько погружены в свое эмоциональное смятение, что их просто нет рядом с ребенком.

- Не в том психическом состоянии, чтобы быть родителем своего ребенка и быть чутким к его чувствам.

Дети депрессивных родителей

- Дети растут с ощущением, что они должны вести себя идеально, чтобы не заставлять своих родителей чувствовать себя хуже.

- Они предъявляют к себе слишком высокие требования и не способны простить собственные ошибки.

- Они не знают, как привлечь к себе внимание позитивными способами, поскольку их хорошее поведение часто оставалось незамеченным. Плохое поведение привлекало внимание, даже если оно было негативным, это было лучше, чем ничего.

- Они никогда не учатся должным образом успокаивать себя и в результате страдают и могут перейти к аддиктивному поведению.

Зависимые родители

Зависимые родители в основном теряются в своем зависимом состоянии – возможно, это алкоголь, наркотики, работа, социальные сети, азартные игры и другие.

• Пренебрегают своим ребенком, когда удовлетворяют свою зависимость.

• Почти не обращайте внимания, когда ребенок в этом нуждается.

• Косвенно посылайте ребенку сбивающее с толку сообщение из-за его непостоянного поведения.

• Может быть эгоистичным и невнимательным, и в следующий момент это может смениться заботой и любовью.

Дети зависимых родителей

• Ребенок чувствует беспокойство и нервничает.

• Они склонны к беспокойству, боятся перемен и будущего, не уверены в себе и в том влиянии, которое они оказывают на других, и вообще неуверенны в себе.

• У них больше шансов развить собственные пагубные привычки.

Когда ребенок воспитывается в таких семьях, у него нет другого выбора, кроме как воспитывать самого себя и часто своих братьев и сестер. Семьи могут сталкиваться с трудностями и ограниченными ресурсами, а о ребенке просто плохо заботятся. Они могут быть чрезмерно ответственными и испытывать трудности с пониманием того, чего они хотят или в чем нуждаются. Это оставляет у них **восприятие и паттерны ощущения одиночества, пустоты и разобщенности**. Им трудно постоять за себя, говорить на трудные темы из-за боязни расстроить семью, и часто им трудно заботиться о себе или даже чувствовать, что их потребности обоснованны и достойны внимания.

"Ребенок редко нуждается в том, чтобы с ним хорошо поговорили, так же сильно, как в том, чтобы его хорошо выслушали".

"Я провел все свое детство, мечтая стать старше, а теперь я провожу свою взрослую жизнь, мечтая быть моложе".

"Как человеческие существа, мы все физически взрослеем с детства до отрочества, а затем и во взрослую жизнь, но наши эмоции отстают".

Восприятие

"Здесь нет правды. Есть только восприятие".

"Есть вещи известные, и есть вещи неизвестные, а между ними находятся двери восприятия".

"Когда мы меняем наше восприятие, меняется и наш опыт". "Твое восприятие меня - это отражение тебя самого".

"Важно не то, на что ты смотришь, а то, что ты видишь".

Восприятие - это процесс, посредством которого все в этом мире интерпретируется и понимается. Наше восприятие основано на наших мыслях и убеждениях, которые затем определяют то, как мы думаем, и, следовательно, то, как мы действуем.

Восприятие - это то, как что-то рассматривается, понимается или интерпретируется. Это набор процессов, которые мы используем, чтобы осмыслить все предъявляемые нам стимулы. Наше восприятие основано на том, как мы интерпретируем эти различные ощущения. Процесс нашего восприятия начинается с получения стимулов из окружающей среды и заканчивается нашей интерпретацией этих стимулов.

Когда дело доходит до нашего собственного "я", существует два типа восприятия: то, *как мы видим себя и наш мир*, и то, *как другие видят нас*. Единственное восприятие, над которым мы властны, - это наше собственное. То, как мы воспринимаем наш мир, влияет на наше отношение, которое, в свою очередь, влияет на то, что мы привлекаем. Если мы воспринимаем мир изобилия, наши действия и отношение притягивают изобилие. Если мы воспринимаем свою жизнь как лишенную того, что нам нужно, мы больше беспокоимся о сохранении того, что у нас есть, чем о достижении того, чего мы хотим и в чем нуждаемся. Наш мозг автоматически воспринимает то, о чем мы беспокоимся, как угрозу. Таким образом, это меняет наше восприятие и даже химический состав нашего тела.

"В тот момент, когда вы меняете свое восприятие, вы переписываете химию своего тела".

Восприятие - это не то, что происходит, это то, на что мы обращаем внимание, а затем то, как мы это интерпретируем и, в конечном счете, как мы действуем в соответствии с этим или реагируем на это.

Завершите утверждение — Жизнь - это   .

Жизнь может быть вызовом, приключением, суровым испытанием, скучной, ужасной, пыткой, чудесной или чем угодно еще. От нас зависит, как мы заполним этот пробел. Вопрос в том... действительно ли жизнь - это вызов, приключение или что-то еще, о чем мы думаем. Реальность такова, что реальности не существует. Речь идет о нашем восприятии того, чем является для нас жизнь. *Наше восприятие становится для нас реальностью*. И мы продолжаем формировать свое восприятие, это восприятие становится нашей версией действительности, и это становится историей нашей жизни.

Счастливые или печальные, волнующие или скучные, бросающие вызов или терпящие поражение, мы интерпретируем каждое мгновение, проведенное в этом мире. И наш мир таков, каким его считает наш разум. Таким образом, в конечном счете все наши мысли, убеждения и поведение оказывают самое мощное влияние на наше восприятие собственной жизни.

Если мы воспринимаем нашу жизнь такой, какой мы хотели бы ее видеть, если наше восприятие наделяет нас силой, это то, что мы проявим. Но, если нет, то восприятие должно измениться. Как только мы решили изменить свои мысли, мы должны принять решение предпринять конкретные шаги, чтобы это произошло. Итак, если в наши дни мы сталкиваемся со сложной ситуацией, спросите себя: *воспринимаю ли я решения и успех или я воспринимаю проблемы и неудачи?* Выбор всегда за нами.

Этапы восприятия

Ощущение и восприятие практически невозможно разделить, потому что они являются частью одного непрерывного процесса. Восприятие обрабатывает сенсорную стимуляцию и преобразует ее в переживание. Процесс восприятия неосознан и происходит сотни тысяч раз в день. Восприятие происходит в пять этапов: стимуляция, организация, интерпретация-оценка, запоминание и припоминание. Как мы понимаем, мозг активно отбирает, организует и интегрирует сенсорную информацию для построения события.

Выбор стимула

Каждое мгновение нашей жизни мы подвергаемся воздействию

бесконечного количества раздражителей. Но наш мозг не обращает внимания на все из них. Первым шагом восприятия является сознательное или бессознательное решение о том, на какой стимул обратить внимание. Мы фокусируемся на стимуле, который становится сопутствующим стимулом.

Отбор - это процесс, посредством которого мы обращаем внимание на одни стимулы в нашем окружении, а не на другие, и на который влияют наши мотивы, стимулы, импульсы или побуждения действовать определенным образом. На отбор часто влияют интенсивные стимулы.

Эффект коктейльной вечеринки: Это явление, когда мы избирательно фокусируемся на определенном стимуле и отфильтровываем другие стимулы точно так же, как завсегдатай вечеринки может сосредоточиться на одном разговоре в шумной комнате или заметить, что его имя произносится в другом разговоре. Избирательное внимание проявляется в любом возрасте. Младенцы начинают поворачивать головы в сторону знакомого им звука. Это показывает, что младенцы избирательно реагируют на определенные раздражители в окружающей их среде.

Организация

Организация, вторая стадия процесса восприятия, - это то, как мы мысленно упорядочиваем информацию в значимые и удобоваримые структуры. Способность идентифицировать и распознавать имеет решающее значение для нормального восприятия. Без этой способности люди не могут эффективно использовать свои органы чувств. Организованность помогает воспринимать вещи как единое целое.

Как только мы решаем обратить внимание на стимул, он запускает серию реакций в нашем мозге. Мозг создает мысленное представление стимула, называемое восприятием. Неоднозначный стимул может быть преобразован в множество предписаний, испытываемых случайным образом. Хотя наша склонность группировать стимулы помогает нам быстро и эффективно упорядочивать наши ощущения, это также может привести к ошибочному восприятию.

Схемы восприятия помогают нам систематизировать впечатления о людях на основе внешности, социальных ролей, взаимодействия или других черт, в то время как стереотипы помогают нам систематизировать информацию, чтобы ее было легче идентифицировать, запоминать, прогнозировать и реагировать на нее.

Интерпретация-Оценка

После этапа выбора стимула и организации информации следующим и жизненно важным шагом является интерпретация таким образом, чтобы она имела смысл с использованием нашей существующей информации. Это просто означает, что мы берем информацию, которая воспринимается и упорядочивается, и преобразуем ее во что-то, что можно классифицировать. Это происходит постоянно и неосознанно. Распределяя различные стимулы по категориям, мы можем лучше понимать окружающий мир и реагировать на него.

Как только информация упорядочена по категориям, мы накладываем ее на нашу жизнь, чтобы придать ей смысл. *Интерпретация стимулов субъективна, что означает, что люди могут прийти к разным выводам об одних и тех же стимулах.* На субъективную интерпретацию стимулов влияют индивидуальные ценности, потребности, убеждения, опыт, ожидания, самооценка и другие личностные факторы. Предыдущий опыт играет важную роль в том, как человек интерпретирует стимулы. Разные люди по-разному реагируют на одни и те же раздражители, в зависимости от их предыдущего опыта воздействия этих раздражителей.

Надежды и ожидания индивида в отношении стимула могут повлиять на его интерпретацию.

Если я считаю себя привлекательным человеком, я мог бы интерпретировать пристальные взгляды незнакомцев (стимул) как восхищение (интерпретация). Однако, если я считаю, что я непривлекателен, я мог бы истолковать те же самые взгляды как негативные суждения.

Память

За этапами стимуляции, организации и интерпретации-оценки следует хранение интерпретированной и оцененной информации, известной как память. Это хранилище как восприятия, так и интерпретации-оценки. Наш разум на 10% состоит из сознания и на 90% из подсознания. Этот подсознание - это банк памяти, в котором хранятся все положительные и отрицательные воспоминания.

Отзыв

Определенные триггеры могут вернуть сохраненную в подсознании память в сознательное состояние. Когда возникают похожие стимулы, происходит весь цикл отбора стимулов, организации и интерпретации-оценки, основанный на аналогичном событии в прошлом. Это добавляет к уже сохраненной памяти информацию о предыдущем событии. Это укрепляет память о похожих событиях, что в конечном счете становится закономерностью. Затем триггеры могут легко вызвать воспоминания о предыдущих событиях.

тематическое исследование

Рахулу было 5 лет. Однажды отец отругал его дома перед несколькими гостями за то, что он был слишком застенчив и не смог продекламировать стихотворение, которое он знал. Он заперся в своей комнате, ничего не ел и плакал. Со временем он вернулся к своей обычной жизни и, возможно, даже забыл об этом.

Он начал расти умным учеником и стал любимцем своего учителя. Но однажды у него просто заплетался язык, когда его попросили что-то объяснить в классе. Он почувствовал себя неловко, вернулся домой, заперся и заплакал. Став взрослым, он начал избегать общественных собраний и вечеринок. Ему бы это просто не понравилось, и он даже не знал почему. Он был бы спокоен и сказал бы себе: "Я недостаточно хорош". Я неудачник. Я не могу просто выразить себя в присутствии других.

Давайте разберемся в этом, основываясь на понимании восприятий.

Что произошло – Рахулу велели прочитать стихотворение перед гостями. Это и есть стимул. Этот стимул был организован и обработан мозгом. Он не мог декламировать. Рахул истолковал это как смущение перед другими. Это было связано с его врожденной застенчивостью, а также с его чувствительностью к возмущению.

На самом деле произошло то, что отец Рахула велел ему прочитать стихотворение, которое он не смог.

Что было обработано, так это то, что его отругали *в присутствии других*. Это сохранилось в подсознании Рахула. В следующий раз, когда произошло подобное событие или стимул перед учителем или общественным собранием, произошло воспоминание о подсознательном прошлом, и возникло аналогичное восприятие того, что он был смущен и стал косноязычным перед людьми.

То, что произошло на самом деле, тогда становится несущественным. То, что воспринимал Рахул, становилось его реальностью. И что Рахул понял после серии таких событий, так это то, что я недостаточно хорош. Я неудачник.

"Мы не видим вещи такими, какие они есть, мы видим их такими, какие мы есть".

"Люди видят то, что они хотят видеть, а то, что люди хотят видеть, не всегда является правдой".

"Реальность - это, в конечном счете, избирательный акт восприятия и интерпретации".

"Сдвиг в нашем восприятии и интерпретации позволяет нам избавиться от старых привычек и пробудить новые возможности для равновесия, исцеления и трансформации".

Восприятие одиночества – Психологическое одиночество"

*"То, что происходит **в** нас, важнее того, что происходит **с** нами".*

Были ли наши родители подготовлены к тому, чтобы быть родителями, когда они выросли?

Пытались ли они уравновесить свое прошлое и будущее, свою семью и общество, свое хорошее и плохое?

Пытались ли они превратить нас в свою копию или как раз наоборот?

Были ли мы каналами для их неосуществленных целей, амбиций и желаний?

Были ли они исцелены внутренне, когда решили привести нас в этот мир?

Когда мы росли -

Разве наши родители не любили нас? Неужели они не заботились о нас?

Неужели они пренебрегли нами?

Что ж, ответ таков – нет, или, может быть, да – мы не знаем, мы не можем судить, мы не можем проверить или подтвердить их намерения, действия или версию реальности.

Они могли пренебречь нами, а могли и не пренебречь.

Но мы могли бы почувствовать себя заброшенными. И это очень важно. Все начинается с ощущения, что нами пренебрегают, когда мы больше всего в этом нуждаемся.

Все дело в нашем восприятии того, как мы росли. Восприятие одиночества - это чувство одиночества, чувство, что никто не может понять меня, никто не может увидеть мою боль, я совсем один.

Одиночество - это не значит быть одиноким, это чувство, что никому нет дела. Это чувство одиночества, когда кто-то, о ком ты заботишься, становится незнакомцем.

Я разваливаюсь на части, и никто не знает, мне не с кем поговорить, и я одинок.

Я просто хочу чувствовать, что я важна для кого-то.

Я называю это "синдромом одиночества в психике".

Это Циклон, который существует внутри нашего внутреннего "я".

Циклон, который существует в окружающей среде снаружи, представляет собой крупномасштабную воздушную массу, вращающуюся вокруг сильного центра низкого атмосферного давления, в котором ветры направляются внутрь по спирали.

Точно так же "Психологическое одиночество" существует в нашем окружении, вокруг нашего восприятия одиночества, накапливая опыт и формируя представления, вращаясь вокруг нас по спирали на протяжении всей нашей жизни

Что на самом деле происходит, когда мы чувствуем себя одинокими, так это то, что мы отказались от самих себя. Мы перестали заботиться о своих собственных основных потребностях, мы не ценим себя, мы не прислушиваемся к своим собственным мыслям и мы не заботимся о своем физическом, эмоциональном или духовном "Я". Это синдром одиночества психики. 'Я' покинуло 'Я'.

Чувство психологического одиночества на самом деле является невидимым, едва уловимым, незапоминающимся детским переживанием.

Это переживается, когда мы чувствуем, что наши родители недостаточно реагировали на наши эмоциональные потребности, пока мы росли. Наши родители, вероятно, старались изо всех сил, по их мнению. Речь идет не о том, что правильно, а что неправильно, не о том, что хорошо, а что плохо. *Это наше восприятие и наши ожидания.*

Переживание пренебрежения отличается от переживания жестокого обращения. Жестокое обращение - это родительский поступок; пренебрежение - это бездействие родителей.

Вероятно, они не заметили наших чувств и не отреагировали должным образом. Это акт бездействия, он не виден, не заметен и не запоминается. Пренебрежение - это скорее фон, чем передний план. Он коварен, и его не замечают, в то время как он наносит свой молчаливый ущерб. По иронии судьбы, даже родители жалуются – мы делаем все, что в наших силах, для наших детей, обеспечивая их. Но мы просто не можем понять, что происходит не так.

Это потому, что они, вероятно, переживали те же чувства, когда росли.

Это происходит в большинстве домов, с большинством детей, каждый божий день. Многие такие дома полны любви и заботы во всех других отношениях. *Многие эмоционально невнимательные родители обычно не являются плохими людьми или нелюбящими родителями. Многие действительно стараются изо всех сил, чтобы хорошо воспитать своих детей.* Неспособность родителей отреагировать - это не то, что случается с нами в детстве. Вместо этого, это то, чего *не происходит с нами* в детстве. Гораздо позже, когда мы взрослеем, мы чувствуем, что что-то не так, но не знаем, что именно. Мы ищем ответы в своем детстве, но не можем увидеть невидимое. Итак, мы легко предполагаем и приходим к выводу, что с нами что—то в корне не так - *это моя вина, я просто другой, я недостаточно хорош.*

Ощущение синдрома психологического одиночества

• Мы не знаем, на что мы способны, наши сильные и слабые стороны, что нам нравится, чего мы хотим и что для нас важно.

• Мы испытываем чувство пустоты или оцепенения.

• Нам трудно сказать, что мы чувствуем.

• Мы просто не в состоянии говорить о наших проблемах.

• Мы начинаем винить себя. Нам стыдно за самих себя. Накапливается гнев, и мы начинаем чувствовать себя виноватыми во всем. Мы сразу же впадаем в чувство вины и стыда всякий раз, когда в нашей жизни происходит негативное событие.

• Мы всегда чувствуем, что в нашей жизни что-то не так, но не можем точно определить, что именно.

• Мы пренебрегаем собой.

• Мы чувствуем себя одинокими, даже когда окружены другими людьми.

• Мы чувствуем, что нам здесь не место, даже когда мы с друзьями и семьей.

• Мы чувствуем, что не сможем раскрыть свой потенциал

ни на работе, ни в личной жизни.

- Мы боимся стать зависимыми от других.
- Мы избегаем конфликтов.

В младшем возрасте мы недостаточно зрелы, чтобы понимать, и не обучены самовыражению. Таким образом, неосознанно и неосознаваемо мы подавляем свои эмоции. Дети, которые чувствуют себя эмоционально заброшенными, испытывают трудности с пониманием своих собственных эмоций во взрослом возрасте. Это оставляет пустоту, приводящую к ощущению разобщенности, нереализованности или опустошенности.

То, как мы воспринимали себя в детстве, определяет то, как мы относимся к себе во взрослом возрасте. Если в детстве мы получаем эмоциональную поддержку от наших опекунов, мы, как правило, способны оказать ее нашим собственным детям. Те, кто сам не получал этого в достаточной степени, изо всех сил стараются обеспечить это в качестве родителей.

Как это произошло?

Когда мы чувствовали себя одинокими и заброшенными, наш юный мозг возводил стену, чтобы отгородиться от наших чувств. Таким образом, мы могли бы игнорировать и подавлять их. Таким образом, наш гнев, обида, печаль или нужда не беспокоили бы наших родителей или нас самих. Теперь, став взрослыми, мы живем со своими чувствами по другую сторону этой стены. Они заблокированы, и мы это чувствуем. Где-то в глубине души мы чувствуем, что что-то не так. Чего-то не хватает. Это заставляет нас чувствовать себя опустошенными, непохожими на других людей и каким-то образом глубоко ущербными.

Отправившись в детстве к своим родителям за эмоциональной поддержкой и одобрением, мы часто возвращались с пустыми руками и в полном одиночестве. Поэтому сейчас нам трудно кого-либо о чем-либо просить, и мы боимся ожидать от кого-либо поддержки и помощи. Поскольку мы выросли, почти не осознавая эмоций, теперь мы испытываем дискомфорт в любое время; сильные чувства возникают у нас самих или у кого-либо еще. Мы делаем все возможное, чтобы вообще избегать чувств, возможно, даже положительных.

Чувствуя себя ущербными, пустыми, одинокими и оторванными от своих чувств, мы чувствуем, что нам нигде не место. Трудно понять, чего мы хотим, чувствуем или в чем нуждаемся. Трудно поверить, что это имеет значение. Трудно чувствовать, что *мы* что-то значим.

Синдром "Одного дома" – Невидимый ребенок

Иногда родители настолько поглощены своей борьбой, что не в состоянии заметить, что чувствует ребенок. Это когда родитель не обращает внимания на эмоциональные потребности ребенка. Это включает в себя не замечать чувств ребенка и не подтверждать их, не проявлять любовь, ободрение или поддержку. Затем ребенок приспосабливается к ситуации, скрывая свои чувства, неудачи и достижения, и стремится стать невидимым. Это синдром 'одиночества дома'. Такие дети обычно ничем не делятся со своими родителями, как хорошим, так и плохим, склонны быть скрытными и молчаливыми, и обычно у них нет близких друзей. Невидимый ребенок чувствует себя одиноким, даже когда его окружают люди.

Это люди, которые часто описывают свое детство как "хорошее" и не в состоянии точно определить какой-либо серьезный дефицит или травму, которые могли бы объяснить их печаль, депрессию, беспокойство или любые другие жалобы.

Избегание конфликтов становится простым инструментом для того, чтобы оставаться невидимым. Это нежелание спорить и ссориться, и в долгосрочной перспективе оно может нанести ущерб отношениям. Мало того, что мы и те, кто нам близок, не в состоянии решить проблемы, избегая их; кроме того, гнев, разочарование и обида от нерешенных проблем накапливаются и закупориваются, чтобы позже с размахом выплеснуться наружу. Нам становится настолько некомфортно из-за столкновений или споров, что мы замалчиваем проблемы, вместо того чтобы обсуждать их.

"Мы хотим, чтобы другие слушали, потому что мы хотим быть услышанными и понятыми.

Когда другие нас не слушают, мы чувствуем себя одинокими, недостойными внимания, и это причиняет боль.

Что еще хуже, исследования показали, что боль от чувства одиночества сильнее, чем от издевательств".

Духовный лидер буддистов Тич Нат Хан сказал: "Крик, который мы слышим из глубины наших сердец, исходит от раненого ребенка внутри нас".

Психологически одинокий: 'Я' шторма

*"Слова "Я есть" обладают огромной силой.
Мы заявляем вселенной, кто мы такие".
"Я самый мудрый человек на свете,
ибо я знаю одно, и это то, что я ничего не знаю".*

— Сократ

"Ваше время ограничено, так что не тратьте его впустую, живя чужой жизнью. Не попадайтесь в ловушку догмы, которая заключается в том, чтобы жить с результатами мышления других людей".

— Стив Джобс

"Жизнь - это не поиск себя. Жизнь - это создание самого себя".

— Джордж Бернард Шоу

У меня не должно быть собственного мнения.

Я был наказан, когда пытался высказаться или поступить по-другому.

Мне сказали, что проявлять такие эмоции, как раздражительность, гнев и беспокойство, нехорошо.

Я не должен плакать, потому что плачут только слабые люди.

Меня ругали, наказывали или запирали за то, что я не подчинялся. Я несу ответственность за своих родителей и их счастье.

Мне никогда не везло на объятия и поцелуи.

подрастающий… С бурей

Процесс "взросления" ребенка редко проходит так, как планировали или мечтали родители. Нам никогда не бывает комфортно с нашим прошлым, никогда довольны тем, как нас воспитывали. Отсюда и такое чувство – *я хочу снова повзрослеть!*

Этот процесс взросления вызывает бурю в жизни растущего ребенка, который переживает и чувствует то, что выходит за рамки его понимания и находится вне его контроля. Контролирующее воспитание часто включает в себя активные наказания и поощрения (подход "кнута и пряника"), отвержение, условную "любовь", инфантилизацию, несправедливые стандарты и многое другое.

Инфантилизация

Инфантильный человек - это человек, с которым обращались как с ребенком, хотя его возраст и умственные способности не соответствуют детским. Такое лечение называется инфантилизацией. *Это когда родители обращаются со своим ребенком младше его фактического возраста или проявляют чрезмерную критику, когда речь заходит о способностях их ребенка.* Они обращаются со своим ребенком так, как будто сами не способны справляться с обязанностями, соответствующими возрасту. Растущий ребенок начинает чувствовать себя менее способным, компетентным и самодостаточным, чем он есть на самом деле. Это встречается чаще, чем мы можем себе представить. Это случается с чрезмерно озабоченными родителями и с теми, кто не доверяет своим детям.

Это приводит к тому, что ребенок остается зависимым, пассивным и немотивированным, даже несмотря на то, что родители делали это с благими намерениями. Ребенок, о котором "заботятся", на самом деле остается ниже уровня зрелости.

Делай это правильно. Вы можете сломать его. Ты должен съесть это и сделать то. Вы не сможете с этим справиться. Мы знаем, что для вас лучше.

Растущий ребенок, к сожалению, учится чрезмерно полагаться на других. Когда они вступают во взрослые отношения, они, как правило, становятся зависимыми и подвержены манипуляциям.

Неодобрение

То, как родитель смотрит на ребенка, и вопросы, которые он задает, могут выражать неодобрение. Когда родители склонны не одобрять любое решение, принятое без их участия или одобрения, они пытаются приучить своих детей сначала согласовывать каждое решение с родителями. Это создает и укрепляет убеждение в том, что ребенок не может самостоятельно принимать решения.

Вмешательство

Некоторые родители считают, что они имеют право вмешиваться в частную жизнь своих взрослых детей. Это вмешательство может даже включать в себя саботаж отношений их детей или указание им, с кем встречаться и какую карьеру выбрать. Для этих детей такое вмешательство создает конфликты во всех сферах их жизни, поскольку их родители вмешиваются в дружеские и романтические отношения.

Чрезмерная критика

Обидные комментарии используются для того, чтобы подорвать уверенность ребенка в себе, часто под видом оказания ему помощи. Выбор одежды, увеличение веса, выбор карьеры или партнера и другие аспекты жизни - все это становится предметом критического взгляда родителей.

Наказание

Детей обычно наказывают за то, что они шалят, не слушаются, лгут или даже говорят правду, которая доставляет родителям дискомфорт. Порка, пощечины, запирание на ключ, физические наказания не очень хорошо помогают исправить поведение ребенка. То же самое справедливо и в отношении крика на ребенка или его позора. Наказание ради исправления или дисциплины - это суровый способ воспитания ребенка. Ребенок может сделать что-то, что не нравится родителю, поэтому ребенка наказывают за то, что он "плохой".

Таким образом, у ребенка не остается другого выбора, кроме как быть наказанным. Ребенок постепенно начинает верить, что они, должно быть, плохие, даже если они, возможно, не сделали ничего плохого. Бессознательно и молча ребенок усваивает и учится винить себя, что приводит к хроническому чувству вины. Они верят, что они "плохие" и заслуживают наказания.

Награда

Несмотря на то, что вознаграждения считаются захватывающими, они могут выступать в качестве взятки с негативными последствиями в долгосрочной перспективе. Может показаться, что родитель "мотивирует" ребенка, вознаграждая его за то, что он хочет, чтобы ребенок делал. Но это не так. Ребенок может не понимать важности задания, но его могут подтолкнуть к его выполнению в обмен на вознаграждение.

Родитель может "вознаградить" ребенка плиткой шоколада за обычное задание, выполненное ребенком. Ребенок узнает, что в жизни все, что не вознаграждается, не стоит затраченных усилий. Родители должны объяснить важность задания понятным им способом, а не давать взятку за быстрое выполнение работы.

'Применяются условия'

Это пассивное наказание. Ребенок наказывается тем, что его игнорируют. Когда ребенок подчиняется, исполняет и удовлетворяет потребности родителей, только тогда они получают свою долю любви и внимания. Истинные потребности, эмоции и предпочтения ребенка обесцениваются, и он учится не быть самим собой.

Нереалистичные ожидания и несправедливые стандарты

Очень часто дети сталкиваются с нереалистичными ожиданиями, которые намного превышают их возможности. Иногда ожидается, что ребенок будет ухаживать за больным членом семьи или младшим братом или сестренкой. Здесь ребенок становится родителем, ребенок, который даже не испытал радостей детства, вынужден нести бремя взрослой жизни. Это смена ролей. Этот ребенок кажется более зрелым, чем другие дети, самодостаточным, тем, кто вырос слишком рано. Это приводит к тому, что ребенок жертвует мечтами и потребностями и начинает чувствовать себя одиноким и чрезмерно ответственным.

Последствия шторма… Внутри

- Чувствую себя одиноким, и мне не о ком позаботиться.

- Развивается низкая самооценка.

- Чувство потерянности, смущения, бесцельности, неуверенности в себе.

- Никаких подлинных целей, интересов, амбиций и побуждений.

- Чувство пустоты, когда рядом нет никого, кто мог бы подтвердить наше существование.

- Острое отсутствие самоощущения.

- Плохая забота о себе, причинение себе вреда, самоистребление, угождение людям, поиск одобрения.

- Никакой внутренней мотивации делать большинство вещей или что-то еще.

- Снижение мотивации делать то, что в прошлом приводило к чувству обиды.
- Пассивность и зависимость.
- Потребность в мотивации.
- Игнорируя наши эмоциональные потребности.
- Ложь, молчание, фальшивая улыбка, разочарование, гнев.
- Пагубные привычки и неврозы.
- Психологические и/или физические заболевания.
- Трудности с поддержанием здоровых отношений.
- Физическая запущенность, расстройства пищевого поведения (анорексия, ожирение), соблюдение нездоровой диеты, проблемы со сном и ночные кошмары.

"Я в порядке"

"Я не могу сказать "нет""

"Я недостаточно хорош", "Я виноват".

"Я неудачник", "Мне жаль".

"Я лжец"

Общность приведенных выше утверждений заключается в том, что все они написаны от первого лица, то есть "я".

Все это связано и соотносится со мной самим.

Это *представления*, которые мы сформировали о себе самих. Все дело в ощущении внутри.

Все дело в "я" шторма, шторме, который продолжает кружиться внутри нас самих и определяет нас, наше внутреннее "я", наш взгляд на мир, людей и события вокруг нас и нашу реакцию на них.

То, как я смотрю на себя, - это то, что, по моему мнению, думают обо мне другие. Все дело в восприятии, которое мы считаем реальностью!!!

Удивительно, но, взрослея, мы можем даже не осознавать, что внутри нас бушует буря, точно так же, как в эпицентре бури. Мы часто не в состоянии признать, что наше воспитание было проблематичным, даже став взрослыми. *Итак, мы считаем невозможным понять происхождение "я' шторма!*

Цитирую стихотворение *ТЦА Венкатесана, доктора философии.*

Она вышла и уставилась
  на него, ее лицо было
   спокойным,
Ее разум в огне,
  внутри бушует буря.
Ее внутренний глаз в
центре, скрывающий от
всех гнев, Ее внешний глаз
пылает,
С силой штормового ветра,
готового все сдуть. Ей нужна
  была отдушина,
Дать волю своим эмоциям,
позволить своим словам
звучать правдиво, Своим
мыслям изливаться
  наружу. Пытается
заставить себя быть
услышанной,
Ее слова только мешали, как же
она дает знать миру, не вводя
его в заблуждение?
Чтобы заставить их
понять, что она
желает им только
  добра,

Если ее слова - это что-то другое, то это не то, что она решила рассказать. Ее слова не принадлежат ей самой,
Из-за неконтролируемых событий,
Они сформированы другими, которые взяли свое. Только ее глубокие чувства,
Эти сокровенные мысли принадлежат ей, но когда они выходят наружу,
Они превращаются во что-то другое. Она многое перенесла,
Но пожертвовала стольким, Кто видит, что она взяла,
Могут ли они увидеть, что она отдала взамен? Кто поймет ее,
Кто поддержит ее,
Кто выдержит шторм, Кто поплывет с ней?
Кто проникнет внутрь, Кто заглянет внутрь,
Кто увидит

*спокойствие,
Когда снаружи бушует
буря. Лицо спокойное, разум
в огне,
Она вышла и уставилась,
она все еще смотрит,
Чтобы разделить с ней покой.*

Психологически одинокий: Я в порядке

"Самая красивая улыбка скрывает самые сокровенные секреты. Самые красивые глаза выплакали больше всего слез. И самые добрые сердца испытали больше всего боли".

"Улыбка может означать тысячу слов, но она также может скрыть тысячу слез".

"Ты можешь изобразить улыбку, но ты не можешь подделать свои чувства".

"Однажды я хочу, чтобы кто-нибудь посмотрел сквозь мою фальшивую улыбку, притянул меня к себе и сказал - Нет, с тобой не все в порядке".

"Я в порядке" и улыбка - идеальное прикрытие для человека с синдромом одиночества.

Как твои дела?

Определенные мысли приходят мне в голову. Действительно ли человек, спрашивающий меня об этом, заинтересован в том, чтобы узнать, как я себя чувствую? Будет ли это иметь какое-то значение для него, если он узнает, какая я? Так что нет смысла демонстрировать мое душевное состояние и эмоции. Так что я просто улыбаюсь. Я не хочу портить ему настроение своими неприятностями. Итак, я просто скажу – я в порядке. На самом деле, я не нахожу слов, кроме этих трех.

Я надеюсь, люди понимают, что я имею в виду, когда говорю, что со мной все в порядке. "Я в порядке" означает, что у меня не хватает смелости сказать, что я чувствую.

Я боюсь, что меня будут осуждать. Вы можете подумать, что я слаб. Я не уверен, что тебе действительно не все равно.

Да, вы попытаетесь мотивировать меня и прокомментируете, что все мы так думаем.

Но это случается со мной постоянно. Будет ли у тебя время, чтобы понять меня... полностью? Я переполнен негативными мыслями и эмоциями. Итак, вы действительно хотели бы знать – как у меня дела?

"Я в порядке" на самом деле означает "я действительно не в порядке".

Это означает, что нам нужен кто-то, кто помог бы нам выйти из нашего душевного состояния. Это может означать, что нам нужна помощь. Часть нас говорит, что с нами все в порядке, а часть взывает о помощи. Это чувства, которые мы не можем просто выразить словами. Только те, кто отождествляет себя с этими чувствами, могут по-настоящему понять боль, стоящую за словами "Я в порядке". Наши инстинкты заставляют нас защищаться от неприятия, или мы просто боимся.

Улыбка и улыбающийся смайлик скрывают наши чувства ото всех. Улыбка не только скрывает наши истинные чувства от других; она позволяет нам скрывать наши чувства от самих себя.

От настоящей улыбки к фальшивой

Новорожденные выражают себя и не подавляют своих чувств. Они улыбаются и плачут, хихикают и рыдают навзрыд, чтобы выразить то, что они чувствуют. Если они счастливы, они улыбаются, хихикают, восклицают от чистой радости и чувствуют себя возбужденными, мотивированными, любопытными и творческими. Если им причиняют боль, они плачут, отстраняются, злятся, ищут помощи и защиты и чувствуют себя преданными, грустными, испуганными, одинокими и беспомощными. Они не прячутся за маской. Когда они становятся немного старше, они начинают выражать себя словами. Дети говорят без фильтров. То, что находится внутри, выражается вовне. Но если то, что выражается вовне, не замечается, не признается и не понимается. Представьте, что мы обратились за помощью к нашим родителям, но по какой-то причине их там не оказалось.

Что с тобой случилось?

Что сегодня произошло в школе? Что тебе надо?

Когда ребенок не сталкивается с этими заботливыми вопросами, он начинает считать, что личные чувства, желания и потребности не имеют значения. Через некоторое время ребенок перестает ожидать и перестает выражать свои чувства. В любом случае, на самом деле это никого не волнует! Единственное выражение, которое, кажется, все решает, - это "я в порядке" с "милой" улыбкой. Дети, взрослея, по умолчанию понимают и переживают на собственном опыте, что ложь, нечестность, неискренность, недостоверность - это нормально.

"Я в порядке" - это самый безопасный ответ, который обычно не вызывает дополнительных вопросов или комментариев. Большинство из нас каждый день ходят и говорят, что у нас "все в порядке".

Я просто проявляю вежливость

'Как дела?" - это вопрос по умолчанию, который задается, а "Я в порядке" - ответ по умолчанию, который дается, когда два человека встречаются друг с другом. Это обмен любезностями. Ни то, ни другое не имеет в виду то, что они говорят, и не придает этому никакого значения.

Я не уверен, что я на самом деле чувствую

Часто нам бывает трудно понять и описать свои чувства. Итак, мы говорим "хорошо", чтобы избежать дальнейших вопросов или заставить спрашивающего чувствовать себя некомфортно.

Никто не поймет, что я на самом деле чувствую

Большинство из нас не хотят проецировать свою боль на других. Депрессия и боль часто сопровождаются чувством стыда. Говорить об этом означало бы показать нашу уязвимость, которая может вызывать чувство дискомфорта и угрозы.

Я не хочу говорить об этом

Разговор о чувствах может ощущаться как вскрытие ран. Общение с кем-то, кому не хватает сочувствия или понимания, обескураживает и еще больше усиливает чувство стыда.

Взрослеешь слишком быстро

"Взрослеть слишком быстро" или "Быть зрелым для своего возраста" - это на самом деле не взросление. И это определенно неправильный способ взрослеть.

Когда мы чувствуем себя одинокими, когда мы чувствуем себя эмоционально заброшенными, когда нам говорят повзрослеть и признаться во всем, практически без руководства или поддержки, или когда мы меняемся ролями, мы превращаемся в "маленьких взрослых", которые не только могут позаботиться о себе, но и заботятся о других. о наших родителях, братьях и сестрах, друзьях или других членах семьи.

Растущий ребенок улыбается. И родители чувствуют, что их ребенок достаточно взрослый, чтобы справляться с самыми сложными жизненными ситуациями. Они возлагают на ребенка несправедливую ответственность и нереалистичные стандарты. Ожидается, что ребенок выполнит задание без того, чтобы кто-то на самом деле учил его, как это делать, или от него ожидают совершенства, и если, естественно, он несовершенен, то за это он получает суровые негативные последствия.

Я должен быть сильным. Под маской силы скрывается настоящая слабость. Это отрывает нас от нашего реального состояния. Мы стараемся казаться эмоционально сильными и кем-то, на кого можно "положиться". Мы не осознаем, что нам нужно плечо, на которое можно опереться.

Я должен все делать сам. Мы предполагаем, что это наша обязанность - заботиться о других и что рядом не будет никого, кто мог бы нам помочь. Мы не хотим просить о помощи и пытаться делать то, что намного превосходит наши возможности. Мы становимся трудоголиками и чувствуем себя одинокими, изолированными, излишне недоверчивыми и что "мы одни против всего мира".

То, что мы прячем за улыбкой, - это

- Плохой уход за собой или даже причинение себе вреда.
- Трудоголизм.
- Пытаюсь позаботиться обо всех остальных.
- Угождающий людям.
- Проблемы с самооценкой.
- Постоянно пытаемся сделать больше, чем мы физически способны.
- Предъявляя к себе высокие и нереалистичные требования.
- Ложная ответственность.
- Хронический стресс и тревога.
- Отсутствие близости в отношениях.

Я в порядке

И ты спрашиваешь меня, как у меня дела. И вы хотели бы услышать что все в порядке. И как бы я этого хотел.

Как бы мне хотелось сказать, что это не так. Но я придерживаюсь старой поговорки.

"Я в порядке".

Друг просит меня описать свое настроение с помощью цвета.

Я бы хотел, чтобы это было легко.

Рассказать ей, как поблекли краски и

как все они казались одинаковыми.

От угольно-черного до ярко-красного,

все они были одинаковыми.

Жаль, что я не могу поговорить с тобой. Надолго.

Но потом я почему-то чувствую, что не должен этого делать.

В конце концов, у всех нас есть жизнь, которую нужно вести в нужном русле.

Я слушаю песни, чтобы отвлечься. Я разговариваю. И я понимаю.

Как ужасно у меня получается притворяться. Ты попробуй.

Чтобы отговорить меня от чего-то, сказать мне перестать думать, гадать и все такое прочее.

Но знаешь что?

Это нелегко каждый раз облекать в слова.

Нелегко создавать метафоры из историй, которые умирают.

Нелегко приукрасить все, о чем думает этот разум. И иногда,

вы знаете об этом. Но ты все равно спрашиваешь. "Ты в порядке"?

И я все равно скажу: "Я в порядке".

Психологически одинокий: Я не могу сказать "Нет"

"Самые старые и короткие слова – "да" и "нет" – это те, которые требуют наибольшего обдумывания".

"НЕТ" - это законченное предложение. Это не требует дальнейших объяснений.

Вы действительно можете ответить на чью-то просьбу простым "нет". "Настоящая свобода - это говорить "нет" без объяснения причин". "Тон - самая трудная часть того, чтобы сказать "нет"".

"Половину неприятностей в этой жизни можно отнести к тому, что вы слишком быстро говорите "да" и недостаточно быстро говорите "нет"".

"НО-О-ФОБИЯ"

Нет – две крошечные буквы.

Часто мы думаем "нет", но неожиданно выпаливаем "да". Когда мы в последний раз говорили кому-то "нет"?

Я не помню!

О да, я помню, как говорила "да" – на работе, дома, друзьям, своему соседу, на светские приглашения!

Для некоторых из нас говорить 'да' - это привычка, автоматический ответ. Для других сказать 'да' становится принуждением.

Почему для нас так важно угождать всем, до такой степени, что мы ненавидим себя и чувствуем себя 'трусами'?

Сказать "нет" не значит, что вы плохой человек.

Говорить "нет" не означает, что мы грубы, эгоистичны или недоброжелательны. Нет – сильное слово.

Нет, я хочу эту игрушку.

Нет, я не хочу есть эти овощи.

В детстве так легко сказать "НЕТ". Затем, когда мы взрослеем, мы каким-то образом теряем способность говорить "нет". Мы говорим "да" вещам, которые не хотим делать, проводим время с людьми, которые истощают нашу энергию, оказываем услуги, которые мы не хотим делать, и так далее.

В детстве мы были неотфильтрованы. То, что было внутри, было выражено устно. Но по мере того, как мы взрослели, нас учили, что говорить "нет" невежливо или неуместно. Если мы говорили "нет" маме, папе или учителю, это считалось грубостью, потому что это задевало их самолюбие.

"Да" - это было самое вежливое, что можно было сказать.

Став взрослыми, мы цепляемся за наше детское воспитание и продолжаем ассоциировать "нет" с неприятием, плохими манерами или эгоизмом. Сказав "нет", мы почувствуем вину или стыд, и в конечном итоге почувствуем себя отвергнутыми и одинокими.

"Их мнение обо мне важнее, чем мое мнение о самом себе".

Если мы проживем свою жизнь в зависимости от одобрения других людей, мы никогда не почувствуем себя свободными и счастливыми.

Почему мы не можем сказать "Нет"

Наш самый большой страх - это отвержение. Если бы мы сказали "нет", мы бы разочаровали кого-то, разозлили его, задели его чувства или показались недобрыми или грубыми. То, что люди думают о нас негативно, - это окончательный отказ. Что бы ни говорили другие, что бы они о нас ни думали, для нас очень важно. Неспособность сказать "нет" напрямую связана с необходимостью искать одобрения у других. И поэтому нам трудно сказать "нет".

Еще одна важная причина, по которой мы не можем сказать "нет", заключается в том, что мы понятия не имеем, чего хотим от жизни. Мы понятия не имеем, в чем заключается наше дело. То, что действительно делает нас 'счастливыми'. То, что дает нам глубокое чувство удовлетворения. То, что питает нашу душу. Итак, мы говорим "да" всему.

- Мы хотим избежать конфликта.

- Мы не хотим показаться невежливыми.

- Мы чувствуем себя польщенными тем, что нам предоставлена такая особая возможность.

- - Если я скажу "нет", кто это сделает?

- "Никто не может сделать это так идеально, как я, поэтому я должен это сделать'.

- Мы хотим, чтобы нас ценили.

Это уходит корнями в детство, когда мы не чувствовали, что можем получить любовь, просто оставаясь самими собой. Мы должны были заслужить это, доставляя удовольствие другим.

- Строгое воспитание, когда нас вознаграждали за то, что мы оправдывали ожидания наших родителей, и наказывали за отказ.

- Неоднозначное воспитание, "крутое" в один момент, затем "грубое" в следующий, когда мы решили, что лучше всего сказать "да".

- Нарушенное воспитание, когда у родителей сложные отношения или они испытывают стресс, когда согласие было лучшим способом уменьшить их бремя.

- Небезопасное воспитание - это когда родитель использует ребенка для поднятия своей самооценки, когда на ребенка оказывается давление, чтобы родитель чувствовал себя хорошо.

Большинство детей ищут любви и внимания своих родителей, и отказывать в том, о чем просят родители, - это не способ получить это. Невыполнение родительской просьбы приводит к лишению привилегий, которое продолжается и в подростковом возрасте.

К тому времени, когда мы достигаем совершеннолетия, большинство из нас испытывают беспокойство при одной только мысли о том, чтобы сказать "нет". Потеряем ли мы повышение в должности? Выйдем ли мы из крутой социальной группы? Ответ, безусловно, будет "нет".

Не могу сказать "Нет" … Какой ценой

Никогда не говорить "нет" приходится по очень высокой цене.

- Сказать "да" может быть формой самопожертвования, которая уводит нас от понимания того, каковы наши желания и потребности.

- Может показаться, что постоянное "да" укрепляет отношения. Но в долгосрочной перспективе мы начнем чувствовать, что нами манипулируют, что приведет к потере уважения и ослаблению связей.

- Когда мы начинаем посвящать больше времени и энергии другим, чем себе, мы быстрее истощаемся.

- Разочарование возникает по мере того, как мы отдаляемся от достижения наших целей и создания жизни, о которой мечтали.

- Чем больше времени мы тратим на то, чтобы делать что-то для других, тем меньше времени у нас остается для себя и меньше времени на то, чтобы сделать то, что мы хотим. Это приводит к дисбалансу в расстановке приоритетов.

- Отсутствие уверенного общения заставляет нас плохо относиться к самим себе и приводит к низкой самооценке.

- В конечном счете, в конечном счете можно даже не знать, чего мы хотим. Мы становимся бесчувственными от того, что делаем то, чего хотят другие. Мы даже забываем, что нам нравится и что мы ненавидим, и забываем, кто мы есть на самом деле.

Быть напористым

Что происходит, когда мы слишком пассивны?

- Мы говорим "да", когда не хотим этого делать.

- Мы не заботимся о себе, поскольку слишком заняты заботой о других.

- Мы эмоционально истощаемся, отдавая и не получая.

- Нас не ценят.

- Люди пользуются нашей добротой.

- Мы приносим извинения за то, чего не совершали.

- Мы чувствуем себя виноватыми.

- Мы проводим время с людьми, которые нам не нравятся.

- Мы избегаем конфликтов.

- Мы поступаемся своими ценностями.

Помогать другим - это хорошо. Но некоторые из нас делают это до такой степени, что причиняют себе вред, просто потому, что мы не самоуверенны. Мы нуждаемся в эмоциональной и духовной подпитке. Когда мы даем или позволяем людям брать у нас, не пополняя наш запас с помощью заботы о себе и полноценных отношений, мы в конечном итоге становимся истощенными и обиженными.

Что мешает быть напористым?

Какие страхи мешают нам быть более напористыми? Какой неприятный исход может произойти, если мы будем более напористыми?

Мы боимся задеть чувства людей, мы боимся быть отвергнутыми или люди уйдут из нашей жизни, мы боимся конфликтов, мы боимся, что нас сочтут трудными, мы боимся, что наши потребности не будут удовлетворены, даже если мы попросим.

Препятствием для ассертивного общения является путаница между ассертивностью и агрессией. Самоутверждение - это не крик и не спор. Уверенное общение основывается на уважительном общении. Это четкое, прямое и уважительное сообщение наших мыслей, чувств и потребностей, без грубости.

Мы совершаем ошибку, ожидая, что люди будут знать, чего мы хотим, а чего не хотим. Несправедливо ожидать, что они будут знать об этом. Мы должны сказать. Самоутверждение - это навык. Чем больше мы практикуемся, тем легче это становится.

Уверенное общение способствует уважению. Они уважают тех, кто может постоять за себя и попросить о том, чего они хотят или в чем нуждаются, в то же время уважая других. Самоуверенность также повышает самоуважение. Мы начнем ценить свои чувства и потребности, а не игнорировать их. Это увеличивает шансы на удовлетворение наших потребностей. Это повышает теплоту в отношениях.

Как сказать "Нет"

Мы склонны сосредотачиваться на других людях и их проблемах до степени одержимости. Вместо того чтобы сосредотачиваться на вещах, которые мы не можем контролировать, нам нужно сосредоточиться на том, что мы можем контролировать, и научиться принимать то, что мы не можем.

Сосредоточившись на вещах, с которыми мы можем что-то сделать, мы можем быть более эффективными, делать больше и чувствовать себя более удовлетворенными в своей работе и личной жизни.

- Будьте напористы, прямолинейны и недвусмысленны. Скажите– "Нет, я не могу, я не хочу".
- Будьте вежливы – "Ценю, спасибо, что спросили".
- Избегайте говорить "Я подумаю об этом", если вы не хотите этого делать. Это только затягивает ситуацию, приводя к еще большему стрессу.
- Строго говоря, не лги. Ложь приводит к чувству вины и ухудшению отношений.
- Не извиняйтесь и не приводите оправданий и причин.
- Потренируйтесь говорить "нет".
- Лучше сказать "нет" сейчас, чем обижаться потом.

Наша самооценка не зависит от того, как много мы делаем для других людей.

"Вы учите людей, как относиться к вам, решая, что вы примете, а что нет".

"Иногда "нет" - это самая благородная и уважительная вещь, которую вы можете кому-то сказать".

"Я научился говорить "НЕТ". Теперь я больше не чувствую себя загнанным в ловушку, обиженным или виноватым. Вместо этого я чувствую себя сильным и свободным".

"Помните, когда вы говорите "нет" другим и вещам, которых вы не хотите, вы говорите "да" чему–то лучшему - себе".

Психологически одинокий: Я недостаточно хорош

"Вы критиковали себя в течение многих лет, и это не сработало. Попробуйте одобрить себя и посмотрите, что произойдет".

— Луиза Хэй

"Никто не может заставить вас чувствовать себя неполноценным без вашего согласия".

— Элеонора Рузвельт

"Почему я недостаточно хорош?" мы плачем про себя после того, что называем потерей — разбитого сердца, проваленного теста, отказа от того, чего мы хотели или заслуживали. Ни одно человеческое существо никогда не бывает "слишком хорошим" для другого. В повседневной жизни мы проходим через переживания, когда чувствуем, что отдали жизни все, что могли, усердно работали, старались изо всех сил, но все равно чувствуем, что мы недостаточно хороши. Мы постоянно корим себя, думая, что нам все еще нужно быть кем-то большим, делать больше, быть лучше, поступать еще лучше. Мы не воспринимаем негативную мысль, понимаем ее реалистично и преобразуем в вдохновляющую мысль. Мы берем негативную мысль, усиливаем ее и рассматриваем наихудший сценарий. Мы растягиваем это до такой степени, что кажется, будто жизнь разваливается на части.

Так легко поддаться влиянию наших собственных мыслей. Недостаточно хорош в детстве для наших родителей. Недостаточно хорош как родитель для наших детей. Недостаточно хорош в отношениях. Недостаточно хороши в том, что мы делаем. Недостаточно хорош для нашей работы. Недостаточно хорош ни в чем.

Нам не обязательно быть самыми привлекательными, самыми умными, самыми приспособленными или самыми творческими личностями в мире, чтобы быть достойными. Мы не единственные, кто испытывает эти чувства. Мы все снова и снова сомневаемся в собственной самооценке. Такие мысли в сочетании с давлением и стрессом современного мира могут подорвать нашу уверенность в себе и самоуважение.

Я чувствую, что

недостаточно хорош … Я

не соответствую этим

стандартам …

Я чувствую, что другие намного лучше меня …

Происхождение фразы "Я недостаточно хорош"

Это укоренилось так глубоко внутри нас, что мы просто не можем избавиться от этого чувства. Как и в случае с другими самоограничивающими системами убеждений, это также уходит корнями в годы нашего взросления.

Младенцы очень впечатлительны и легко усваивают окружающую их среду. Единственная эмоция, которая важна, - это завоевать любовь и привязанность окружающих людей. Любая другая эмоция им по-прежнему чужда. Они просто хотят, чтобы их любили, заботились и ласкали. У них нет понимания, зрелости и когнитивной осведомленности о спорах, которые происходят между родителями, об окружающей ребенка среде. В неблагополучных семьях ребенок не понимает, почему взрослые ведут себя так, как они это делают.

Подсознательно растущий ребенок усваивает мысли: "Мои родители не любят меня, потому что я недостаточно хорош. Если бы только я был лучше, этого бы не случилось.' "Если бы мои оценки были лучше, мои родители были бы так горды и не ссорились бы". "Если бы я повиновался им, они были бы менее напряжены". "Если бы я помогла своей маме, она была бы так счастлива".

Дети неосознанно рационализируют и сосредотачивают проблемы в своем окружении на себе самих. 'Если бы я был достаточно хорош, мой мир был бы намного лучше'. Они усваивают, что независимо от того, что они делают, они не могут решить проблемы своих родителей. Они дети, и это не их проблема, которую нужно решать, но они пока этого не знают. Итак, они продолжают пытаться. *К сожалению, родители в неблагополучных семьях обвиняют своих детей или проецируют на них плохие чувства, которые испытывают родители в данный момент.* Они даже проклинают присутствие своего ребенка как источник своих несчастий. *В конечном итоге ребенок несет эмоциональный багаж семьи.*

Мы воспитываем наших детей точно так же, как воспитывали нас самих. Внутреннее чувство, что "я недостаточно хорош", становится сильнее. Ребенок, который теперь вырос и стал родителем, теперь говорит– "Я недостаточно хороший родитель'. Негативные послания нельзя "отменить" простыми аффирмациями или убеждением самих себя в том, что с нами все в порядке. Нам нужно раскрыть более глубокую травму, заложенную в ребенке, ставшем взрослым, и высвободить ее.

Ателофобия

Ателофобия - это страх сделать что-то неправильно или быть недостаточно хорошим.

Простыми словами, это страх перед несовершенством. Слово Ателофобия состоит из двух греческих слов: Атело означает "несовершенный", а фобия - "страх". У людей с ателофобией обычно развивается депрессия или тревога, когда ожидания не соответствуют действительности.

- Ателофоб беспокоится о том, что все, что он или она делает, нехорошо, неприемлемо или совершенно неправильно. Повседневные задачи, такие как рутинная работа, учеба, звонок, составление электронного письма, выступление перед другими, могут стать тяжелым испытанием. Они боятся, что совершают какую-то ошибку и не справляются со своей задачей. Это питательная среда для крайнего самосознания и ощущения, что тебя постоянно осуждают и оценивают.

- Ателофобы подсознательно ставят своей целью совершенство. Эта цель по большей части неуловима и редко достигается. Это делает человека несчастным, бесполезным и неэффективным в жизни. Он постепенно теряет уверенность в себе и самоуважение, укрепляя убеждение в том, что он никогда ничего не сможет сделать правильно.

- Люди с такими чувствами могут быть такими же умными и талантливыми, как и другие, но их потенциал маскируется ощущением того, что они недостаточно хороши. Они предпочитают ни с кем не соревноваться и не принимают вызовов.

• Студенты, даже несмотря на то, что они завершили подготовку к экзаменам, продолжают пересматривать и пересматривают материал и заканчивают разочарованием. Они верят, что они не "идеальны", и никогда не бывают удовлетворены. Этот страх перед несовершенством может помешать людям делать что-либо продуктивное, потому что они боятся, что могут сделать это неправильно и разочаровать окружающих, а также самих себя.

• Некоторые ателофобы боятся несовершенства до такой степени, что им кажется, будто они должны следить за тем, чтобы каждая задача, которую они выполняют, была выполнена с предполагаемой степенью совершенства. Это проявляется в перфекционизм и склонность к ОКР. Эти люди переполнены беспокойством, страхом и дурными предчувствиями.

Причины и Закономерности

Мы иррациональны по своей природе, и мы являемся результатом всего того опыта, который формирует нас. Важно рассмотреть коренные причины такого иррационального поведения и мыслей, чтобы иметь возможность работать над ними.

Детские переживания

Переживания, которые мы получаем в детстве, формируют то, как мы думаем о себе и окружающем мире. Возможно, нам сказали или заставили осознать, что мы недостаточно хороши. Иногда не хватает заботы, любви и одобрения, в которых нуждается ребенок и которых он ожидает. Не всегда потому, что родители не дают, но в основном потому, что у них разное определение одного и того же. Возможно, просто наши родители не умели любить из-за своих собственных нерешенных проблем. Присутствие брата или сестры и разделенная любовь могут усугубить это чувство. В течение первых семи лет жизни ребенок абсолютно нуждается в безусловной любви и в том, чтобы иметь возможность доверять основному воспитателю. Если этого не происходит, мы в конечном итоге сталкиваемся с "тревожной привязанностью", которая заключается в том, что мы никогда не доверяем себе или другим и испытываем недостаток уверенности.

Страх быть отвергнутым

Мы возводим стены вокруг себя, потому что боимся, что нас отвергнут и не оценят такими, какие мы есть. Следовательно, быть недостаточно хорошим для кого-то становится оправданием. Мы боимся впускать людей в нашу внутреннюю жизнь.

Предыдущий неприятный опыт

Чувство того, что ты недостаточно хорош, может быть результатом какого-то опыта, особенно в предыдущих отношениях. Часто наша забота, любовь и привязанность не отвечают взаимностью, вероятно, это было одностороннее ожидание. Это может быть связано с недостатком уверенности в себе и доверием, но это также может быть связано с тем, что наш партнер не является делают все возможное, чтобы мы чувствовали себя в безопасности. Иногда наш партнер может не оказывать нам эмоциональной поддержки и ободрения, необходимых в отношениях. Вместо того чтобы ожидать от них большего, мы приходим к выводу, что причина проблем кроется внутри нас самих. Это распространяется и на другие наши отношения в настоящем и будущем. Все потому, что я недостаточно хорош.

Обобщение наших чувств

Обида или чувство неадекватности в одной сфере нашей жизни распространяется на другие сферы и отношения. Мы можем понести финансовые потери и начать чувствовать, что недостаточно хороши для бизнеса. Постепенно это сводится к тому, что мы недостаточно хороши в любом предприятии, за которое беремся. Депрессия в сфере финансов влияет на нас эмоционально, и наши беспокоящие эмоции портят наши отношения. Просто из-за одного неудачного опыта.

Основная система убеждений

Низкая самооценка связана с нашими глубокими подсознательными убеждениями, нашими представлениями о нашем внутреннем и внешнем мире, которые мы ошибочно принимаем за факты. Эти основные убеждения сформировались, когда мы были маленькими и взрослели, не обладая достаточной осведомленностью и перспективой в нашем юном возрасте. Удивительно, но мы основываем наши жизненные решения на них.

Негативная окружающая среда

Иногда плохое самочувствие может быть спровоцировано и усилено компанией, в которой мы находимся, которая продолжает напоминать нам об этом и давить на нас. Наша ядовитая дружба и взаимоотношения усиливают ощущение того, что мы недостаточно хороши.

Что можно сделать

Перестаньте сравнивать

Мы сравниваем то, что переживаем внутри себя, с тем, что видим снаружи у других людей. *Наше плохое всегда будет заставлять нас чувствовать себя недостаточно хорошими по сравнению с хорошим других*. Итак, игнорируйте то, что делают и чего добиваются другие. Наш жизнь состоит в том, чтобы нарушить наши собственные границы и прожить свою лучшую жизнь. Будьте добры, но не будьте покорными. Не соглашайтесь на что-то только для того, чтобы избежать конфликта и быть принятым в отношениях.

Неудачи необходимы для жизни

Неудача - важная часть жизни. Это приводит к равновесию. Именно через неудачи мы усваиваем величайшие уроки, которые могла бы преподать нам жизнь. Неудача кует величие. Неудачи, с которыми мы сталкиваемся, позволяют нам ценить наши успехи.

Я и я

Если мы всегда задаемся вопросом: "Почему я недостаточно хорош?", помните, что это решаем мы сами. Только нам решать, насколько мы хороши, в чем мы хороши, насколько хорошими мы хотим быть. Если кому-то не нравится в нас что-то из того, что мы любим в себе, нам не нужно меняться. Нам не нужно передавать дистанционное управление нашей жизнью другим. Нам не нужно свидетельство о том, кто мы такие, от других людей. Никто не понимает меня лучше, чем я сам. Я ближе всего к себе. Итак, почему мы оцениваем свою ценность по тому, что видим вокруг, вместо того, чтобы радоваться тому, что есть внутри нас? Я должен научиться быть счастливым и довольным собой. Начните больше прислушиваться к тому, кто мы есть, и меньше к тому, что мир говорит о том, какими мы должны быть, чего хотим или что делаем. *Я такой, какой я есть, и я - центр своей вселенной*. Нас любят не за то, что мы делаем. Нас любят такими, какие мы есть. Перестаньте искать подтверждения и одобрений у других.

Люби себя

"Если бы я попросил тебя назвать все, что ты любишь, сколько времени потребовалось бы, чтобы назвать себя?"

"Если я не могу любить и ценить себя, как я могу ожидать, что другие будут любить и ценить меня".

Перестаньте зацикливаться на недостатках и начните фокусироваться на позитиве. Сегодня на планете нет ни одного человека, который обладал бы той уникальностью, которой обладаем мы сами. И никогда этого не будет. Итак, мы должны любить себя такими, какие мы есть, и это начинается с признания и приятия.

"Даже в самом лучшем виде ты все равно будешь недостаточно хорош не для того человека".

"Ты не можешь ненавидеть свой путь к любви к себе".

"Говоря себе, что ты никчемный и непривлекательный, ты не почувствуешь себя более достойным или привлекательным".

Это жизнь, по которой я иду один, Полный разбитых надежд, Всегда злой без всякой причины, Постоянно желая положить конец этой ссоре. Борясь с собой снова и снова, иногда я хочу, чтобы эта жизнь закончилась.

Мама в депрессии, но предпочитает прятаться, вымещает свой гнев на тех, кто рядом с ней, не понимает, что я пытаюсь помочь.

Она избегает меня и вместо этого ненавидит. Бабушку постигает неудержимая судьба. Болезнь довела ее до белого каления.

Печально видеть, как такой невинный человек становится еще одной жертвой рака.

Слишком многим друзьям тоже больно, они думают, что их жизнь - ад.

Слишком много друзей хотят остановиться, думая, что самоубийство - единственный выход. Но внутри меня - самое худшее из всего.

Я не знаю, как долго я смогу стоять во весь рост. Воспоминания о счастье прогоняются прочь, но ужасные извращенные мысли остаются.

Ничто из того, что я делаю, не может заставить ее гордиться мной. В ее облаках нет худа без добра.

Я - ливень, наполненный темными небесами и навязчивым дождем, полным лжи.

Я только хотел бы заставить ее увидеть, что я изо всех сил стараюсь, чтобы быть

Кто-то, кому она может доверять и кого может любить. Вместо этого она говорит мне, что я недостаточно хорош. Все, что я делаю, - это неправильное решение.

Она постоянно говорит мне, что я живу не тем путем, которого она действительно хотела бы, чтобы я избрал, но я всего лишь одна большая ошибка.

Если бы я мог, я бы стер себя отсюда, мне не пришлось бы жить в этом страхе.

Я тоже хотела бы быть худой

И всегда счастливая, веселая и хорошенькая. Вместо этого я смотрю на себя в зеркало, разочарованный появившимся отражением.

Трудно жить, когда ты не любишь себя таким, какой ты есть, Желая все это изменить.

Каждый день я делаю мысленную заметку.

Как много я пропущу, если решу уехать?

И то, как сильно боль заставляет меня наклоняться к краю, Медленно ползет вверх по изгороди.

Сколько еще я смогу продержаться

Прежде чем моя жизнь уйдет в прошлое? Источник: *www.familyfriendpoems.com*

Психологически одинокий: Я Виноват

"Я - это каждая ошибка, которую я когда-либо совершал. Я - каждый человек, которому я когда-либо причинял боль. Я - это каждое слово, которое я когда-либо произносил. Я соткан из недостатков".

"Найти недостатки легко; сделать лучше может быть трудно".

"Ты должен отпустить это. Ты можешь цепляться за ненависть, любовь и даже горечь, но ты должен снять с себя вину. Вина - это то, что разрушает тебя".

"Брать на себя ответственность - значит не винить себя. Все, что лишает вас силы или удовольствия, превращает вас в жертву. Не делай из себя жертву самого себя!"

"Ты не можешь продолжать винить себя. Просто обвини себя один раз и двигайся дальше."

Чувство ответственности, вины или стыда удерживает нас от причинения боли другим и позволяет нам учиться на своих ошибках. Это помогает нам быть более чуткими друг к другу. Это делает нас людьми.

Одна из самых распространенных черт менталитета жертвы - это винить самих себя. Это становится проблемой, когда мы виним себя за то, чего не делали или за что не должны чувствовать ответственности или стыдиться. Обвинение себя становится защитой от беспомощности и бессилия, которые мы чувствуем.

"Я виноват" — стыд - это чувство вины, сожаления или печали, когда мы чувствуем, что сделали что-то не так. Это чувство вины, сожаления, смущения или позора. Это чувство, что мы плохие и никчемные. Чувство вины проникает в нас так глубоко, что определяет, как мы думаем о себе, и мы чувствуем, что мы плохие. Это эмоциональное состояние, когда вы чувствуете себя плохим, никчемным, неполноценным и в корне ущербным.

Это развивается из-за того, что наши воспитатели регулярно стыдили или наказывали нас пассивно или активно. Эта травма пережита в нашем детстве и юность. Эта травма была пережита, повторялась снова и снова и так и не была излечена. Нас приучили постоянно испытывать стыд, когда стыдиться было нечего или очень мало. Итак, мы усвоили эти обидные и лживые слова и поведение, и это стало нашим пониманием того, кто мы есть как личности.

Происхождение фразы "Я виноват'

В неблагополучных семьях, когда дети пережили какую-либо травму — эмоциональную, безнадзорность, физическое или сексуальное насилие, - их чувства, как правило, подавляются. Им не разрешается выражать то, что они чувствуют: боль, печаль, гнев, отвержение и так далее. Более того, эти эмоции никогда не бывают поняты и разрешены.

Нас учат, что проявлять гнев неправильно, а злиться на людей, которые причиняют нам боль, – членов нашей семьи, - это грех. *Ребенок должен зависеть от тех же людей, которые нанесли ему травму.* Ребенок не знает, почему все это происходит. Для маленького ребенка мир - это дом, где он растет, и единственные люди, которые имеют значение, - это те, кто находится вокруг него. Поскольку психика ребенка все еще развивается, для него он является центром своего мира. Поэтому, если что-то не так, их тонкий ум склонен думать, что все это связано с ними, что это все их вина.

Это чувство, что "я виноват", подтверждается у ребенка, потому что он слышит это от родителей – ребенка часто обвиняют. Эти подавленные, нерешенные и неопознанные проблемы затем переносятся во взрослую жизнь.

Самокритика

Когда нас чрезмерно критикуют, несправедливо обвиняют и придерживаются нереалистичных стандартов, мы усваиваем эти суждения и в какой-то момент обвиняем и критикуем самих себя: "Я плохой". "Я никчемный". "Я недостаточно хорош'. Они часто проявляются в различных формах перфекционизма, таких как наличие нереалистичных, недостижимых стандартов.

Черно-белое мышление

Черно-белое мышление - это когда мы мыслим в сильных крайностях – либо так, либо этак. Здесь не может быть никакого нестандартного мышления. По отношению к себе хронически обвиняющий себя человек может думать: "Я *всегда* терплю неудачу". "Я *никогда* ничего не могу сделать правильно". "Я *всегда* ошибаюсь'. - Другие *всегда* знают лучше.' Если что-то не идеально, *все* воспринимается как плохое.

Хроническая неуверенность в себе

"Правильно ли я все делаю? Достаточно ли я делаю? Смогу ли я это сделать? Я столько раз терпел неудачу. Могу ли я действительно добиться успеха?"

Плохой уход за собой и причинение себе вреда

Было замечено, что люди, которые винят себя, плохо заботятся о себе, иногда вплоть до причинения себе вреда. Таких людей никогда не учили заботиться о себе — им не хватало заботы, любви и защиты, когда они росли. Поскольку такой человек склонен винить себя, членовредительство в его подсознании кажется надлежащим наказанием за то, что он "был плохим", точно так же, как его наказывали в детстве.

Неудовлетворительные отношения

Самообвинение может играть большую роль в отношениях. На работе мы можем брать на себя слишком много обязанностей и быть склонными к эксплуатации. В романтических или личных отношениях мы можем воспринимать жестокое обращение как нормальное поведение, быть неспособными конструктивно разрешать конфликты или иметь нереалистичное представление о том, как выглядят здоровые отношения.

Хронический стыд, вина и тревога

Наиболее распространенными эмоциями и психическими состояниями являются стыд, вина и тревога, но это также может быть одиночество, замешательство, отсутствие мотивации, бесцельность, паралич, подавленность или постоянная настороженность. Эти чувства и настроения также тесно связаны с такими явлениями, как чрезмерное обдумывание или катастрофизация, когда мы больше живем в своей голове, чем сознательно присутствуем во внешней реальности.

Безадресные и неразрешенные мысли о самообвинении сохраняются в нашей дальнейшей жизни и проявляются в широком спектре эмоциональных, поведенческих, личных и социальных проблем. К ним относятся низкая самооценка, хроническая самокритика, иррациональное мышление, хроническая неуверенность в себе, недостаток любви к себе и заботы о себе, нездоровые отношения и такие чувства, как токсичный стыд, вина и тревога.

Когда мы правильно определяем эти проблемы и их истоки, мы можем начать работать над их преодолением, что приносит больше внутреннего покоя и общей удовлетворенности жизнью.

Стыд и вина

Чувство стыда часто сопровождается чувством вины. Мы чувствуем не только стыд, но и вину за то, за что не несем ответственности. Мы чувствуем стыд и вину, когда другие люди несчастны.

Ошибочное поведение

Эти чувства перерастают в нездоровое поведение, включая отыгрывание, причинение вреда другим, чувство ответственности за других, самосаботаж, токсичные отношения, плохую заботу о себе, чрезмерную чувствительность к восприятию других людей, восприимчивость к манипуляциям и эксплуатации и многое другое.

- Таким образом, мы страдаем от низкой самооценки и отвращения к себе, проявляющихся в плохом уходе за собой, причинении себе вреда, отсутствии эмпатии, неадекватных социальных навыках и многом другом.
- Возникает ощущение хронической *пустоты и одиночества*.
- Самообвинение может привести к перфекционизму.
- Самообвинение приводит к нездоровым отношениям, поскольку мы неспособны их построить и поддерживать.
- Нами можно легко воспользоваться, и мы склонны к эмоциональным манипуляциям.

Привычка к самообвинению и чувство стыда и вины часто являются результатом усвоения детского опыта. Это происходит много раз в те семьи, где ребенка делают козлом отпущения за проблемы в доме. Это заставляет родителя поверить, что в остальном семья в порядке и здорова, просто виноват тот проблемный ребенок, который все портит и усложняет жизнь. Если ребенку снова и снова говорят, что во всем всегда виноват ты, он на самом деле верит, что это правда в любой ситуации. Это усвоение того, что тебя подвергают постоянной критике.

Когда мы обвиняем себя, мы отключаемся от реальности и попадаем в ловушку наших собственных мысленно сконструированных историй. Мы начинаем верить, что что-то не так или чего-то не хватает, когда все идет не так, как планировалось. Такие убеждения, как "Я недостаточно умен, я недостоин и меня нельзя любить", глубоко укореняются в нашей психике.

Наша жизнь такова, какая она есть, потому что мы постоянно говорим себе, кто мы такие. Почему мы цепляемся за свои внутренние бури и чувство вины? Мы должны понимать, что не можем винить себя за улучшение. *Самообвинение - одна из самых токсичных форм эмоционального насилия.* Это усиливает и приумножает наши предполагаемые недостатки и выводит нас из строя еще до того, как мы успеваем начать двигаться вперед. Это может помешать нам браться за выполнение задач, заставить нас застрять в том, что мы делаем регулярно, и, самое главное, помешать нам эволюционировать в лучших существ.

Вы сами, как никто другой во всей вселенной, заслуживаете своей любви и привязанности.

— Будда

Я знаю, что я виноват

Я знаю, что переборщил

Это была моя ошибка, что я не доверял тебе, поэтому я сожалею о том, что сделал

Мне жаль, это все, что я могу тебе сказать

Я хочу, чтобы ты посмотрел на меня и увидел, я хочу, чтобы ты понял.

Я чувствую, что это все моя вина...

Я хотел бы, чтобы ты был тем, кто держал бы меня за руку... Бывают моменты, когда я чувствую себя такой потерянной и пристыженной

Эти чувства - моя собственная вина, винить следует исключительно меня. Я так загнан в ловушку своих эмоций.

Мое сердце перестало биться, в моей жизни нет движения. Я больше не ем, я не могу спать по ночам.

Мой разум так пуст, что видны только мои недостатки. Кто в этом мире когда-нибудь захочет меня?

Я недостаточно хорош и настолько глуп, насколько это возможно. Все, что я могу делать, это плакать, пока не засну.

Я так разбит, мои эмоции слабы.

Я отношусь к себе как к призраку, как к мертвому отражению, я плачу, потому что у меня нет никакой защиты.

Я боюсь возвращаться – возвращаться к своим старым временам, я виноват во всех своих странностях.

Психологически одинокий: Я неудачник

"Успех не окончателен; неудача не фатальна. Главное - это мужество продолжать".

— Уинстон Черчилль

Чувство неудачи больше зависит от того, что происходит внутри нас, чем от того, что происходит с нами на самом деле.

Некоторые из нас время от времени чувствуют себя неудачниками. Другие чувствуют себя неудачниками каждый божий день своей жизни.

Я полный неудачник.

Я ничего не могу сделать правильно.

Никаких друзей. Никакой работы. Никаких навыков. Я неудачник в жизни. Никто меня не любит. Я неудачник.

Чувство неудачи не всегда может быть вызвано значительным жизненным событием. Иногда спусковой механизм может быть таким же простым, как отругание за мелкую проблему, забывание вовремя оплатить счет или опоздание на встречу. Но количество боли, которую мы позволяем себе испытать из-за неудачи, намного больше, чем само неудачное мероприятие. Мы чувствуем себя неудачниками, даже несмотря на то, что другие видят в нас потенциал.

Каждый терпит неудачу на каком–то этапе жизни - в отношениях, в карьере, в личной жизни, в том, что касается оправдания ожиданий. В какой-то момент это становится хроническим чувством неудачи. Это чувство становится настолько сильным, что мы ослепляем себя от всего положительного. Неудача становится синонимом нашей идентичности. Ощущение себя неудачником вчера и сегодня приводит к предсказанию неудачи в будущем.

В чем смысл? Я всегда все порчу.

Зачем устраиваться на эту работу? Я определенно не буду выбран.

Я не буду делать предложение девушке, которая мне нравится. Я буду отвергнут.

Я неудачник и всегда им буду. Зачем вообще утруждать себя попытками добиться успеха в чем бы то ни было?

Быть в/с, делающим

Тяжесть, которая приходит с чувством неудачи, вызвана не реальностью самой неудачи, а личным восприятием этой неудачи и того, что это значит для нас.

Есть разница между ощущением себя неудачником и действительной неудачей в чем-то.

Давайте разберемся в этом -

Я чувствую себя неудачником, потому что не завершил свою работу. Мне не удалось завершить свою работу.

Ощущение себя неудачником возникает из-за нашей интерпретации того, кто мы есть. На самом деле, неудача - это просто неудача. Правда в том, что я не завершил свою работу – никакого другого значения это не имело. Незавершение моей работы не имеет никакого отношения к моей личности. Ощущение себя неудачником связано с восприятием. Речь идет о "бытии против делания'.

В повседневной рутинной жизни – мы не в состоянии придерживаться расписания и крайних сроков, мы не помним, где держали свой мобильный телефон, портим блюдо и т.д. Это неизбежно и абсолютно нормально. Но в тот момент, когда мы обобщаем и действительно начинаем чувствовать себя неудачниками, именно тогда мы действительно терпим неудачу. Это когда мы начинаем негативно думать о себе. Постепенно чувство неудачи укореняется в нашем подсознании и становится частью нашей системы убеждений. Чувство неудачи приводит к разочарованию, которое в конечном итоге приводит к дальнейшему ощущению неудачи. Это порождает чувство безнадежности, никчемности и ненужности. Нам стыдно и плохо. Мы начинаем сомневаться в цели нашего существования.

Происхождение чувства неудачи

Пробуй, пробуй, пробуй, пока не добьешься успеха.

Мы все выросли с этой пословицей. С одной стороны, это мотивирует нас не сдаваться. Но, с другой стороны, это заставляет нас верить, что успех должен быть достигнут. Следовательно, стремление к успеху закладывается с самого детства. Но есть ли какие-либо научные доказательства того, что последовательные неудачи являются позитивными и продвигают инновации вперед?

Корни детства

Ощущение себя неудачником уходит корнями в наше детство. Нас учат, что мы должны достичь определенных высот, чтобы быть замеченными, достойными и любимыми. Несмотря на то, что родители любят своих детей безоговорочно, практически это не так. Многие родители лишают себя внимания и привязанности, когда их дети совершают ошибки, неудачи встречают руганью и гневом, даже если эти кажущиеся ошибки незначительны.

С первых дней нашего детства наши родители и общество в целом систематически и много раз неосознанно подпитывали определенные вещи – успех и неудачу. *Мир вокруг настолько полон жесткой конкуренции, что вам нужно добиться успеха.* На самом деле, неуспех - это не обязательно неудача. Но нас воспитывали с этой нелогичной жизненной философией – если ты преуспеваешь, ты выживаешь; если нет, ты неудачник. Такие самоограничивающие убеждения являются основной причиной хронического ощущения себя неудачником.

Мы также переносим чувство неудачи с детства, если наши учителя или сверстники относились к нам так, что казалось, будто мы неудачники. Учителя, которые наказывают детей, испытывающих трудности, могут оказать мощное, болезненное и травмирующее воздействие на формирование мозга и эмоциональное состояние ребенка, равно как и осуждение и издевательства сверстников. Если в детстве над нами насмехались, плохо обращались по сравнению с другими учениками или унижали посреди урока, мы переносим чувство неудачи во взрослую жизнь. Если над нами смеялись из-за того, как мы выглядели, или из-за того, какое у нас было чувство стиля, или из-за взглядов, которых мы придерживались, сравнивали и проклинали за наши оценки, насмехались над тем, как мы говорили, колебались или заикались, такой опыт усваивается. Негативные описания самих себя и нашей ситуации усиливаются по мере того, как мы вступаем во взрослую жизнь.

Детям должно быть позволено совершать ошибки. "Чрезмерное воспитание" имеет свои пагубные последствия. "Чрезмерное воспитание" - это ошибочная попытка родителей улучшить текущие и будущие личные и академические успехи своего ребенка. Это может подорвать уверенность ребенка в себе. Студенты должны терпеть неудачи, чтобы овладеть важными жизненными навыками, такими как ответственность, организованность, манеры, сдержанность и дальновидность. Позволить детям бороться – это трудный подарок, но он жизненно важен.

"Наша работа - готовить наших детей к дороге, а не готовить дорогу для наших детей".

Самовосприятие

Наши разговоры с самим собой могут заставить нас чувствовать себя неудачниками. То, как мы разговариваем сами с собой, и то, как мы выстраиваем свою жизнь, чрезвычайно важно для определения того, как мы справляемся с неудачами, как мы справляемся с разочарованием и болью, и насколько успешными мы будем в продвижении вперед и принятии правильных решений. То, как мы говорим сами с собой, - это то, как мы создаем свою идентичность. Следовательно, *мы чувствуем себя неудачниками, потому что думаем о себе как о неудачниках.*

Сравнение и конкуренция

Если вы всегда сравниваете себя с другими людьми, вы будете страдать либо от ревности, либо от эгоизма.

Когда мы оглядываемся вокруг и видим успешную кинозвезду или звезду спорта, у которой куча денег, куча признания и бесчисленное множество поклонников, или, если уж на то пошло, когда мы смотрим на людей вокруг нас или в социальных сетях – мы чувствуем себя несколько неадекватными, недостойными, с чувством неудачи. Мы видим, как люди вокруг нас добиваются успеха в отношениях, женятся, рожают детей, имеют счастливую семью, в то время как у нас есть проблемы в наших отношениях. Мы всегда будем чувствовать себя неудачниками, если сосредоточим свое внимание на том, чего нам не хватает. Отношения поддерживать нелегко, и ссоры случаются в каждой семье. Сравнение никогда не является эффективным способом измерения самооценки. Каждое отдельное человеческое существо, которое живет и которое когда-либо жило, уникально. Мы всегда чувствуем, что *на другой стороне трава всегда зеленее.*

Виртуальные успехи

Мы все хотим чего-то для себя. Некоторые из нас, возможно, захотят создать семью или собственный бизнес; другие, возможно, захотят получить высшее образование или похудеть. Наши мечты и цели требуют ежедневной настойчивости и внутреннего желания стремиться к ним. Каждый раз, когда мы достигаем желаемого, наш мозг выделяет дофамин. Вот почему мне так приятно что-то делать. Мы обманом заставляем наш мозг выделять гормон *хорошего самочувствия* дофамин с помощью "виртуальных успехов" - побед в мобильных играх, лайков в социальных сетях и т.д. Мы обманываем свой мозг, заставляя его верить, что живем полноценной жизнью, но на самом деле не живем ею. Но что—то подсказывает нам - это не то, чего я желал внутри, это не тот успех, о котором я мечтал.

Что делает неудача ...

- Неудача делает ту же самую цель менее достижимой. Это искажает представление о наших целях. На самом деле наши цели так же достижимы, как и до того, как мы подумали, что потерпели неудачу; меняется только наше восприятие.

- Неудача искажает наше представление о наших способностях. Это заставляет нас чувствовать себя менее способными к выполнению поставленной задачи. Как только мы чувствуем себя неудачниками, мы неправильно оцениваем свои навыки, интеллект и возможности и считаем их значительно слабее, чем они есть на самом деле.

- Неудача заставляет нас чувствовать себя беспомощными. Это наносит эмоциональную рану. Мы сдаемся, потому что не хотим снова быть ранеными. Лучший способ сдаться - это почувствовать себя беспомощным. Мы чувствуем, что ничего нельзя сделать для достижения успеха, поэтому и не пытаемся. Таким образом, мы могли бы избежать будущих неудач, но у нас также будут отняты успехи.

- Единичный неудачный опыт может породить подсознательный "страх неудачи". Мы не рассматриваем вопрос о том, как увеличить наши шансы на успех; мы просто пытаемся избежать чувства вины в случае неудачи.

- Страх неудачи приводит к бессознательному самосаботажу. Чтобы избежать неудачи и обезопасить себя от боли будущих неудач, мы "ставим себе помехи". Мы создаем оправдания, причины и ситуации, которые оправдывают нашу неудачу. Такое поведение часто оборачивается в самореализующиеся пророчества, потому что они саботируют наши усилия и увеличивают вероятность неудачи.

- Страх неудачи может передаваться от родителей к детям. Родители, испытывающие страх неудачи, невольно передают его своим детям, резко реагируя или эмоционально отстраняясь, когда их дети терпят неудачу. Это повышает вероятность того, что у детей разовьется страх собственной неудачи.

- Стремление к успеху усиливает беспокойство по поводу результатов работы. Тревога, в свою очередь, ослабляет наши усилия, что снова приводит к ощущению неудачи.

- Неудача заставляет нас чувствовать себя подавленными во всем, что бы мы ни делали. Мы считаем, что мы просто недостаточно хороши, и у нас развивается чувство комплекса неполноценности. К жизни относятся настолько критически, что вместо того, чтобы думать о том, как преодолеть неудачу, мы продолжаем зацикливаться на обстоятельствах, которые нас разлучают.

Определенные факторы предрасполагают нас к ощущению неудачи

- Узоры из детства.
- Прокрастинация.
- Низкая самооценка или уверенность в себе.
- Сравнение.
- Перфекционизм.
- Недисциплинированность.
- Самобичевание.
- Слишком много заботишься о том, что думают другие.

Мы пытаемся сосредоточиться на идеальных обстоятельствах, чтобы оправдать наши ожидания, но забываем подготовиться к неизбежным неудачам, из-за которых нам трудно смириться с неудачами. Это правда, что в этой единственной жизни мы хотим для себя самого лучшего, но мы должны видеть обе стороны медали.

В конце концов, мы становимся уязвимыми для психосоциальных дисфункций, таких как проблемы в отношениях, тревожность, фобии, низкий уровень толерантности, вина, стыд, навязчивые идеи и компульсии, приводящие к чувству некомпетентности. Постоянная критика и неодобрение могут даже привести к суицидальным наклонностям.

Что делать

Никакая мантра, или гуру, или проповедь, или книга по самопомощи не смогут заставить нас перестать чувствовать себя неудачниками - до тех пор, пока мы не определим и не поймем свои восприятия и паттерны.

Работа над нашим внутренним "я" ведет к трансформации. Это начинается с повышения самосознания - осознания наших ограничивающих убеждений как отдельных от нашей идентичности. Процесс не может успешно продолжаться до тех пор, пока мы не примем ограничивающие убеждения как свои собственные в настоящем, даже когда мы подавлены негативом прошлого. Ограничивающие установки были навязаны нам, когда мы не были способны отвергнуть их, но теперь мы можем выбрать, чтобы отвергнуть их. Хотя неудача может ощущаться как провал, из которого невозможно выбраться, мы можем улучшить то, как мы видим и чувствуем себя по отношению к самим себе, и работать над тем, чтобы облегчить это чувство неудачи.

Переверните фразу

В следующий раз, когда мы почувствуем, подумаем или скажем: "Я неудачник"... остановитесь... замените фразу на "Я совершил ошибку" или "Я потерпел неудачу в этом, в этот раз". Это дает нам возможность грустить или расстраиваться из-за ошибки, не усваивая ее и не делая частью своей личности.

Затем -

- Будьте честны со своими чувствами.

- Посмотрите на то, что стало причиной промаха, и найдите способы улучшить себя.

- Примите реальность того, что в жизни будут периоды, когда мы будем чувствовать разочарование, что это часть жизни, часть человеческого бытия.

- Посмотрите на ситуацию с "внешней" точки зрения. Учитесь практиковать принятие.

- Жизнь – это незавершенная работа - будьте снисходительны и грациозны.

- Будьте гибкими.

- Ставьте перед собой небольшие цели и радуйтесь их достижению.

- Потратьте необходимое время на то, чтобы восстановиться и начать все сначала. Это не конец света; самое большее, это незначительная неудача, которую мы преодолеем.

Попытайтесь определить, что стало причиной неудачи – было ли это личным? Ситуативный? Было ли это связано с навыками? Связано со временем? Поступая таким образом, мы заставляем неудачу казаться менее личной и превращаем ее в возможность решения проблем. Даже если мы ничего не можем сделать, чтобы исправить ситуацию, у нас есть соответствующий опыт. В следующий раз, когда мы столкнемся с неудачей, мы будем чувствовать себя более уверенно, потому что знаем, как справиться с ней логически и ментально.

Помните древнюю цитату из Лао-цзы: "Наблюдайте за своими мыслями, они становятся вашими словами; наблюдайте за своими словами, они становятся вашими действиями; наблюдайте за своими действиями, они становятся вашими привычками; наблюдайте за своими привычками, они становятся вашим характером; наблюдайте за своим характером, он становится вашей судьбой".

Заботьтесь о мыслях, которые мы думаем, и о словах, которые мы произносим. Как только мы научимся защищать то, что слетает с наших уст, мы увидим, что наши действия, привычки и весь характер постепенно меняются к лучшему. Как только мы овладеем искусством падать, не останавливаясь, падать с отскоком назад, мы не будем бояться, избегать или винить себя за падение.

Нам нужно сосредоточиться на том, чтобы ценить себя такими, какие мы есть, а не на том, что мы делаем. Когда мы смотрим на свои достижения, чтобы подтвердить, что они достойны, наше хорошее самочувствие зависит от этих достижений. Итак, если мы выступим хорошо, то будем чувствовать себя хорошо по отношению к самим себе. Если мы выступаем плохо, мы чувствуем себя менее достойными.

Неудачу следует рассматривать скорее как препятствие, чем как заграждение на дороге. Неудача - это вызов, который необходимо преодолеть, испытание, бросающее вызов нашей воле, и возможность учиться. Для других неудача воспринимается негативно как возможность пожалеть и пожаловаться, повод принизить себя и повод слишком быстро сдаться. Правда в том, что разница между ступенькой и камнем преткновения является то, как мы подходим к этому. Неудача может быть как благословением, так и проклятием. Это может быть великим учителем, делать нас сильнее и удерживать на земле, а может стать причиной нашей гибели. Это наш выбор. Наш взгляд на неудачу определяет нашу реальность.

"Возраст делает тело морщинистым. Уход морщит душу". "Помните, что неудача - это событие, а не человек". "Неудача становится постоянной только в том случае, если мы никогда не будем пытаться снова". "Я не неудачник, мне просто нужно время".

Бесполезный - вот кем я стал, просто частицами, парящими в воздухе. Я подготовил себя к успеху… но никогда… ни разу не потерпел неудачу.

Никто не говорил мне о чувстве неудачи;

Я думаю, тебе придется научиться этому самостоятельно.

Я не знаю, такой ли я есть, но я знаю, что я одинок.

Если вы хотите добиться успеха, есть вероятность, что вы столкнетесь с неудачей. Я был неудачником, а теперь я сам себе мотиватор!

Одинокий психолог: Мне жаль

Мне жаль, что я не идеален

И за то, что не смог побороть свои страхи.

Мне жаль, что я все испортил и стал причиной всех твоих слез.

Мне жаль, что я не могу это исправить и заставить тебя захотеть остаться.

Мне жаль, что я был недостаточно хорош, и теперь я должен заплатить.

С юных лет нас учат, что, когда мы совершаем ошибку, мы должны извиниться.

Искренне извиняться, когда мы совершаем ошибку, - это прекрасно.

Но извинения не всегда могут быть полезными, а иногда и чрезмерными.

Чрезмерное извинение - это когда мы говорим "Мне жаль", когда в этом нет необходимости. Это когда мы не сделали ничего плохого или когда мы берем на себя ответственность за чью-то ошибку или проблему, которую мы не вызывали или не могли контролировать. Это межличностная привычка, корни которой уходят в низкое самоуважение, перфекционизм и страх разъединения.

Нам доставляют не тот товар, и мы говорим: "Извините, но это не то, что я заказывал".

На собрании мы говорим: "Извините, что беспокою вас. У меня есть вопрос."

В разговоре мы говорим: "Мне очень жаль. Я тебя не расслышал. Не могли бы вы повторить то, что только что сказали?"

В этих ситуациях мы не сделали ничего плохого, и поэтому на самом деле нет необходимости извиняться. Но у многих из нас есть привычка извиняться. Почему так?

Чувство собственного достоинства

Многие из нас думают, что мы недостойны или недостаточно хороши. Мы плохо думаем о себе. Мы на самом деле считаем, что сделали что-то не так или создаем проблему, ведем себя неразумно, требуем слишком многого, и поэтому чувствуем необходимость извиниться.

Жесткость высоких стандартов

Некоторые из нас привередливы и ставят перед собой высокие цели, ценности и стандарты. Большую часть времени мы не в состоянии соответствовать нашим собственным стандартам. Мы чувствуем, что в нас самих есть какой-то недостаток, чувствуем себя неадекватными и, следовательно, необходимость извиняться за то, что все сделано неидеально.

Из вежливости

Некоторые из нас хотят казаться милыми и вежливыми. Мы стремимся угодить всем, кто нас окружает. Нас беспокоит, что люди думают о нас. Мы приносим извинения, потому что не хотим расстраивать или разочаровывать других.

Ненадежность

Иногда мы приносим извинения, потому что чувствуем себя некомфортно или неуверенно и не знаем, что делать или говорить. Итак, мы приносим извинения, чтобы попытаться заставить себя или других чувствовать себя лучше.

Самообвинение

Многие из нас чувствуют себя ответственными за ошибки или поведение других людей. Мы чувствуем, что несем ответственность за всплеск эмоций других людей, и сожалеем об этом. Мать может отругать своего ребенка, и ребенок может начать плакать. Мать винит себя за это и приносит извинения. Отец может взять вину на себя и извиниться перед соседями за вред, причиненный ребенком. Принятие на себя вины и сопричастности и извинения за других на самом деле не исправляют проблему.

Мы приносим извинения за чьи-то действия

Это происходит, когда мы проецируем чужую ответственность на себя, как будто мы чувствуем необходимость приносить извинения, которые они должны приносить сами. Мы усваиваем привычку извиняться в детстве. Женщин во многих сообществах воспитывают ответственными и внимательными к другим, а иногда и чрезмерно ответственными в принесении извинений. Это приводит к тому, что некоторые люди склонны извиняться за действия других.

Мы приносим извинения за повседневные ситуации

Некоторые аспекты жизни - это нормальные вещи, с которыми мы сталкиваемся каждый день. Нам не нужно извиняться за то, что мы чихаем в группе, но все равно многие люди это делают.

Мы приносим извинения неодушевленным предметам

У некоторых из нас есть привычка говорить "Мне жаль" после того, как мы случайно наткнемся на стул или переступим через книгу. Эта привычка к рефлекторным действиям также укоренилась в нас с самого детства.

Мы нервничаем, когда приносим извинения

Если при извинении мы испытываем беспокойство, значит, у нас выработалась привычка чрезмерно извиняться, чтобы справиться с ситуацией. Слишком частые извинения могут быть признаком беспокойства. Это становится способом, с помощью которого мы справляемся со страхом, нервозностью и беспокойством. Мы склонны сдерживать эти эмоции, извиняясь.

Мы приносим извинения, когда пытаемся быть настойчивыми

Некоторые из нас боятся, что их воспримут как агрессивных, когда они напористы, поэтому вместо этого мы просто извиняемся. Когда мы постоянно извиняемся, кажется, что мы постоянно лжем, и другой человек перестает верить в то, что мы говорим. Необоснованные извинения умаляют ясность послания.

Постепенно это входит в привычку и делается неосознанно. Мы не думаем и не анализируем свой поведенческий паттерн, и это становится автоматической реакцией.

Мы совершаем ошибку. Мы это осознаем. Мы понимаем и признаем это. Мы набираемся мужества и смирения и приносим извинения за это. Просить о подлинном прощении - это сила.

Когда мы чрезмерно извиняемся, серьезность поступка теряется. Извиняющийся акт не ощущается другим человеком. Цель утрачена. Это признак слабости. *Когда мы постоянно извиняемся за что-то, в чем нет нашей вины, это создает впечатление вины, что мы на самом деле неправы.*

Мне жаль... снова и снова – отражает низкую самооценку и страх перед конфронтацией, конфликтами и спорами. Мы берем на себя ответственность за попытки исправить или решить проблемы других людей. Мы оправдываем их поведение, как если бы оно было нашим собственным. Мы чувствуем, что во всем виноваты мы сами – убеждение, зародившееся в детстве, когда нам постоянно говорили, что мы обуза или проблема. Мы боимся неприятия и критики, и поэтому приносим извинения.

Чрезмерные извинения могут иметь негативные последствия

- Люди теряют к нам уважение. На самом деле мы посылаем сигнал о том, что нам не хватает уверенности и мы неэффективны. Это может даже позволить другим плохо относиться к нам.

- Это уменьшает влияние будущих извинений. Если мы сейчас скажем "мне жаль" за каждую мелочь, наши извинения будут иметь меньший вес позже, когда возникнут ситуации, которые действительно заслуживают искренних извинений.

- Через некоторое время это может стать раздражающим. Иногда извинение при отмене планов, разрыв с кем-то может заставить другого человека чувствовать себя хуже.

- Это может понизить нашу самооценку.

Извинение по уважительным причинам – за причинение боли, неправильный поступок, использование неподобающих выражений, проявление неуважения или нарушение границ - приветствуется и полезно для здоровья, оно поддерживает наше достоинство и уважение и поддерживает связь с другими. Но нам определенно не нужно жалеть о -

- Наши чувства.

- Наша внешность.

- Чего мы только не делали.

- То, что мы не можем контролировать.

- То, что делают другие.

- Задающий вопрос или нуждающийся в чем-то.

- Не имея ответов на все вопросы.

Саморефлексия

Осознанность – нам нужно поразмыслить над своими мыслями, эмоциями и речью. **Сознательно отмечайте то, что мы делаем подсознательно.** Обратите внимание, когда, почему и перед кем мы чрезмерно извиняемся. Это также может помочь вести подсчет того, сколько раз мы приносим извинения за день и по каким причинам.

Спрашиваем себя – действительно ли необходимы извинения? Мы сделали что-то не так? Берем ли мы на себя ответственность за чью-то ошибку? Чувствуем ли мы себя плохо или стыдно, когда не сделали ничего плохого? Знание того, за что мы должны и не должны извиняться, - это следующий важный шаг.

Переверните фразу – решение заключается в том, как мы выражаем себя в одном и том же общении. Изменение выбора слов может полностью изменить наше восприятие самих себя и того, что другие чувствуют по отношению к нам. Если друг исправляет нашу ошибку – поблагодарите вместо того, чтобы извиняться. **"Мне жаль'** может стать -

Спасибо за ваше терпение. К сожалению, это не то, что я имел в виду. Извините, у меня есть вопрос.

"Единственно правильные действия - это те, которые не требуют никаких объяснений и извинений".

"Если за извинением следует оправдание или причина, это означает, что они собираются снова совершить ту же ошибку, за которую только что извинились".

Психологически одинокий: Я лжец

"Если ты скажешь правду, тебе не нужно ничего помнить". Марк Твен: "Когда правда заменяется молчанием, молчание становится ложью".

"Человек - это не то, чем он себя считает, он - то, что он скрывает". "Когда человека наказывают за честность, он учится лгать".

- Прежде всего, не лги себе. Человек, который лжет самому себе и слушает свою собственную ложь, приходит к тому, что не может различить правду внутри себя или вокруг себя, и поэтому теряет всякое уважение к себе и другим. И, не испытывая уважения, он перестает любить".

Я лгу.

Я знаю, что лгу.

Много раз я лгу себе.

Но я не позволяю другим узнать, что я солгал.

Для меня стало привычным прибегать ко лжи. Глубоко внутри я не хочу лгать. Я не люблю лгать. Прибегнув ко лжи, я создал видимость.

Теперь я, кажется, веду двойственную жизнь.

Жизнь того, кто я есть. Жизнь такой, какой я хочу, чтобы другие видели меня.

Мы склонны испытывать неприятное напряжение между тем, кем мы себя считаем, и тем, как мы себя ведем.

Почему мы лжем?

Чтобы избежать боли? Искать удовольствия?

Чтобы скрыть проступок? Чтобы избежать стыда? Чтобы получить личную выгоду? Чтобы завоевать популярность и добиться социального продвижения? Чтобы поддерживать отношения и способствовать гармонии?

У всех нас есть детские воспоминания о том, как нас ловили на лжи, и о горячей вспышке стыда, которую мы испытывали в ответ на насмешку: 'Лжец!' Очевидно, за этим последовала реакция стыда, или гнева, или вины, или оправдания, и, самое главное, отчуждения от самого себя и наших близких. Чувство одиночества. Ощущение психологического одиночества.

Когда мы выросли, в нашу совесть вбили, что ложь - это грех. Мы считали, что это позорно и трусливо, когда мы лжем. Ложь у большинства из нас вызывает чувство внутренней вины.

Правда в том, что большую часть времени мы лжем самим себе!

Интересно, что поначалу мы этого не осознаем, потому что большую часть времени едва замечаем это! Гораздо легче определить, лжет ли нам кто-то, чем определить, лжем ли мы сами себе. Почему так?

Осознание того, как часто мы лжем самим себе, потенциально может разрушить наше представление о себе. Это так трудно и болезненно - пересматривать нашу идентичность. Ложь самим себе может быть вполне понятной стратегией для того, чтобы справляться с жизнью, и мы не должны считать себя безнадежно аморальными.

Мы лжем самим себе, когда не честны в своих мотивах.

Мы говорим себе, что делаем что-то по бескорыстным причинам, когда на самом деле это эгоистичные причины.

Мы лжем самим себе, когда не честны в своих подлинных желаниях.

Мы продолжаем оставаться в нашей зоне комфорта, но это не то, чего мы на самом деле хотим.

Мы лжем самим себе, когда ложно оправдываем свое поведение.

Мы лжем, когда говорим себе – все в порядке, мне не грустно. В любом случае, это не имеет значения. Я не стою ни за именем, ни за славой, ни за успехом.

Мы лжем, когда отказываемся смотреть дальше своего идеализма или когда отказываемся слышать, что говорит другой человек, и вместо этого упрямо остаемся привязанными к своим фиксированным представлениям.

Основная причина, по которой мы лжем самим себе, - это самозащита.

Мы хотим избежать нашей болезненной реальности в пользу поддержания ложного равновесия.

Мы привыкли говорить себе "неправду", потому что так легче.

Что происходит, когда мы лжем... самим себе?

Мы чувствуем себя разобщенными, раздражительными и не можем понять почему. То, что мы говорим себе, противоречит внутренней реальности, от которой мы не можем избавиться.

Внезапные всплески эмоций проистекают из нашего иррационального "я", указывая на внутреннее перетягивание каната между правдой и ложью.

Или же мы можем страдать от усталости и бессонницы.

Когда мы постоянно лжем самим себе, мы чувствуем себя неискренними. Нам трудно отличить то, чего мы действительно хотим, от того, чего мы не делаем.

Ложь самим себе в корне подрывает самоуважение.

Уличение во лжи часто разрушает отношения. Ложь имеет последствия. Когда кто-то узнает, что мы солгали, это навсегда повлияет на то, как этот человек будет относиться к нам.

Мы начинаем ненавидеть себя. Мы страдаем.

Многие из нас создали сложную паутину лжи, мы должны приложить огромные усилия, чтобы распутать, демонтировать все это. Мы должны изменить наши внутренние повествования, подвергнуть сомнению наши инстинктивные рационализации и подвергнуть себя тщательному анализу. Это титаническая задача.

Отрицание - это психологическая защита, которую мы используем против внешних реалий, чтобы создать ложное чувство безопасности. Отрицание может быть защитной мерой перед лицом невыносимых новостей. Отрицая это, люди говорят себе: "Это не происходит." Мы склонны принимать информацию, которая поддерживает наши убеждения, и отвергать информацию, которая им противоречит. Мы склонны приписывать свой успех чертам характера, а неудачи - неблагоприятным обстоятельствам.

Когда мы выбираем путь истины, мы испытываем чувство самоуважения и покоя в своей подлинности. *Ложь - это то, что мы должны активно создавать. Истина уже существует.*

Когда Мы Начали Лгать?

Мы не рождаемся лжецами. Нашими настройками по умолчанию были чистота и честность. Нас окружали наши родители, которые были единственными людьми, которых мы знали. Будучи главными образцами для подражания в нашей жизни, родители сыграли жизненно важную роль в демонстрации честности. Они также оказали наибольшее влияние, когда дело дошло до привития глубоко укоренившейся приверженности говорить правду. Итак, как мы начали лгать, когда начали расти? Давайте разберемся в происхождении лжи в наши ранние годы.

Малыши и дошкольники

Поскольку они только учатся говорить и общаться, малыши не имеют четкого представления о том, где начинается и заканчивается истина. Они не могут отличить реальность от грез наяву, принятия желаемого за действительное, фантазий и страхов. И они слишком молоды, чтобы быть наказанными за ложь.

По мере того как они становятся более разговорчивыми, они начинают говорить очевидную ложь и отвечать "Да" или "нет", когда им задают простые вопросы, такие как: "Вы съели шоколад?" Они могли бы научиться лучше лгать, если бы соответствовали выражению своего лица и тону голоса тому, что они говорят.

Обучающиеся дети

Дети начинают больше врать, чтобы посмотреть, что им сойдет с рук, особенно ложь, связанная со школьными занятиями, домашним заданием, учителями и друзьями. Они недостаточно зрелы, и поддерживать ложь все еще может быть трудно, даже несмотря на то, что они становятся лучше ее скрывать. Правила и обязанности этого возраста часто оказываются для них непосильными. Большую часть лжи относительно легко обнаружить. Примерно до семи-восьми лет дети часто видят размытая грань между реальностью и фантазией и думать, что принятие желаемого за действительное действительно работает. Они верят в супергероев и их способности.

Подростки

Большинство 'взрослых' в этом возрасте находятся на верном пути к становлению трудолюбивой, заслуживающей доверия и добросовестной личности. Но они также становятся умнее в поддержании лжи и более чувствительны к последствиям своих действий, и после лжи у них может возникнуть сильное чувство вины. По мере того как они становятся старше, они могут лгать более успешно, не будучи пойманными. Ложь также усложняется, потому что у детей больше слов и они лучше понимают, как думают другие люди. К подростковому возрасту они регулярно лгут.

Почему мы лжем?

Когда у нас здоровые отношения с близкими нам людьми, когда мы чувствуем себя комфортно, разговаривая и раскрывая информацию, мы с большей вероятностью будем говорить правду. Тем не менее, будучи детьми или взрослыми, мы все лжем по множеству причин.

- Мы лжем, чтобы скрыть ошибку и избежать неприятностей.

- Иногда мы лжем, когда происходит что-то плохое или постыдное, и хотим сохранить это в тайне или придумать для себя историю, которая заставит нас чувствовать себя лучше.

- Мы можем лгать, когда испытываем стресс, пытаемся избежать конфликта или хотим привлечь к себе внимание.

- Мы можем лгать, чтобы защитить нашу частную жизнь.

- Мы часто считаем, что ложь - это акт неповиновения. Не обязательно это так. Это может быть импульсивно. Мы можем даже не осознавать этого. Это происходит, когда у нас возникают проблемы с самоконтролем, организацией своих мыслей или размышлениями о последствиях.

- Некоторые из нас лгут, чтобы не задеть чьи-то чувства - это часто называют "ложью во спасение'.

- Мы можем лгать о себе другим, чтобы отвлечь от себя внимание. 'Мы не хотим, чтобы нас видели с проблемой". Или, возможно, мы просто хотим свести наши проблемы к минимуму.

Детская ложь

- Дети используют свое воображение, чтобы рассказывать 'истории'. У детей прекрасное воображение, и иногда они выдают свои фантазии за правду. Когда они рассказывают о своей фантазии, спросите: "Это то, что произошло на самом деле, или это то, чего вы хотели бы, чтобы произошло?' Это помогает им понять разницу между реальной жизнью и историей, выдающей желаемое за действительное. Никогда не подавляйте воображение ребенка.

Помогите им понять, что они все еще могут рассказывать замечательные истории.

- Дети хотят избежать негативных последствий. Они боятся, что их отругают. Дети автоматически прибегают ко лжи по умолчанию, когда боятся, что у них будут неприятности. Им нужно дать некоторое время и возможность быть честными, признаться в правде, не подвергаясь выговорам.

- Ко лжи прибегают дети, получившие чрезмерно дисциплинированное воспитание. Суровая дисциплина на самом деле превращает детей в хороших лжецов. Если они боятся нашей реакции, они с большей вероятностью будут говорить неправду.

- Когда они 'хотят хорошо выглядеть перед другими', это может быть признаком низкой самооценки. Дети, которым не хватает уверенности в себе, могут говорить грандиозную ложь, чтобы казаться более впечатляющими, особенными или талантливыми, чтобы повысить свою самооценку и заставить себя хорошо выглядеть в глазах других. Дети, как и взрослые, испытывают потребность производить впечатление на других. Преувеличение правды часто используется для маскировки неуверенности. Пытаясь вписаться в общество сверстников, они пытаются произвести впечатление своими историями. С ними нужно деликатно обращаться в том, как они должны общаться с другими, не лгая о себе.

- Дети получают противоречивые сообщения. Когда родители лгут для своего удобства, но делают выговор ребенку за неправду, это подготавливает почву для того, чтобы ребенок пошел по их стопам.

Справляться с детской ложью

"Своевременный стежок спасает девятерых".

Невинная ложь в детстве, в конечном счете, превращается в самообман и фасад, когда мы взрослеем. Все, что делается многократно, становится привычным шаблоном. Следовательно, мы должны понять эти закономерности раньше и правильно относиться к ним у детей.

- Хвалите усилия, а не результат. Таким образом, мы подсознательно прививаем ценность упорного труда, а не достижений.

- Дети отражают нас. Мы должны быть хорошими образцами для подражания. Если мы солжем, они тоже солжут. Если мы будем жульничать, они тоже будут жульничать. Если мы будем говорить правду, даже когда это трудно, они тоже будут говорить.

- То, как мы и весь мир реагируем на ложь, - это то, как дети узнают о честности. Потратьте время на разговоры о честности и о том, что это значит.

- Проводите различие между фантазией и реальностью. Это не означает сведение к минимуму фантазии. Помогите детям начать отличать фантазию от реальности. Поговорите о том, что реально, а что ненастоящее, и как отличить одно от другого.

- Похвалите ребенка за то, что он признался в том, что сделал что-то не так. Используйте шутку, чтобы побудить ребенка признаться во лжи без конфликта.

- Избегайте конфронтации с ребенком или докапывания до истины, если только ситуация не является серьезной и не требует большего внимания. Выясните, почему. Наказывать ребенка за ложь, не понимая, почему он это сделал, неправильно.

- Объясняй ложь. Поговорите о тех временах, когда лгать, возможно, нормально. Если мы лжем перед ними, разоблачите ложь и объясните ее обоснование. Проводите беседы с детьми о том, как лгать и говорить правду. Они хорошо усваивают такие разговоры.

- Помогите ребенку избегать ситуаций, когда он чувствует необходимость солгать.

- В серьезных вопросах заверьте их, что они будут в безопасности, если будут говорить правду. Дайте им знать, что будет сделано все, чтобы сделай все лучше. Когда ребенок намеренно лжет, первый шаг - дать ему понять, что лгать нехорошо. Ребенок также должен знать, почему.

- Не называйте их 'лжецами'. Это может привести к еще более "вызывающей' лжи.

- Сделайте так, чтобы им было легче не лгать. Если ребенок лжет, чтобы привлечь к себе внимание, используйте более позитивные способы привлечь его внимание и повысить самооценку.

- Дети и подростки не должны думать, что последствия можно обсудить.

- Когда мы все-таки разговариваем, никогда не спорь о лжи. Просто изложите то, что мы видели, и то, что очевидно. Мы можем не знать причины лжи, но, в конце концов, ребенок может рассказать нам об этом. Просто укажите поведение, которое было замечено. Оставьте дверь открытой, чтобы они могли рассказать о том, что произошло.

- Делайте это очень просто и слушайте, что хочет сказать ваш ребенок, но будьте тверды. Делайте это очень сосредоточенно и просто для ребенка. Сосредоточьтесь на своем поведении. А затем скажите ему, что вы хотите услышать, что произошло такого, из-за чего он почувствовал необходимость солгать. Будьте прямолинейны и конкретны. Не читайте ребенку нотаций в течение длительного времени. Они просто отключаются. Они слышали это слишком много раз. Они перестают слушать, и ничего не меняется.

- Поймите, что мы не ищем оправдания лжи, а скорее пытаемся определить проблему, с которой столкнулся ребенок и для решения которой он использовал ложь.

- Возможно, они изначально не готовы говорить с нами об этом. Будьте готовы выслушать, в чем проблема ребенка. Создайте безопасную среду для их раскрытия. Если ребенок не готов, не давите. Просто повторите, что мы готовы выслушать. Будьте терпеливы.

Не загоняйте ребенка в угол. Поставив их на место, вы заставите их солгать.

Не вешайте на ребенка ярлык лжеца. Рана, которую это наносит, серьезнее, чем иметь дело с их ложью.

Язык тела, когда мы лжем

1. Быстрое изменение положения головы
2. Изменения в характере дыхания

3. Стоять очень неподвижно или становиться очень беспокойным

4. Шарканье ног

5. Коснитесь или прикройте рот

6. Повторение слов или фраз

7. Предоставляя слишком много информации

8. Становится трудно говорить

9. Смотрел, почти не моргая

10. Избегая прямого взгляда

Белая ложь

"Ложь во спасение" – это безобидная ложь, сказанная с благими намерениями - обычно для того, чтобы защитить чувства другого человека. Несмотря на то, что они безвредны, ложь во спасение не следует использовать слишком часто. В какой-то момент большинство людей учатся искажать правду, чтобы не задевать чувства других людей. Нам "нравятся" посты других людей в социальных сетях, независимо от того, нравится нам это или нет, и вместо того, чтобы быть до конца честными. Может показаться, что у лжи есть уважительная причина. Мы не хотим задевать чувства кого-то, кто из кожи вон лез ради нас. Тем не менее, мы все еще искажаем истину. Всякий раз, когда мы лгали, нашим намерением никогда не было причинить боль нашим родителям. Мы солгали, потому что глубоко внутри происходило что-то еще.

Ложь - это незрелый и неэффективный способ, который мы выбираем для решения проблемы. Вместо того чтобы устранить основную проблему, мы лжем о ней. Ложь используется для того, чтобы избежать последствий, а не столкнуться с ними лицом к лицу. Ложь используется как ошибочный навык решения проблем. Нам нужно быть осознанными, практиковать принятие и решать наши проблемы более конструктивными способами. Иногда это означает прямое обращение ко лжи, но в других случаях это означает обращение к лежащему в основе поведению, из-за которого ложь казалась необходимой.

Мы лжем, потому что чувствуем, что у нас нет другого способа справиться с нашими проблемами или конфликтами. Иногда это единственный способ решить проблему. Лгать самим себе. Или с другими. Это ошибочная стратегия выживания.

Когда мы лгали и получали выговор за то, что были аморальны, что нас предали или проявили неуважение, мы замыкались в себе. И тогда нам пришлось иметь дело не только с бременем лжи, но и с сопутствующими эмоциями гнева, разочарования или вины, а также с поведением, с которым мы сталкивались со стороны других. Наш гнев, разочарование и чувство вины из-за лжи не помогут нам изменить наши привычки и поведение.

Ложь - это не строго моральный вопрос; это вопрос решения проблем. Ложь - это проблема отсутствия навыков и избегания последствий. Мы лжем не потому, что мы аморальны; мы лжем потому, что не можем понять, как вести себя с самими собой.

"Самообман может быть подобен наркотику, отупляющему нас от суровой реальности". "Правда может ранить ненадолго, но ложь ранит навсегда".

"Голая правда всегда лучше, чем хорошо замаскированная ложь". - Я могу справиться с правдой. Это ложь, которая убивает меня".

"Как отчаянно трудно быть честным с самим собой. Гораздо проще быть честным с другими людьми".

"Из всех форм обмана самообман является самым смертоносным, и из всех обманутых людей у самообманщика меньше всего шансов обнаружить обман".

Мой разум подобен дому лжи, я стараюсь никогда не ходить туда один. Я думал, что за эти годы я наконец-то вырос.

Шепот 'правды" вторгся в мое восприятие, но оказалось, что это был самообман.

Я жаждал продолжать пребывать в этом заблуждении

Но, в конце концов, это было духовное осквернение. Как мне исправить то, что я натворил?

Мое одиночество началось,

Столкнувшись лицом к лицу с бурей снаружи и с тем, что внутри, я никогда не хотел причинять кому-либо боль.

Если бы я мог отмотать все назад и начать сначала, я бы вел жизнь без притворства. Ведя честную и правдивую жизнь, я хочу снова повзрослеть!

Раздел 2: Шаблоны

Узоры

"Есть только узоры, узоры поверх узоров, узоры, которые влияют на другие узоры. Узоры скрыты за узорами. Узоры внутри узоров."

"Человеческий разум - это невероятная машина для создания моделей. Человеческий мозг - это невероятная машина для подбора образов".

"То, что мы называем хаосом, - это просто паттерны, которые мы не распознали. То, что мы называем случайным, - это просто закономерности, которые мы не можем расшифровать".

"Паттерны, которые мы воспринимаем, детерминированы

по историям, в которые мы хотим верить. Неправильные мысли направляют нашу жизнь к этому, потому что мы живем своими мыслями".

Окружающая среда влияет на всех нас с тех пор, как мы были в утробе матери – питание, переживания, стрессы, осложнения. Все играет определенную роль в том, как мы себя чувствуем, еще до того, как родились. Тогда сам опыт рождения, наш уход за младенцем в раннем возрасте и "эмоциональная доступность" нашей матери либо усилили бы, либо смягчили воздействие этих первых воздействий. Когда мы начинаем расти, мы начинаем впитывать информацию от наших опекунов, наших расширенных семей, друзей, дошкольных и младших школьных лет и общества в целом.

Мы можем не понимать, не рационализировать, не выражать, не запоминать или не разрешать эти переживания, но все они были сохранены, глубоко заморожены и зафиксированы в нашем подсознании и телах.

Переживания сохраняются. Переживания повторяются. Переживания могут быть разнообразными или схожими. Переживания могут умножаться, а могут и исчезать. И по мере того, как мы растем, мы просто не можем найти в этом никакого смысла. Но мы переживаем, чувствуем себя хорошо или плохо. В этом хаосе переживаний есть *закономерности*.

тематическое исследование

Давайте рассмотрим тот же случай, который обсуждался в предыдущем разделе.

Рахулу было 5 лет. Однажды отец отругал его дома перед несколькими гостями за то, что он был слишком застенчив и не смог продекламировать стихотворение, которое он знал. Он заперся в своей комнате, ничего не ел и плакал. Со временем он вернулся к своей обычной жизни и, возможно, даже забыл об этом.

Он начал расти умным учеником и стал любимцем своего учителя. Но однажды у него просто заплетался язык, когда его попросили что-то объяснить в классе. Он почувствовал себя неловко, вернулся домой, заперся и заплакал. Став взрослым, он начал избегать общественных собраний и вечеринок. Ему бы это просто не понравилось, и он даже не знал почему. Он был бы спокоен и сказал бы себе: "Я недостаточно хорош". Я неудачник. Я не могу просто выразить себя в присутствии других.

То, что мы видим здесь, - это обычный способ работы или поведения. Мы видим, что существуют **закономерности**, которые возникают, повторяются, возвращаются и усиливаются с каждым новым событием.

→Восприятие события →Реакция на событие Аналогичное событию →Восприятие события →Реакция на событие

Другое подобное событие →**Предсказуемость** восприятия →**автоматическая**

реакция

Идентификация **триггера**→, понимание **склонности** индивида

Создание **опыта**→, **повторение** опыта, развитие **нейронных путей**→, развитие **прилипчивости** - вот что определяет наши паттерны.

P	Предсказуемость	тот факт, что вы всегда ведете себя или происходите в ожидаемый способ
A	Автоматический	делается спонтанно или неосознанно
T	Вызванный	возникающий в ответ на воспринимаемый стимул как отрицательный
T	Тенденция	склонность к определенному виду мыслей или действие
E	Опыт	что-то лично встречающийся, претерпел или пережил
R	Повторение	возобновляемый или повторяющийся снова и снова
N	Нейронный путь	нейронные связи, создаваемые в головном мозге основываясь на наших привычках
S	Липкость	прикрепляться путем или как бы заставляя прилипать к

Понимание закономерностей

Клетки нашего мозга взаимодействуют друг с другом посредством процесса, называемого возбуждением нейронов. Когда клетки мозга часто общаются, связь между ними укрепляется, и "сообщения, которые снова и снова проходят по одному и тому же *нейронному пути* в мозге, начинают передаваться все быстрее и быстрее". При достаточном количестве *повторений* это поведение становится *автоматическим*. Чтение, вождение автомобиля и езда на велосипеде - это примеры поведения, которое мы выполняем автоматически, потому что сформировались нейронные пути. С повторением пути становятся сильнее, пока новое поведение не станет новой нормой.

Участвуя в новых видах деятельности, мы тренируем свой мозг для создания новых нейронных путей. Подключение нового поведения к как можно большему количеству областей мозга помогает развить новые нейронные пути. Задействуя все пять органов чувств, мы можем создать *липкость*, которая помогает формировать нервные пути. Именно липкость привлекает и удерживает новые *впечатления*. Нам просто нужен *триггер*, чтобы начать вести себя определенным образом. Эти переживания формируют наши склонности – *склонность* воспринимать - реагировать определенным образом. Понимание этих тенденций помогает нам *прогнозировать* поведение.

Все наши воспоминания о событиях, словах, образах, эмоциях и т.д. соответствуют особой активности определенных сетей нейронов в нашем мозге, которые имеют укрепленные связи друг с другом. Наш мозг каким-то образом настроен на негатив. Например, если у нас есть десять переживаний в течение дня, пять нейтральных повседневных переживаний, четыре позитивных переживания и одно негативное переживание, мы, вероятно, подумаем об этом одном негативном переживании перед тем, как лечь спать этой ночью.

Представьте на мгновение, какой была бы жизнь с идеальной памятью. Если бы мы могли запоминать каждую деталь всего, что воспринимается нашими пятью органами чувств, первый час дня был бы умственно перегружен слишком большим количеством информации. Итак, мозг сортирует все эти данные в кратковременную или долговременную память или отбрасывает их.

- Кратковременная память позволяет нам сохранять информацию, которая нам нужна в данный момент, а затем избавляться от нее. Мы используем его для временного хранения небольших фрагментов информации и последующего ее удаления.

- Долговременная память подобна нашему внутреннему морозильнику. Он может хранить информацию в течение многих лет или даже всей жизни.

Паттерны связывают кратковременные воспоминания с долгосрочными. Восстановление долговременной памяти требует повторного изучения нервных путей, сформированных мозгом.

Поиск ускоряется с помощью триггеров. Распознавание закономерностей позволяет нам предсказывать и ожидать того, что произойдет.

Вы знали?

- Одно исследование показало, что в среднем требуется более двух месяцев, прежде чем новое поведение станет автоматическим — 66 дней, если быть точным. Но это варьируется в зависимости от поведения, личности и обстоятельств.

- Подсчитано, что для овладения навыком и развития связанного с ним нейронного пути требуется 10000 повторений.

- В одном исследовании людям потребовалось от 18 до 254 дней, чтобы сформировать новую привычку.

"Никогда не следует путать шаблон со значением". "Успешные люди следуют успешным образцам". "Когда нарушаются шаблоны, возникают новые миры".

Внутренние дочерние паттерны

"Знаете ли вы, что внутренний ребенок живет во всем?

И что взрослый Я прислушивается к его зову.

Когда люди не понимают меня, потому что я другой

И ребенок чувствует себя потерянным, когда я плачу.

Я замечаю его временами, когда жизненная драма захватывает меня, и я плачу.

Я замечаю его в те моменты, когда мои собственные суждения о себе

Впадает в неистовство, и я плачу.

Я чувствую его присутствие, когда что-то пугает, И меня охватывает страх, когда я плачу".

Что такое 'Внутренний ребенок'?

Согласно Кембриджскому словарю, *ваш внутренний ребенок - это та часть вашей личности, которая все еще реагирует и чувствует себя как ребенок.*

Итак, что же это за внутренний ребенок?

Как вы можете носить в себе ребенка, когда вы уже взрослый человек? Значит ли это, что вы еще не повзрослели?

Реален ли внутренний ребенок или это просто психологическая концепция или теория?

Концепция ... Философия

Возникновение какого-либо события в жизненном пространстве ребенка - например, отвержение; Оскорбление; Жестокое обращение; Пренебрежение и т.д.

→ Восприятие события, основанное на врожденной сути ребенка и его чувствительности

→ Ребенок не в состоянии справиться с этим состоянием или должным образом отреагировать

→ Эмоционально затронутый и раненый ребенок

→ Эмоциональное состояние ребенка – застывшее во времени внутри – "Внутренний ребенок'

→ Взрослый в настоящее время сталкивается с похожим набором событий – Отвержением; Оскорблением; жестоким обращением; Пренебрежением

→ Запуск состояния памяти 'замороженный внутренний ребенок'

→ Взрослый реагирует автоматически, так что жизнь воспринимается не такой, какая она есть в настоящий момент, а скорее такой, какой она была в прошлом

→ Следовательно, взрослый воспринимал бы и реагировал точно так же, как это делал бы застывший внутренний ребенок в прошлом

Стратегия выживания эмоционально пострадавшего ребенка →Направлена на то, чтобы справиться с хаосом, лежащим в →основе структуры симптомов взрослого, справляющегося с ситуацией. *Это раненый внутренний ребенок, застрявший в определенном моменте времени.*

Мы всегда находимся среди ситуаций и являемся их частью, а также подвержены бесчисленным раздражителям. Основываясь на нашей врожденной сути, мы избирательно реагируем на конкретные стимулы, объединяем их в шаблон и концептуализируем ситуацию. Разные люди могут по-разному осмысливать одну и ту же ситуацию. Обычно конкретный человек склонен быть последовательным в своей реакции на подобные события. Относительно стабильные когнитивные паттерны формируют основу для регулярности интерпретаций определенного набора ситуаций. Мы воспринимаем ситуацию или событие и формируем из них когнитивные представления с вербальным или графическим содержанием.

Причина, по которой мы остаемся замороженными в прошлом, заключается в том, что мы продолжаем воссоздавать "состояния приостановленной анимации" или трансы, как их называет Стивен Волински. Эти подвешенные состояния, по-видимому, защищают нас от обид и мучений, связанных с нашими детскими переживаниями.

Эти детские переживания, которые замораживают нас, также ограничивают нашу способность разумно реагировать на них даже на более поздних этапах взросления. Взрослый, переживая подобный опыт, все равно отреагировал бы так же, как отреагировал бы его замороженный внутренний ребенок. Цель состоит в том, чтобы жить настоящим моментом, сознательно изменяя способы, которыми мы отвергали наши собственные детские чувства, потребности и вожделения.

Нынешнее взрослое состояние - это то, которое в первую очередь создало замороженные состояния еще в детстве. Нам нужно понять, что мы сами являемся истинным источником нашей собственной замороженной жизни.

Внутренний ребенок - это застывшая во времени позиция, которая действует как способ, с помощью которого внутренний ребенок рассматривает, переживает и интерпретирует внешний мир. На самом деле внутри нас может быть множество замороженных внутренних детей, каждый из которых обладает разным восприятием, разным осознанием, другим взглядом на мир и т.д.

Концепция внутреннего ребенка не нова.

1. Психосинтез Роберто Ассаджиоли – он говорил о субличностях.

2. Гештальт–терапия Фрица Перлза - это опыт диалога различных частей тела друг с другом.

3. Эрик Берн – Транзакционный анализ – внутренний ребенок, внутренний взрослый и внутренний родитель.

4. Когнитивная терапия доктора Альберта Эллиса – Схемы. Что такое реальность?

Важно помнить – моя реальность - это моя перспектива. Эта внутренняя реальность создана наблюдателем.

Кто этот наблюдатель – мы.

Мы переживаем событие/травму – таким образом, мы становимся наблюдателями травмы.

Затем мы фотографируем его, держим в руках, сливаемся с ним, засыпаем, а затем все повторяется снова и снова.

Мы, наблюдатели, *не создаем внешнее событие.*

Мы, наблюдатели, *создаем реакцию на внешнее событие.* Мы, наблюдатели, *запечатлели это в своей памяти.*

Следовательно, мы должны пробудиться, чтобы можно было "отпустить" воспоминание.

Мы прокручиваем цикл снова, и снова, и снова, заставляя старые чувства и переживания ощущаться снова и снова. Нам нужно сначала определить, что делает внутренний ребенок, чтобы *мы, наблюдатели*, могли пробудиться и перестать отождествлять себя с этими старыми *шаблонами*.

С каждой *воспринимаемой* травмой мы, наблюдатели, создаем шаблон и идентичность, чтобы управлять воспринимаемым хаосом. Я говорю "воспринимаемый", потому что другой человек на самом деле может и не причинить мне вреда. Но я могу воспринимать обиду, гнев или любую другую эмоцию. Это воспринимаемая травма.

Следовательно, внутри взрослого "нас" может быть множество внутренних детей – у каждого из них есть свой *шаблон* поведения, *память и реакция*. У нас так много внутренних споров, которые происходят внутри взрослого "нас'. Они - раненые внутренние дети, у каждого своя индивидуальность, у каждого своя травма и память, у каждого свой шаблон поведения. Следовательно, при любом исцелении полное разрешение проблем не происходит после того, как внутренний ребенок обнаружен и "помечен". Другой ранее существовавший замороженный внутренний ребенок становится доминирующим, влияя на нас, взрослых, и приводя нас в другое проблемное состояние.

Пробудить наблюдателя/творца внутреннего ребенка - значит покончить с шаблонами внутреннего ребенка. Другими словами, пробуждение *наблюдателя* разрушает шаблон.

Ранее в жизни... в какой-то момент времени

1. Ребенок - это *субъект*; родители, учителя, внешний мир – *влиятельные люди*.

2. Влиятельные люди высказывают предложения типа "У тебя ничего не получится", "Порадуй меня, и я порадую тебя" или "Делай, что я говорю, и я подарю тебе любовь и одобрение; не делай, и я не буду".

3. Ребенок (субъект) верит предложениям, которые делают влиятельные лица.

4. Затем ребенок усваивает эти внушения и продолжает предлагать их, став взрослым.

5. Внутренний ребенок прошлого влияет на взрослого в настоящем, вызывая у него проблемные состояния.

6. Проходят годы, учитель или другая авторитетная фигура просто упоминает о подобном предположении, и у испытуемого возникает тот же паттерн "страха" и реакция, которые возникали в детстве. Время идет своим чередом. Ребенок взрослеет, вступает в отношения и женится. Тогда супруг может стать фактором влияния, вводя внутреннего ребенка супруга в состояние гнева или страха быть отвергнутым.

Цель состоит в том, чтобы пробудить *вас*, стоящего за этим шаблоном.

1. Ребенок властного родителя отключится от ситуации, чтобы избежать эмоциональной боли. Если этот шаблон работает, дочерний элемент переводит этот шаблон в "режим по умолчанию". Он обнаруживает, что отключается и предается мечтаниям в школе, на работе и, в конечном счете, в отношениях.

2. У ребенка, в семье которого был алкоголизм, может развиться амнезия, он может забыть прошлое, чтобы избежать боли. Позже в жизни амнезия или забывчивость могут стать проблемой на работе, в школе или в отношениях.

3. Человек, переживший жестокое обращение с детьми, который оцепенел, чтобы пережить болезненную травму, может испытывать трудности с ощущениями во время сексуального опыта в дальнейшей жизни. Женщины могут испытывать неспособность испытывать оргазм. Мужчины могут страдать от преждевременной эякуляции или импотенции.

Эти модели реагирования, которые создает ребенок, на самом деле являются компенсаторным механизмом для преодоления болезненных ситуаций. Проблема возникает, когда эти паттерны выходят из-под контроля, и индивид обнаруживает, что реагирует "*по умолчанию*". Следовательно, взрослый человек, по умолчанию, создал бы такое же состояние разъединенности, амнезии или оцепенения, даже если взрослый человек, возможно, не хотел бы этого в текущей ситуации.

Итак, наш собственный внутренний ребенок теперь начинает влиять на нас, взрослых, вызывая нежелательное поведение и переживания.

Цель состоит в том, чтобы освободиться от детских механизмов выживания, которые больше не соответствуют отношениям настоящего времени. Это состоит из пяти частей -

1. Осознание закономерностей.
2. Признайте закономерности.
3. Отключитесь от шаблонов.
4. Пробудите в нас взрослых.
5. Создайте более мощный шаблон по умолчанию.

Это позволяет нам выйти из нашего застывшего во времени прошлого и оказаться в настоящем времени.

Откуда взялся внутренний ребенок?

Родитель или учитель ругают ребенка за определенное поведение.

Ситуация здесь похожа на *ругань*. Выговор не находится под контролем ребенка. Но ребенок переживает, что его '*ругают*'. Ребенок является получателем. Ребенок наблюдает и интерпретирует это как: "*Я недостаточно хорош*". И, интерпретируя это таким образом, ребенок на самом деле становится частью и соучастником выговора. Затем это запечатлевается в памяти ребенка.

Согласно *"Принципу неопределенности"* Гейзенберга, *наблюдатель* за ситуацией и сама ситуация неотделимы друг от друга. *Наблюдатель*, наблюдая и интерпретируя, участвовал в развитии ситуации и влиял на ее исход.

Мы наблюдаем за жизнью, участвуем в том, как мы конструируем, интерпретируем и переживаем наш внутренний субъективный мир. Мы, *наблюдатели*, участвуем в создании результатов посредством акта наблюдения.

Наблюдатель существовал *до* травмы, тот же самый наблюдатель был там

во время травмы, и тот же самый *наблюдатель* находится там *после* того, как травма закончилась.

Мы создаем свой внутренний субъективный опыт. Мы создаем реакцию на окружающую среду, то есть на родителей, учителей, супругов и т.д., и мы несем ответственность за наши внутренние, субъективные переживания.

тематическое исследование

Джон в юном возрасте наблюдал и понял, что единственный способ добиться любви мамы и папы - это подчиняться им, угождать им и отказываться от своих собственных потребностей.

Это создает образ "приятного ребенка", который отказывается от своих собственных потребностей, чтобы получить любовь и одобрение. Если наблюдатель внутри Джона видит, что это работает, этот наблюдатель продолжает создавать и повторять это снова, и снова, и снова. Это создает шаблон и идентичность и переводит эту идентичность раненого приятного ребенка в режим по умолчанию. С течением времени эта идентичность, это поведение по умолчанию, этот паттерн сливаются с личностью. Позже, во взрослой жизни, Джон становится приятным человеком, который забывает озвучивать свои собственные потребности в отношениях или ситуации. Взрослый Джон сейчас находится под влиянием приятной внутренней детской идентичности.

Чтобы исцелить взрослого Джона, Джон сначала должен осознать *источник* своей приятной внутренней детской идентичности. Как только Джон перестанет отрицать и примет существование этого паттерна, он сможет взять на себя *ответственность за его создание и прекратить его создавать.*

Чтобы отказаться от чего-то, нужно сначала узнать, что именно мы держим в руках.

тематическое исследование

В детстве Джейн всегда злилась на своего отца за то, что он "не понимал её". Взрослая Джейн, ныне замужем, устраивает истерику своему мужу, потому что он её не понимает. Хотя Джейн любит своего мужа, она не понимает, почему не может контролировать свой гнев. Сердитый внутренний ребенок внутри Джейн заставляет её вести себя так, как если бы она была в прошлом со своим отцом. Разгневанный внутренний ребенок садится за руль.

Ребенок воспринимает семью и внешний мир особым образом. Затем ребенок приучается повторять этот паттерн многократно и регулярно в рамках семейной обстановки. По мере того как ребенок становится старше, эта закономерность

1. распространяется на всех людей, оказавшихся в аналогичных ситуациях.

2. поскольку это сработало у ребенка, годы спустя внутренняя идентичность ребенка воспроизводит этот паттерн, так что теперь он становится способом восприятия-реакции по умолчанию. Взрослый больше не думает о том, как реагировать. Это просто происходит, и мы не понимаем почему.

Проще говоря, ситуация не воспринимается такой, какая она есть. Скорее взрослый, находящийся под влиянием своей собственной внутренней детской идентичности, действуя как ребенок, забирает семью с собой, внутрь, в настоящее время, проецируя ее вовне на других.

Как только внутренний ребенок застывает, он имеет тенденцию уменьшать фокус внимания взрослого, вызывая неизбежные чувства, мысли, эмоции и, по большей части, дискомфорт.

Внутренний ребенок по умолчанию взаимодействует со взрослым, переживающим прошлые ситуации как настоящие.

"Забота о вашем внутреннем ребенке дает мощный и удивительно быстрый результат: делайте это, и ребенок выздоровеет".

"Если под взрослением ты подразумеваешь позволение взрослому внутри меня отказаться от ребенка внутри меня, то меня не интересует такое ужасное предложение. Если вместо этого вы намерены позволить каждому усиливать другого, не исключая ни того, ни другого, то я в этом полностью заинтересован."

"Я верю, что это заброшенное, израненное внутреннее дитя прошлого является главным источником человеческих страданий".

Паттерны внутренних детских паттернов

Мой ребенок внутри

-Кэтлин Элго

Сегодня я нашла внутри себя своего ребенка, который много лет был так заперт,

Любящий, обнимающий, нуждающийся во многом, если бы только я мог протянуть руку и прикоснуться.

Я не знал этого своего ребенка,

Мы никогда не были знакомы ни в три, ни в девять лет,

Но сегодня я почувствовал внутренний плач, я здесь, я крикнул, приезжай пожить.

Мы крепко обняли друг друга, когда появились чувства обиды и испуга.

Все в порядке, всхлипывала я, я так тебя люблю!

Ты дорога мне, я хочу, чтобы ты знала.

Дитя мое, дитя мое, сегодня ты в безопасности, тебя не бросят, я здесь, чтобы остаться.

Мы смеялись, мы плакали, это было открытие, этот теплый, любящий ребенок - мое выздоровление.

"Мысль" - это процесс использования нашего разума для обдумывания чего-либо. Это также может быть продуктом этого процесса. Все всегда начинается с мысли. То, как мы думаем и как интерпретируем окружающий мир, влияет на то, что мы чувствуем. И то, что мы чувствуем, пробуждает наши эмоции. Затем мы

используйте эти эмоции в качестве фильтра, который помогает нам интерпретировать наш жизненный опыт. Эти интерпретации, конечно, разнообразны и часто не очень точны.

На самом деле, они могут помешать нам видеть мир "таким, какой он есть", и вместо этого заставить нас воспринимать мир, основываясь на том, "какие мы есть". И, конечно, то, какие мы есть, полностью зависит от того, как мы воспринимаем мир, что, конечно же, начинается с мыслей, на которых мы позволяем себе задерживаться.

Аарон Темкин Бек, американский психиатр, считается отцом когнитивной терапии и когнитивно-поведенческой психотерапии. Бек считал, что когда кто-то позволяет своим мыслям быть негативными, это приводит к депрессии. Он верил, что мысли, чувства и поведение связаны друг с другом. Когда кто-то думает негативно, он затем чувствует себя плохо, что заставляет его плохо себя вести. Затем это превращается в цикл. Когнитивные искажения - это мысли, которые заставляют людей неточно воспринимать реальность. Согласно когнитивной модели Бека, негативный взгляд на реальность, иногда называемый негативными схемами, является фактором, вызывающим симптомы эмоциональной дисфункции и ухудшения субъективного благополучия.

Хорошим признаком того, что внутренний ребенок находится в состоянии влияния на нынешнего взрослого, является оцепенение. Иногда это стеснение, скованность или оцепенелость ощущается в различных частях тела — челюсти, груди, животе и тазу, а в крайних случаях возникает ощущение паралича. Первыми физическими признаками обморожения являются напряжение мышц и задержка дыхания.

Поймите внутреннего ребенка и поймите взрослого таким, каков он есть в настоящем. Именно самонаблюдение за работой внутреннего ребенка добавляет *осознанности*. Чтобы отказаться от чего-то, вы должны сначала знать, что это такое.

Задумывались ли мы когда-нибудь о своих мыслях? Я имею в виду, обращали ли мы на самом деле когда-нибудь внимание на мысли в нашей голове? Если да, то задавались ли мы когда-нибудь вопросом о том, как мы думаем о вещах, и действительно ли эти мысли помогают нам или мешают? Возможно, то, как мы видим и интерпретируем наш мир, вообще не очень точно.

Просто, возможно, наш взгляд на мир несколько ошибочен, и это мешает нам оптимально двигаться вперед.

Первым шагом к разрешению проблемы является осознание и знание этих моделей замороженных подвешенных состояний. Нам нужно *сознательно* принять решение *изменить* наши замороженные внутренние детские состояния. Нам нужно получить доступ к эмоциям и паттернам, которые составляют наши "текущие состояния", и полностью пережить их. Важно осознавать эту замороженную внутреннюю детскую память, которая продолжает создавать проблемы, фильтруя реальность через устаревшие, ограниченные и искаженные линзы.

Осознанность - это состояние осознания чего-либо. Более конкретно, это способность непосредственно знать и воспринимать, чувствовать или быть осведомленным о событиях. Это понятие часто является синонимом сознания и также понимается как само сознание. Осознание наших внутренних паттернов восприятия и реакции - это первый сознательный шаг к трансформации, эволюции и Мокше.

Этот раздел вводит в мир паттернов 'внутренних дочерних паттернов'.

- Внутренний диалог – "Должен" и "обязаловка".
- Возрастная регрессия.
- Футуризм – Чрезмерное планирование – Прокрастинация – Фантазирование – Катастрофизация.
- Замешательство – Нерешительность – Чрезмерное обобщение – Фасад - Поспешные выводы – Черно-белое мышление – Увеличение и минимизация – Навешивание ярлыков – Эмоциональные рассуждения.
- Заблуждение о справедливости – Обвинении – Персонализации.
- Разъединение – Лишение эмоций – Бегство – Отстраненность – Слияние идентичности.
- Искажения – Создание иллюзий – Создание чудес или ужасающих ощущений – Сенсорные искажения – Амнезия.

Особенность – Магическое мышление – Идеализация – Сверхидеализация.

Внутренний диалог и скачок во времени

"Внутренний диалог – голоса в нашей голове' 'Привет! Я что, сам с собой разговариваю?'

'Я должен и обязуюсь'

'Внутри нас есть голос, который шепчет весь день напролет: "Я чувствую, что это правильно для меня,

Я знаю, что это неправильно.'

Ни один учитель, проповедник, родитель, друг или мудрый человек не может решить

Что правильно для нас – просто прислушайтесь к голосу, который говорит внутри".

Наш "внутренний диалог" - это просто наши мысли. Это тихий голосок в нашей голове, который комментирует нашу жизнь – то, что происходит вокруг нас, или то, о чем мы думаем сознательно или подсознательно. У всех нас есть внутренний диалог, и он продолжается постоянно. Обычно это связано с самоощущением человека.

Это как комментатор, наблюдающий и критикующий наши действия – много "мысленной болтовни" в нашей голове. Эта "мысленная болтовня" подобна потоку ментальных ассоциаций, которые протекают через наш разум. Мышление предполагает нечто активное, над чем мы имеем сознательный контроль, но почти все наше мышление не таково. Это почти всегда происходит случайно и непроизвольно. Это проносится у нас в голове, нравится нам это или нет.

Настоящее мышление - это когда мы сознательно используем силу разума и логики для оценки различных вариантов, обдумывания проблем, решений и планов и так далее. Нам часто нравится думать о себе как о разумных существах, мы превосходим животных, потому что можем рассуждать, но такой вид рационального мышления на самом деле довольно редок. И, на самом деле, болтовня мыслей затрудняет использование наших рациональных способностей, потому что, когда нам действительно нужно обдумать какие-то вопросы, она проносится в нашем сознании и отвлекает наше внимание. Он постоянно вспоминает наш опыт, воспроизводя фрагменты информации, которую мы усвоили, и представляя сценарии до того, как они произошли.

Разговор с самим собой не всегда может быть вербальным; он может быть невербальным или даже безмолвным. Кроме того, это может быть прямым или косвенным выводом. Отец может молчать, никогда не спрашивать этого ребенка – как дела, как прошел твой день в школе, как сейчас твое здоровье. Но внутренний диалог таков— "Я *никому не интересен*".

Паттерны внутреннего ребенка внутри нас, взрослых, ограничивают нас непрерывным диалогом между нами, взрослыми, и внутренним ребенком внутри нас.

Внутренний ребенок внутри нас – Внутренний диалог – МЫ взрослые в настоящем состоянии

Итак, наш внутренний ребенок начинает влиять на нас, напоминая взрослому: *я недостаточно хорош, меня никогда не ценят, это никогда не сработает*, и подсказывая нам, что следовало или не следовало делать.

"Обязанности"

- "Должен" означает обязательство, повинность или корректность, обычно при критике действий. "Следует" используется для обозначения рекомендаций, советования или для обсуждения того, что в целом является правильным или неправильным.

- "Должен" используется для выражения обязательства, решительного отдачи приказов и советов. Он может быть использован только для настоящего и будущего использования. Когда речь идет о прошлом, используется слово "должен". Должен указывать на то, что это очень важно или необходимо для того, чтобы что-то произошло.

И "должен", и "обязательный" схожи по значению, за исключением того, что "must" - гораздо более сильное слово по сравнению с "should".

"Должен" - это самый частый внутренний диалог, который мы ведем с самими собой.

Они не должны были этого делать.

В следующий раз я не должен так реагировать.

Я должен был быть вознагражден, я заслуживал лучшего.

В контексте паттернов внутреннего ребенка, когда мы говорим себе: "Я должен/обязаловка", – это становится набором *негибких правил* того, как мы и как другие *должны* действовать. Правила верны, незыблемы, ригидны и неоспоримы. Любое отклонение от этих должностей является *плохим/неправильным*. В результате мы часто оказываемся в положении осуждающих и придирающихся. Утверждения "Должен" - это саморазрушительные способы общения с самими собой, которые подчеркивают недостижимые стандарты. Затем, когда мы не соответствуем нашим идеям, мы терпим неудачу в собственных глазах.

Мы пытаемся мотивировать себя, говоря что-то вроде: "Я должен сделать это" или "Я должен сделать то".... Но такие заявления могут вызвать у нас чувство давления и обиды. Парадоксально, но в конечном итоге мы чувствуем апатию и немотивированность. Альберт Эллис назвал это "мустурбацией".

Когда мы направляем заявления "следует" в адрес других, мы в конечном итоге разочаровываемся. Утверждения "Следует" порождают много ненужной суматохи в повседневной жизни.

Эволюция этого состояния

1. Новорожденный ребенок подобен белой доске. У него нет прошлого, нет хороших или плохих воспоминаний, нет суждений о жизни.

2. Родители начинают заполнять доску множеством "должен", вероятно, с благими намерениями.

3. Прямо или косвенно родители начинают вознаграждать и наказывать, высказывая ребенку свои суждения, оценки и значения о том, что такое жизнь, какой она должна быть, могла бы быть или что означают вещи.

4. Ребенок становится читателем на белой доске. Следовательно, наблюдатель [ребенок] становится создателем паттернов своей жизни.

5. Эти паттерны повторяются снова, и снова, и снова, до такой степени, что ребенок становится этим паттерном.

'Возрастная регрессия", "Давным-давно!" 'Прошедшее несовершенное'

"Жизнь можно понять только задом наперед, но проживать ее нужно вперед".

"Кто контролирует прошлое, тот контролирует будущее. Кто контролирует настоящее, тот контролирует прошлое".

Возрастная регрессия происходит, когда мы мысленно возвращаемся в более ранний возраст. Кажется, что мы вернулись к определенному этапу нашей жизни и тоже можем проявлять детское поведение. Для некоторых это может быть механизмом преодоления, помогающим им расслабиться и избавиться от стресса. Регрессия может быть вызвана стрессом, разочарованием или травмирующим событием. Регрессия у взрослых может возникнуть в любом возрасте; она влечет за собой возврат к более ранней стадии развития в эмоциональном, социальном или поведенческом плане. Неуверенность, страх и гнев могут привести взрослого к регрессу.

Возрастная регрессия - наиболее распространенная модель. Это связано с застывшим во времени переживанием, из-за которого ребенок испытывал дискомфорт и не знал, как с ним справиться. Итак, ребенок сопротивлялся переживанию, →запоминал переживание, →интегрировал переживание, создавая таким образом регрессирующий с возрастом внутренний детский паттерн.

Этот опыт "застревания" в прошлой точке своей личной истории - это застревание внутреннего ребенка, а не взрослого в настоящем времени. Став взрослыми, мы чувствуем, говорим или реагируем точно так же, как чувствовал бы, говорил или реагировал этот застрявший в возрасте внутренний ребенок. И "взрослые мы" даже не поймут этого. Видение наших отношений в настоящем времени через призму внутреннего ребенка ограничивает наш взгляд, эмоции и наши решения.

Внутренний ребенок хранит память об инциденте, плохом опыте, травме. Эта память также хранит боль, чувства. Всякий раз, когда что-либо напоминает этот паттерн, модель возрастной регрессии берет верх, внутренний ребенок берет верх и воспроизводит воспоминания и чувства, которые имеют мало общего с реальностью настоящего времени.

Проще говоря, регрессия - это паттерн, при котором взрослый мысленно возвращается к возрасту моложе своего текущего биологического возраста. Оно в основном непроизвольно используется в качестве механизма преодоления для тех, кто столкнулся с травмой, и может быть запущен намеренно, а может и не быть. В нынешнем состоянии они всегда "застревают в прошлом".

Многие из нас называют свое регрессировавшее детское "я" "маленьким я", а наше нормальное "я" - "Большим я". Во время регрессии не требуется никакого актерства или притворства. Все регрессируют. Это просто зависит от интенсивности регрессии. Наш внутренний ребенок ищет безопасные места, чтобы чувствовать себя в безопасности и счастливым. "Маленькие пространства" - это безопасные пространства для возрастных регрессоров, и обычно это то место, куда отправляются их маленькие "я", когда им нужно чувствовать себя защищенными во время регресса. Небольшие помещения различаются для разных людей. Многие из них с любовью украшены детскими игрушками, детской кроваткой, ночниками и мягкими одеялами для максимального комфорта.

Форму регрессии можно наблюдать у испытывающего стресс профессора, который начинает сосать и жевать свою ручку (поведение, подобное поведению младенца), чтобы справиться со стрессом, или у подростка из колледжа, который, когда расстроен, превращается в плюшевого мишку.

Возрастная регрессия описывает процесс, через который проходит взрослый, становясь внутренним ребенком. Отношения не могут сложиться, если взрослый не находится в настоящем времени. Поведение выглядит так, как если бы оно было сейчас, в то время как на самом деле человек ведет себя так, как если бы он был ребенком или подростком в своей семье.

Возрастная регрессия - это паттерн, при котором взрослый перемещается из настоящего времени к застывшему внутреннему ребенку, взаимодействующему со взрослым в прошлом.

тематическое исследование

Нита была хорошенькой молодой девушкой. Она подвергается сексуальному насилию со стороны своего преподавателя. Это событие произошло в 1990-х годах. Это было слишком травмирующим для Ниты. Она не могла понять, что с ней происходит. В момент эмоциональной травмы Нита застыла. Болезненное воспоминание врезалось в память. Часть Ниты подсознательно решила: "Мужчинам никогда нельзя доверять, иначе это повторится".

Нита уже выросла. Ей чуть за сорок.

У Ниты глубоко уязвленный внутренний ребенок, который не доверяет мужчинам. Когда она сталкивается с мужчинами, занимающими высокое положение, и которые также известны как авторитетные мужчины, ее внутренний ребенок выходит на поверхность.

Теперь Нита перенесла свой прошлый опыт на новые отношения со своим начальником-мужчиной. Нита умна, ориентирована на работу и трудолюбива. Но ее внутренний детский паттерн мешает ей приспособиться к своей работе.

Мы прибегаем к таким моделям восприятия-поведения, не зная почему. *Такова закономерность возрастной регрессии.*

тематическое исследование

Алиша хотела бы посидеть у папы на коленях, "быть милой" с папой, чтобы папа подарил ей любимую куклу. Алиша, ставшая взрослой девушкой, ведет себя точно так же со своим парнем, чтобы добиться подобных одолжений. Это тот же самый внутренний детский паттерн, который превращает зрелую Алишу в милую Алишу с регрессией по возрасту, чтобы она могла исполнить свои желания.

"Быть милой" стало для Алиши образцом поведения. У нее это сработало. Итак, это стало частью ее самой. Это сработало как механизм выживания. Чтобы выжить в окружении детства, она выработала опыт, который назывался "быть милой". В той ситуации это сработало, и определенные эпизоды в ее теперешнем взрослом окружении побудили внутреннего ребенка загипнотизировать взрослых в настоящем времени.

Согласно Зигмунду Фрейду, регрессия - это бессознательный защитный механизм, который вызывает временное или долгосрочное возвращение эго на более раннюю стадию развития (вместо того, чтобы справляться с неприемлемыми импульсами более взрослым образом). Регрессия типична для нормального детства, и она может быть вызвана стрессом, разочарованием или травмирующим событием. Регрессия у взрослых может возникнуть в любом возрасте; она влечет за собой возврат к более ранней стадии развития (эмоциональной, социальной или поведенческой). По сути, люди возвращаются к тому этапу своего развития, когда они чувствовали себя в большей безопасности и когда стресса не существовало, или когда всемогущий родитель или другой взрослый спас бы их.

Распространенное регрессивное поведение

Плач/ нытье, будучи немым

Вовлекаясь в тихий детский лепет

Прикидываешься дурачком

Сосание предметов или частей тела

Нуждающийся в предмете утешения, таком как мягкая игрушка

Проявлять физическую агрессию (например, наносить удары, царапаться, кусаться, пинаться ногами)

Испытываю приступы гнева

'Футуризация'

'Назад в будущее!'

'Чрезмерное планирование - Прокрастинация – Фантазирование – Катастрофизация" *"Жизнь – это то, что происходит с нами, пока мы заняты составлением других планов". "Секрет здоровья как для ума, так и для тела заключается в том, чтобы не оплакивать прошлое, не беспокоиться о будущем, а жить настоящим моментом мудро и искренне".*

"Иногда я чувствую, что прошлое и будущее так сильно давят с обеих сторон, что для настоящего вообще нет места".

Футуризм - это нереалистичный, в основном негативный взгляд на то, что ждет нас в будущем. Это тенденция ожидать преувеличенного результата. Другими словами, наше ошибочное мышление делает вещи хуже, чем они есть на самом деле.

Футуризм может быть просто планированием, воображением катастрофы в будущем или даже приятным исходом в будущем.

Это ошибка мышления, и она очень распространена. Это ошибочный образ мышления, при котором то, что мы думаем, не соответствует действительности. Наши мысли искажены. А при ошибках мышления искажение практически всегда отрицательное. Другими словами, наше ошибочное мышление делает вещи хуже, чем они есть на самом деле.

Мы все это делаем. Мы чрезмерно обобщаем и рассматриваем единичное негативное событие как бесконечную череду поражений. Или мы преувеличиваем важность конкретного события и ошибочно думаем, что мы обречены навсегда, если все пойдет не так, как надо.

Чрезмерное беспокойство о неизвестном будущем вызывает у нас тревогу, и наша тревога препятствует нашей способности решать проблемы. Это делает нас более склонными к суждениям и критичности и способствует катастрофическому и экстремальному мышлению. Мы перестаем ясно мыслить. И вместо того, чтобы сосредоточиться на том, что происходит здесь и сейчас, и сделать следующий правильный шаг, мы фокусируемся на темном и отдаленном будущем, которое, как мы чувствуем, бессильны изменить.

Хотя в таких ситуациях говорит "тревожный внутренний ребенок", опасность заключается в том, что мы начинаем верить в свою тревогу и реагировать на нее так, как будто напряженное будущее уже сбылось. Это просто затрудняет решение реальных проблем.

тематическое исследование

Марта была мамой, которая выросла с низкой самооценкой. Она беспокоилась, что ее ребенок вырастет и у него тоже будет низкая самооценка. Итак, встревоженный, озабоченно-напряженный внутренний ребенок внутри Марты начал чрезмерно хвалить и обожать своего ребенка в надежде, что ее ребенок будет чувствовать себя хорошо по отношению к себе. Несмотря на самые благие намерения Марты, ее ребенок рос зависимым от постоянной похвалы и внимания со стороны окружающих, и, как следствие, ее самооценка не развивалась.

К сожалению, это было именно то, что Марта пыталась предотвратить. Так сильно беспокоясь о самооценке своей дочери, она усугубила проблему. Если бы она сосредоточилась на настоящем, то была бы менее встревожена и могла бы лучше видеть своего ребенка объективно. Она бы лучше поняла потребности своей дочери.

Тревога - это чувство беспокойства, нервозности или неловкости по поводу чего-то с неопределенным исходом. Проще говоря, тревога - это страх перед будущим, воображаемым будущим или результатом. По оценкам, в 2017 году 284 миллиона человек во всем мире страдали тревожным расстройством, что делает его самым распространенным психическим расстройством во всем мире.

Самый необычный аспект футуризма заключается в том, что мы чувствуем боль от воображаемой ситуации *прямо сейчас*, даже если это воображение катастрофического будущего.

Чрезмерное планирование

"Чем больше мы планируем, тем больше привязываемся к нашему плану.

И когда мы слишком привязываемся к плану, мы становимся негибкими".

И тогда мы склонны разочаровываться и сдаваться, когда план идет не так, как мы себе представляли.

Мы думаем, что чем больше времени мы потратим на планирование и чем лучше будем подготовлены, тем более успешными мы будем. В этом образе мыслей есть один фатальный изъян.

Чрезмерное планирование на самом деле не приводит к действию.

На этапе планирования наступает момент, когда то, что мы делаем, перестает быть продуктивным.

Чрезмерное планирование делает нас негибкими.

Чрезмерное планирование приводит к чрезмерному обдумыванию, что приводит к беспокойству. Чрезмерное планирование заставляет нас зацикливаться на чем-то.

Когда все наше внимание направлено непосредственно на планирование, сама мечта игнорируется. Это запускает порочный круг, в котором чрезмерное обдумывание и планирование делают нас беспомощными, полными рабами занятого тела и постоянно активированного ума. Энергия направляется туда, куда направляется внимание. Если мы чрезмерно планируем, доводя себя до умственного и физического истощения, мы привлекаем негативную энергию в свою жизнь.

Это становится вредной привычкой, которая приводит к многозадачности и потере концентрации. Просто потому, что мы планируем, планируем еще раз, продолжаем планировать, затем планируем поверх планирования, не означает, что мы выполняем реальную работу, которой требует мечта.

Предупреждающие знаки, которые мы, возможно, переоцениваем в планировании

1. Мы выходим из себя из-за малейшей неожиданной ситуации.

2. Мы боимся перемен.

3. Мы зацикливаемся на незначительных деталях.

4. Мы начинаем отказываться от проектов на полпути или даже до их начала.

5. Мы живем в будущем.

Чрезмерное оправдание

Оправдывать - значит давать объяснение или логическое обоснование чему-либо, чтобы это казалось нормальным или доказывало, что это правильно. Это планирование бесед, объяснений или оправданий на будущее с людьми.

тематическое исследование

Каран был 8-летним мальчиком. Он чувствовал, что сделал что-то не так [например, тайно забрал деньги из папиного кошелька или подрался в школе]. Каран испугался, что как только его отец узнает об этом, его накажут и отругают. Однажды, чуть раньше, его отругали за то, что он не подчинился. Итак, Каран планирует оправдательный рассказ на будущее. Он, в своем собственном маленьком разуме, обдумывает и применяет аргументы "за" и "против". Каран также представляет себе ужасное катастрофическое будущее с ожидаемым суровым наказанием от родителей. Это делает его оправдывающий внутренний детский паттерн еще более сильным.

Позже, во взрослой жизни, у Карана развивается привычка оправдывать свои действия в ожидании, даже когда никто об этом не просит. Он начинал давать пространные объяснения своим поступкам. Это воображаемое будущее; у ребенка внутри есть оправдывающий паттерн, постоянно объясняющий и оправдывающий действия, реакции, эмоции.

Откладывание на потом

"Вы можете медлить, но время этого не сделает".

"Вы не можете избежать ответственности завтрашнего дня, уклоняясь от нее сегодня".

Прокрастинация - это уклонение от выполнения задачи, которая должна быть выполнена к определенному сроку. Это шаблон, который мешает нам довести до конца то, что мы намеревались сделать. Это привычная или намеренная задержка начала или завершения задачи, несмотря на то, что вы знаете, что это может иметь негативные последствия. Это внутренний дочерний паттерн, оказывающий сдерживающее влияние на продуктивность.

- Когда нам нужно что-то сделать, мы решаем это сделать.
- Затем мы получаем поддержку от нашей мотивации, которая помогает нам быстро выполнять поставленные задачи.
- В некоторых случаях мы сталкиваемся с определенными демотивирующими факторами, такими как тревога или страх неудачи, которые оказывают противоположное влияние на нашу мотивацию.
- Кроме того, иногда мы сталкиваемся с определенными препятствующими факторами, такими как истощение или награды, которые ожидаются далеко в будущем, что мешает нашему самоконтролю и мотивации.
- Когда демотивирующие и препятствующие факторы перевешивают нашу мотивацию, мы в конечном итоге откладываем дело либо на неопределенный срок, либо до тех пор, пока не достигнем момента, когда баланс между ними сместится в нашу пользу.

Когда речь заходит о конкретных причинах, по которым люди откладывают дела на потом, с точки зрения демотивирующих и препятствующих факторов, к числу наиболее распространенных относятся следующие:

- Абстрактные цели.
- Награды, которые ждут нас в далеком будущем.
- Разрыв с нашим будущим "я".
- Чувствую себя подавленным.
- Тревога.
- Неприятие задач.

- Перфекционизм.
- Страх перед оценкой или отрицательной обратной связью.
- Страх неудачи.
- Ощущаемое отсутствие контроля.
- Отсутствие мотивации.
- Недостаток энергии. Прокрастинаторы обычно говорят:

1. "Я хорошо работаю под давлением".
2. "Я сейчас такая ленивая".
3. "Я так занята".
4. "Мне это надоело".

Простыми словами, прокрастинация - это –

Однажды я сделаю это

Когда-нибудь я это сделаю

Фантазирую

Фантазировать - значит предаваться мечтаниям наяву о чем-то желанном.

Фантазировать - это представлять себе альтернативную реальность, которую мы на самом *деле не планируем создавать*.

Фантазирование диссоциирует, потому что превращает нас в тех, кем мы не являемся.

Ребенок создает воображаемый сказочный мир, представляет себе приятный исход в будущем. Это механизм выживания, с помощью которого ребенок изолирует себя от тревожных, мучительных ситуаций в окружающей среде.

Ребенок может представить, что обладает каким-то особым качеством или талантом, например, летать. Ребенок "улетает" в воображаемый мир, как только сталкивается с травмой в реальном мире. Нынешний взрослый вместе с фантазирующим внутренним ребенком продолжает представлять себе нереалистичное идеализированное будущее. Это приводит к завышенным ожиданиям и неудачным отношениям.

Склонная к фантазиям личность (FPP) - это тип личности, при котором человек на протяжении всей жизни испытывает обширную и глубокую вовлеченность в фантазии. Это форма "сверхактивного воображения" или "жизни в мире грез". Человеку с этой чертой характера трудно отличить фантазию от реальности.

Сообщается, что люди, склонные к фантазиям, проводят до половины или более времени бодрствования, фантазируя или грезя наяву, и часто путают свои фантазии со своими реальными воспоминаниями.

"Паракосм" - это чрезвычайно детализированный и структурированный фантастический мир, часто создаваемый экстремальными или компульсивными фантазерами.

Уилсон и Барбер перечислили многочисленные характеристики в своем исследовании:

- иметь воображаемых друзей в детстве.
- часто фантазировал в детстве.
- обладающий реальной фантазийной личностью.
- переживание воображаемых ощущений как реальных.
- обладающий яркими сенсорными восприятиями.

В каждой модели футуризации взрослый переходит от реальности настоящего времени к внутреннему ребенку, который переносит прошлое в будущее.

Ребенок в стрессовой ситуации часто чувствует себя сбитым с толку, подавленным или хаотичным. В этом хаосе ребенок создает фантазию, которая помогает растворить ощущение хаоса. Внутренний ребенок внутри взрослого принимает фантазию за реальность. Но то, что работало в возрасте шести лет, может не сработать в возрасте 36 лет.

"Тот, кто ждет, что пирог упадет с неба, никогда не поднимется очень высоко". Фантазирование, если за ним не следуют усилия по достижению того же самого, обычно терпит неудачу. Это происходит потому, что внутренний ребенок только фантазировал, но так и не научился усердно работать, чтобы воплотить это в реальность.

тематическое исследование

У Джеки всегда была проблема— "Я заслуживаю гораздо большего. Но я никогда не получаю того, чего хочу." Джеки всегда мечтала о том, чтобы быть лучшей в классе. Позже он возомнил бы себя лучшим на работе и был бы должным образом вознагражден за это. Но он тратил бы больше времени на фантазии, вместо того чтобы придавать ценность своей работе. Итак, у Джеки, которая изначально была склонна фантазировать, теперь другая склонность к катастрофизации – я никогда не получу того, чего хочу, так зачем это делать?

Катастрофичным представляется не только *настоящее*, но и будущее.

В настоящее время взрослый человек располагает многими доступными ресурсами. Это внутренний ребенок, который не осознает важности ресурсов. Прошлая боль остается живой как переживание в настоящем и как спроецированное, воображаемое будущее.

Катастрофизирующий

Катастрофизировать - значит воспринимать нынешнюю ситуацию как значительно худшую, чем она есть на самом деле.

Катастрофизация - это иррациональная мысль, которая возникает у многих из нас, когда мы в нее верим. Как правило, это может принимать две различные формы: превращать текущую ситуацию в катастрофу и воображать, что из будущей ситуации получится катастрофа.

Такие мысли часто начинаются со слов "*что, если*". *Что, если я провалю экзамен?*

Что, если я все забуду?

Что, если мой отец будет недоволен моим выступлением? Что, если моя девушка отвергнет меня, если я сделаю ей предложение?

Что, если я потеряю работу?

- Кто-то может беспокоиться, что провалит экзамен. Исходя из этого, они могут предположить, что провал экзамена означает, что они плохие ученики и никогда не смогут сдать его, получить степень или найти работу. Они могут прийти к выводу, что это означает, что они никогда не будут финансово стабильны.

- Если кто-то, склонный к катастрофизации, допустит ошибку на работе, он может поверить, что его уволят. И что если их уволят, они потеряют свой дом. И если они потеряют свой дом, что будет с их детьми – и так далее, и тому подобное.

- "Если я быстро не восстановлюсь после этой процедуры, мне никогда не станет лучше, и я останусь инвалидом на всю свою жизнь".

- "Если мой партнер бросит меня, я никогда не найду никого другого и никогда больше не буду счастлива".

Проблема, с которой мы сталкиваемся, на самом деле может оказаться совершенно незначительным происшествием. Однако из-за того, что мы потворствуем привычке устраивать катастрофы, мы всегда создаем проблемы масштабнее жизни, что, конечно, делает их невероятно трудными для преодоления.

Катастрофизация состоит из двух частей:

- Предсказывая отрицательный исход.

- Поспешим с выводом, что если бы отрицательный исход действительно произошел, это была бы катастрофа.

Хотя существует несколько потенциальных причин и факторов, способствующих возникновению катастроф, большинство из них подпадают под одну из трех категорий.

1. **Двусмысленность** – расплывчатость может привести человека к катастрофическому мышлению.

Примером может служить получение текстового сообщения от друга, в котором говорится: *"Нам нужно поговорить"*. Это расплывчатое сообщение может быть чем-то положительным или отрицательным, но мы не можем знать, что именно, имея только ту информацию, которой располагаем. Итак, мы начинаем представлять себе самое худшее.

2. **Ценности** – Отношения и ситуации, которые мы высоко ценим, могут привести к тенденции к катастрофе. Когда что-то особенно важно, с концепцией потери или трудности может быть труднее справиться.

Примером может служить подача заявления о приеме на работу. Мы можем начать представлять себе огромное разочарование, тревогу и депрессию, которые испытаем, если не получим эту работу.

3. **Страх**, особенно иррациональный, играет большую роль в возникновении катастроф. Если мы боимся идти к врачу, мы начнем думать обо всех плохих вещах, которые врач мог бы нам сказать, даже если мы просто идем на обследование.

Катастрофизация происходит, когда мы проецируем себя в будущее и представляем себе наихудший исход. *Тревога - это представление о катастрофическом исходе и переживание дистресса сейчас.*

Этот паттерн восприятия-поведения формируется по мере того, как ребенок переживает травму. Ребенок начинает верить, что такова суровая реальность жизни и так будет всегда.

Во взрослом человеке тревожный внутренний ребенок продолжает всплывать на поверхность, катастрофизирует результат и твердо верит, что он реален. Результатом является боль и мучение в настоящем времени. Здесь прошлые катастрофы проецируются в будущее. Такой образ мышления может быть разрушительным, потому что ненужное и постоянное беспокойство может привести к повышенной тревожности и депрессии.

Отклонения в мышлении

'Замешательство" "Делаю я это или нет?"
'Нерешительность'

"Путаница - это слово, которое мы изобрели для обозначения порядка, который еще не понят".

"Жизнь похожа на вопрос с множественным выбором, иногда вас сбивает с толку выбор, а не вопрос".

Замешательство - это неспособность думать или рассуждать сосредоточенно и ясно. Это состояние замешательства или неясности в чьем-либо сознании по поводу чего-либо. Это потеря ориентации или способности правильно позиционировать себя в мире по времени, местоположению и личной идентичности.

Оно происходит от латинского слова "*confusio*", от глагола "*confundere*", что означает "смешиваться вместе'.

тематическое исследование

Мэри была простой девушкой. Как и все другие простые дети, она не понимала, что правильно, а что нет, хорошо или плохо, позитивно или отрицательно. Ее родители были для нее целым миром. С одной стороны, ее родители проповедовали бы, что лгать неправильно и что всегда следует следовать путем истины. Но потом она заметила, что часто они прибегали ко лжи, либо чтобы чего—то избежать, либо, как объяснили бы ее родители, это было необходимо.

тематическое исследование

Мохан вырос в среде, где его отец всегда утверждал, что правительство коррумпировано, и был свидетелем долгих бесед его отца со своими друзьями. Но когда дело доходило до подкупа гаишника, его отец не задумывался дважды.

Большинство из нас, повзрослев, были свидетелями двойственности родителей в разговорах и действиях, они что-то говорили и что-то делали. При столкновении с ним ответом будет "Ты слишком молод, чтобы это понять". Но когда бы речь зашла о другом деле, нас бы отругали — вы уже большие, от вас этого не ожидали. Итак, мы были и молоды, и стары, как было удобно нашим родителям.

У внутреннего ребенка развивается паттерн замешательства, когда возникают противоречивые слова и действия, что-то, что ребенку трудно понять и интегрировать в свое сознательное "я". Это также происходит, когда мы сталкиваемся с событием, ситуацией или эмоцией, которые не можем пережить в полной мере. Ребенок просто не знает, как реагировать на ситуацию или эмоцию. Ситуация не имеет смысла для ребенка, и развивается "запутанный внутренний детский паттерн". В дальнейшей жизни взрослый автоматически оказывается в постоянном замешательстве. Взрослому человеку трудно принять решение о работе, дома, в отношениях.

Это процесс адаптации в соответствии с правилами родителей или нормами запутанного общества. Это все равно что отказаться от того, кто мы есть на самом деле, и стать тем, кем мы не являемся. Отсюда и утверждение – *часть меня должна это сделать, но часть меня не хочет этого делать*. Это основная причина многих "раскалывающих головных болей" или мигреней.

Нерешительность

"Риск принятия неправильного решения предпочтительнее ужаса нерешительности".

Нерешительность - это состояние неспособности сделать выбор, колебание между двумя или более возможными вариантами действий.

тематическое исследование

Родители всегда оказывали на Альберта огромное давление, требуя, чтобы он преуспевал в учебе. Они знали, что раньше он любил играть с механическими игрушками. Итак, они предвидели будущее робототехники. Неосознанно они передавали это "давление" Альберту, который хотел стать музыкантом. Это привело Альберта в состояние растерянного внутреннего ребенка, когда он никогда не мог выбрать между тем, что ему нравится делать, и тем, что у него хорошо получается, и тем, что его праведные родители считали, что так будет лучше для него. В итоге он выбрал неправильный карьерный путь и впал в депрессию.

Родительские ожидания могут восприниматься как трудные, невыполнимые, неправильные, подавляющие и не совпадающие с желаниями ребенка. Такие родительские ожидания, которые ребенок не в состоянии оправдать, вызывают чувство растерянности. Запутанный паттерн внутреннего ребенка активизируется и распространяется на все сферы его жизни. Они не в состоянии сами принимать решения. Это создает ощущение – я неудачник. Я никогда не смогу оправдать ничьих ожиданий. Несмотря на то, что они квалифицированы и обладают большим потенциалом, они подчеркивают себя и не справляются с работой. В результате возникает чувство осуждения, некомпетентности или неадекватности.

"Чрезмерное обобщение", "Никогда не всегда'
"Истина для части может оказаться неверной для целого!"

"Всегда" и "никогда" - это два слова

вы всегда должны помнить, что никогда не должны им пользоваться."

Чрезмерное обобщение - это модель отклонения мышления, при которой мы склонны делать широкие обобщения, основанные на единичном событии и минимальных доказательствах. Более конкретно, это тенденция использовать наш прошлый опыт в качестве ориентира для составления предположений о настоящих или будущих обстоятельствах. Другими словами, мы, по сути, используем прошлое событие для предсказания будущего.

Это акт составления выводов, которые являются слишком широкими, поскольку они превышают то, что можно было бы логически вывести из имеющейся информации. Чрезмерное обобщение часто поражает людей с депрессией или тревожными расстройствами. Это способ мышления, при котором мы применяем один опыт ко всем переживаниям, включая те, что будут в будущем.

В рамках этой модели чрезмерного обобщения мы рассматриваем любой негативный опыт, который происходит, как часть неизбежной цепочки ошибок. При социальной тревожности это может сильно повлиять на нашу жизнь и нарушить наш распорядок дня. Чрезмерное обобщение может ухудшить наши мысли, заставляя нас чувствовать, что мы всем не нравимся и что мы ничего не можем сделать правильно.

Самоограничивающее чрезмерное обобщение - это когда мы не даем себе раскрыть свой потенциал. Это распространенные мысли типа "Я недостаточно хорош" или "Я никогда не смог бы этого сделать". Это удерживает нас от следующего шага, нанося вред нашей карьере и общественной жизни. Чрезмерные обобщения могут быть изнурительным симптомом социальной тревожности.

Они ограничивают то, как мы взаимодействуем с другими людьми, и могут помешать нам достичь того, чего мы хотим в своей жизни.

Люди, которые чрезмерно обобщают, используют такие слова, как "всегда" и "каждый", при оценке событий, даже если эти слова, вероятно, не совсем точны. Чрезмерное обобщение можно понять на том языке, который мы используем, когда говорим о провокациях. Мы используем такие слова, как "всегда", "никогда", "все" и "никто". Этот тип мышления и языка важен, потому что, как только мы говорим, что с нами всегда что-то происходит, мы начинаем реагировать на последовательность событий, а не только на одно событие, которое только что произошло.

Люди, которые чрезмерно обобщают, как правило, злятся больше других, они выражают этот гнев менее здоровыми способами и в результате своего гнева страдают от более серьезных последствий.

Например, если я однажды произнес плохую речь, я начну говорить себе: "Я всегда путаю речи". Одна неудачная попытка в начале чрезмерно обобщается в "Я никогда не смогу этого сделать".

"То, что верно для части, верно и для целого" - не всегда верно. Мы делаем широкий обобщенный вывод, основанный на одном инциденте. Одно неприятие со стороны представителя противоположного пола обобщается в "Я недостаточно хорош" или "я не привлекателен". Язык выражения меняется с "иногда" на "всегда" или "никогда"; кто-то становится всем или никем, а кто-то становится всеми или никем.

'Фасад', "Обманчивая путаница'

'Все, что блестит, - это не золото!"

Фасад - это обманчивая внешность. Фасад - это своего рода прикрытие, которое люди создают эмоционально. Если мы злы, но притворяемся счастливыми, мы создаем видимость. Человек, притворяющийся, определенно притворяется фасад: лицо, которое они показывают миру, не соответствует тому, что они чувствуют.

Замешательство иногда может быть фасадом, созданным внутренним ребенком в окружающей среде. Это защитный паттерн, который обеспечивает выживание во враждебной ситуации. Внутренний ребенок учится тому, как перехитрить окружающую среду, создавая путаницу. Ребенок узнает, что, употребляя определенные слова или ведя себя определенным образом, взрослые остаются сбитыми с толку. *Это помогает ребенку чувствовать себя сильным, когда он чувствует себя бессильным.* Ребенок на самом деле чувствует себя бессильным, подавленным и сбитым с толку, и в этом замешательстве ребенок решает сбить с толку других, чтобы почувствовать себя могущественным.

Когда создание путаницы, чтобы справиться с бессилием, ставится на автоматический режим, индивид начинает испытывать чувства изоляции, отчуждения, непонимания и одиночества, потому что для поддержания чувства власти и контроля человек должен продолжать создавать путаницу в других и в своем мире. Часто чрезмерно интеллектуальный человек использует описанную выше стратегию.

'Поспешные выводы', "Предположительное мышление'
"Чтение мыслей – предсказание судьбы'

Когда мы спешим с выводами, мы на самом деле делаем негативные выводы практически без доказательств, делая иррациональные предположения о людях и обстоятельствах. Это происходит, когда мы думаем, что знаем, о чем думают и чувствуют другие или почему они ведут себя определенным образом, даже когда нет никаких доказательств, подтверждающих наши убеждения. Неудивительно, что это может привести к разного рода проблемам.

Мы предполагаем, что что-то произойдет в будущем (прогностическое мышление), или предполагаем, что знаем, о чем думает кто-то другой (чтение мыслей). Проблема в том, что эти выводы редко основываются на фактах или конкретных доказательствах, а скорее на личных чувствах и мнениях.

Это может происходить двумя способами – чтением мыслей и гаданием. Когда мы "читаем мысли", мы предполагаем, что другие относятся к нам негативно оценивают нас или имеют плохие намерения в отношении нас. Когда мы "предсказываем судьбу", мы предсказываем негативный исход в будущем или решаем, что ситуация обернется к худшему еще до того, как она возникнет.

тематическое исследование

У Патриции были хорошие отношения со своими коллегами. Но она считала, что они не считают ее такой же умной или способной, как остальные сотрудники офиса. Патриции поручили важный проект, которого она с нетерпением ждала и была рада работать над ним. Однако она продолжала говорить себе: "Они все уже думают, что я тупая. Я знаю, что совершу ошибку и разрушу весь этот проект".

Мысли Патриции не основаны ни на чем фактическом. У нее нет никаких доказательств того, что они смотрят на нее свысока или что проект провалится. Она делает поспешные выводы о том, что думают другие, и об исходе будущих событий. Она "читает мысли" своих коллег и "предсказывает судьбу" результата проекта. Она может сказать себе, что сделает все возможное в этом проекте, и если будет допущена ошибка, она извлечет из нее урок.

Одно из величайших заблуждений человеческого мышления заключается в том, что мы 'рациональные' существа. С одной стороны, временами мы действительно мыслим логически, но нет никаких сомнений в том, что большая часть нашего мышления, большую часть времени, далеко не так рациональна или точна, как мы предполагаем.

То, как мы интерпретируем ситуации, зависит от нашего воспитания, включая культурное и религиозное происхождение, от наших внутренних настроений и чувств по поводу того, что происходит в данный момент.

Мы часто ошибаемся в своих догадках, что может расстроить и оскорбить другого человека. Это может иметь катастрофические последствия для отношений – интимных и личных, а также для наших профессиональных и рабочих мест.

"Черно-белое мышление", "Я либо хороший, либо плохой".

"Мышление "все или ничего" – увеличение и минимизация"

"Жизнь не черно-белая, но и красочной ее тоже не назовешь. На самом деле важно то, что вы об этом думаете, поэтому очень важно, как вы на это смотрите".

Черно-белое мышление или мышление по принципу "все или ничего" - это неспособность мышления человека свести воедино дихотомию как положительных, так и отрицательных качеств самого себя и других в единое реалистичное целое. Это значит мыслить в крайностях – все действия и мотивации либо хороши, либо плохи, без золотой середины. Мы никогда по-настоящему не рассматриваем обстоятельства непредвзято и нейтрально.

Я либо добиваюсь блестящего успеха, либо терплю полный провал. Мой парень - ангел, или он воплощение дьявола.

Этот паттерн поляризованного мышления мешает нам видеть мир таким, каким он часто является — сложным и полным всех промежуточных оттенков. Мышление "все или ничего" не позволяет нам найти золотую середину. Большинство из нас время от времени впадает в это заблуждение мышления. На самом деле, считается, что этот паттерн может иметь свои истоки в человеческом выживании — нашей реакции "дерись или беги".

Такая модель поведения может навредить нашему физическому и психическому здоровью, подорвать нашу карьеру и привести к разрушению наших отношений.

Примеры могут включать:

• внезапное перемещение людей из категории "хороших людей" в категорию "плохих людей".

• уход с работы или увольнение людей.

• разрыв отношений.

• избегание подлинного решения проблем

Такой тип аберрации мышления внутреннего ребенка часто колеблется между идеализацией и обесцениванием других. Быть в отношениях с кем-то, кто мыслит крайностями, может быть действительно трудно из-за повторяющихся циклов эмоциональных потрясений.

Черно-белое мышление может привести к тому, что мы создадим для себя жесткие правила. Когда мы мыслим черно-белыми категориями, мы усваиваем каждую неудачу и иметь нереалистичные ожидания от каждого успеха. Все мы задавались вопросом, являемся ли мы "плохими людьми" или "хорошими людьми". На самом деле большинство из нас находятся где-то посередине, обладая как плохими, так и хорошими качествами. Когда мы мыслим черно-белыми категориями, мы рискуем быть чрезмерно самокритичными или отказываться видеть свои недостатки. Это может сделать нас сверхчувствительными к чужому мнению и затруднить восприятие критики. Это мешает нам по-настоящему расти и проявлять сострадание к себе.

Это создает нестабильность в отношениях, потому что один и тот же человек может рассматриваться либо как олицетворенная добродетель, либо как олицетворенный порок в разное время, в зависимости от того, удовлетворяет ли он наши потребности или расстраивает нас. Это приводит к хаотичным и нестабильным отношениям, интенсивным эмоциональным переживаниям, размыванию идентичности и перепадам настроения.

Отношения возникают между отдельными людьми, независимо от того, видят ли они друг в друге семью, друзей, соседей, коллег по работе или что-то совершенно другое. У людей бывают взлеты и падения, и неизбежно возникают конфликты. Если мы подходим к обычным конфликтам с черно-белым мышлением, мы будем делать неправильные выводы о других людях и упускать возможности для переговоров и компромисса. Хуже того, черно-белое мышление может привести к тому, что человек будет принимать решения, не задумываясь о влиянии этого решения на него самого и других вовлеченных в него людей.

Такой тип мышления заставляет нас придерживаться жестко определенных категорий – моя работа. Их работа. Моя роль. Их роль.

Время от времени мы все думаем о мире в черно-белых тонах. Склонность человеческого мозга понимать мир в терминах "или-или" оказывает глубокое влияние на наши взаимоотношения - от отказа видеть недостатки в наших близких до чрезмерной строгости к самим себе.

Мир - это не место "или-или": наша жизнь полна оттенков серого. Видя мир в черно-белом цвете, мы можем изначально облегчить себе задачу отделять хорошее от плохого, правильное от неправильного, красивое от уродливого. Но такого рода размышления могут быть утомительными, заставляя нас переживать постоянные взлеты и падения. И на глубоком уровне упрощение вещей до простых бинарных терминов лишает нас большей части сложности, которая делает жизнь и отношения такими насыщенными.

Увеличение и сведение к минимуму

Увеличение и минимизация - это паттерн черно-белого мышления, при котором мы склонны преувеличивать положительные качества другого человека, в то же время преуменьшая свои положительные качества. Другими словами, мы фактически обесцениваем себя, в то же время возводя другого человека на пьедестал. Обладать смирением - это замечательно, но не в ущерб нашей самооценке.

'Маркировка'
"Я такой, только'Помечаю'

Навешивание ярлыков - это описание кого-то или чего-то словом или короткой фразой, отнесение к определенной категории, особенно неточно или ограничительно. На протяжении всей нашей жизни люди навешивают на нас ярлыки, и наоборот. Эти ярлыки влияют на то, как другие думают о нашей идентичности, а также на то, как мы думаем о себе и других.

Чаще всего ярлыки, которые мы используем для описания друг друга, являются результатом необоснованных предположений и стереотипов. Мы регулярно навешиваем ярлыки на людей, которых едва знаем или даже никогда не встречали, и то же самое происходит с нами. Таким образом, хорошо это или плохо, ярлыки оказывают влияние на нашу идентичность, которое часто находится вне нашего контроля.

Ярлык "другого" может привести к издевательствам и маргинализации в школах. Дети меняются и развиваются, но ярлыки, к сожалению, имеют тенденцию прилипать. Из-за этого детям может быть трудно расстаться с негативной репутацией и начать все сначала. Использование этикеток может быть вредным для детей. Взаимосвязь между навешиванием ярлыков и стигматизацией сложна, но хорошо установлена.

Ярлыки, которые фокусируются на трудностях, с которыми сталкивается ребенок, делают это за счет признания его способностей и сильных сторон в других областях. От таких ярлыков может быть очень трудно избавиться, даже несмотря на то, что они являются лишь одной частью личности ребенка. Это может привести к снижению ожиданий взрослых в отношении детей и неоправданному влиянию на их интерпретацию действий ребенка.

То, как мы навешиваем ярлыки на вещи, часто отражает наши внутренние системы убеждений. Чем больше мы склонны навешивать на что-то ярлыки, тем сильнее действуют системы убеждений. Наши ярлыки часто основаны на прошлом опыте и личных мнениях, а не на неопровержимых фактах и доказательствах.

'Эмоциональные рассуждения', "Эмоциональная истина и реальность", "Эмоции – мысли – действия'

Когда происходит что–то, что нас расстраивает, как мы с этим справляемся - способны ли мы отделить свои эмоции от реальности ситуации или в итоге смешиваем их воедино?

Ситуация вызывает у нас эмоциональный отклик, который заставляет нас так много думать об этом, что реальность, которую мы создаем в своем сознании, отделена от реальной действительности. Стресс возникает из—за вещей, которые не являются реальными проблемами, просто из-за того, что мы чувствовали и думали о них - мы позволяем нашим чувствам определять то, как мы интерпретируем реальность.

Это эмоциональное рассуждение, когда мы приходим к выводу, что наша эмоциональная реакция доказывает, что что-то истинно, независимо от доказательств, доказывающих обратное. Наши эмоции затуманивают наши мысли, которые, в свою очередь, затуманивают нашу реальность.

Признаки эмоционального рассуждения включают такие мысли, как "Я чувствую себя виноватым, значит, я, должно быть, сделал что-то плохое", "Я чувствую себя неадекватным, значит, я, должно быть, никчемный" или "Я чувствую страх, значит, я, должно быть, в опасной ситуации".

Эмоциональные рассуждения могут привести к ощущению неудачи еще до того, как мы начнем работать над чем-то. Наш разум, позволяющий эмоциям взять верх, изматывает и может заставить нас думать, что мы потерпели неудачу еще до того, как начали. Это может привести к прокрастинации, а иногда и вообще к невыполнению задания. Эмоции, овладевающие нами, также уменьшают желание меняться, потому что мы чувствуем, что перемены невозможны, даже если бы мы попытались.

Если наши эмоции диктуют наши мысли и, в свою очередь, наши действия, у нас могут быть эмоциональные рассуждения. Мы склонны интерпретировать наш опыт в реальность основана на том, что мы чувствуем в данный момент. Следовательно, то, как мы относимся к чему-либо, эффективно формирует то, как мы воспринимаем и интерпретируем ситуацию, в которой оказались. Это означает, что наше настроение всегда влияет на то, как мы воспринимаем окружающий мир. Таким образом, наши эмоции эффективно становятся барометром того, как мы оцениваем свою жизнь и обстоятельства.

Заблуждение о справедливости

'Заблуждение о справедливости'

- Это нечестно! Не вини меня!" "Обвинение – персонализация'

"Ожидать, что мир будет относиться к тебе справедливо, потому что ты хороший человек, немного похоже на ожидание, что бык не нападет на тебя, потому что ты вегетарианец".

"Не пытайся превратить жизнь в математическую задачу, в центре которой ты сам и все получается одинаково. Когда ты хороший, плохие вещи все еще могут случиться. И если ты плохой, тебе все равно может повезти."

Заблуждение о справедливости

Это вера в то, что жизнь должна быть справедливой.

Когда жизнь воспринимается как несправедливая, возникает гневное эмоциональное состояние, которое может привести к попыткам исправить ситуацию. Мы чувствуем обиду, потому что твердо верим в то, что справедливо, но другие люди с нами не согласятся. Поскольку жизнь несправедлива, события не всегда будут складываться в нашу пользу, даже когда они должны были бы сложиться.

Люди с таким типом восприятия-реакции обычно говорят: "Жизнь несправедлива", если что-то идет не так, как они хотят. Они часто оценивают ситуации, основываясь на своей "справедливости"; следовательно, они часто чувствуют разочарование, потому что на самом деле жизнь не всегда справедлива.

То, как мы смотрим на мир, является результатом наших убеждений. Таким образом, каждый наш опыт будет интерпретироваться в этих рамках. Например, если мы верим в удачу, как в основное убеждение, тогда людей будут считать либо везучими, либо невезучими, и тот, у кого есть большой красивый дом и новенькая машина, — счастливчик, а тот, у кого всего этого нет, - невезучий. Это образ мышления, модель восприятия-реакции. Итак, если с нами случается что-то плохое, то мы интерпретируем это как то, что нам не повезло. И что жизнь несправедлива.

Как только мы решаем: "Мне не везет, жизнь несправедлива", – мы переходим в режим жертвы.

Ошибочность представления о справедливости часто выражается в условных предположениях:

• Если бы он любил меня, то подарил бы мне кольцо с бриллиантом.

• Если они ценят мою работу, они должны вознаградить меня.

Возникает соблазн сделать предположения о том, как все изменилось бы, если бы люди были *справедливы* или ценили вас. Но это не то, что думают или воспринимают другие. Итак, мы сталкиваемся с болью.

Будучи детьми, мы отражаем своих родителей. Они - весь мир для нас. Если мама что-то сделала, то я должен сделать это точно так же, как она. Тогда я была бы права, меня бы любили, я была бы такой, как она. Итак, поведение мамы становится образцом. Это создает зеркальный внутренний дочерний шаблон.

В конечном счете ребенок ходит так же, говорит так же, действует так же, звучит так же и даже чувствует то же, что родители чувствуют по отношению к жизни. Когда мы становимся взрослыми и родителями, мы действуем и разговариваем со своими детьми точно так же, как наши родители разговаривали с нами. При заблуждении о справедливости определенная система ценностей усваивается ребенком от мамы, папы или от них обоих, что учит ребенка тому, что справедливо.

Слова, поведение, бездействие и неподдерживающие взгляды не регулируются черно-белым законом, и все же мы ожидаем определенного уровня вежливости от тех, кого мы выбираем в своей жизни. Помимо обычной вежливости, у всех нас есть свои представления о том, как нам нравится, чтобы с нами обращались, и мы чувствуем глубокую обиду, когда с нами плохо обращаются. Люди конструируют то, как они видят реальность, основываясь на своем предыдущем опыте.

В повседневных ситуациях то, как мы реагируем, основано на наших системах убеждений, и, естественно, то, как мы реагируем в ситуациях, кажется довольно автоматическим, поскольку мы предполагаем, что наша реакция является правильной для данной ситуации.

Однако, если мы слишком строго придерживаемся наших определений того, что такое справедливость, мы рискуем проявить жесткость, беспокойство и гнев, столкнувшись с поведением других, которое не вписывается в наши категории. Конечно, у всех нас может быть небольшое несогласие с другими по поводу того, что демонстрирует их поведение, но иногда, если мы становимся одержимы идеей справедливости, мы рискуем встревожиться и расстроиться.

Беда в том, что два человека редко сходятся во мнении о том, что такое справедливость, и нет суда, который мог бы им помочь. Справедливость - это субъективная оценка того, насколько многое из того, что человек ожидал, в чем нуждался или на что надеялся, было предоставлено другим человеком.

тематическое исследование

Шина каждые выходные ожидает цветов или подарков от Тима, потому что видела, как ее лучшая подруга получала их от своего парня. Когда она их не получает, она чувствует тревогу, обиду, отверженность и злость. Том понятия не имеет и каждый субботний вечер постоянно наталкивается на обвинения в безразличии и нелюбви. Это сбивает его с толку и причиняет боль, поскольку Шина, как правило, руководствуется своим собственным жизненным опытом и личными ожиданиями.

Справедливость определяется так удобно, так соблазнительно корыстно, что каждый человек замыкается на своей точке зрения.

Многим из нас сегодня в детстве говорили, что мы можем быть теми, кем захотим. Теперь, когда мы не получаем похвалы на работе или даже если получаем выговор, это может идти вразрез с тем, что мы считаем "справедливым". Несправедливо, когда нас критикуют. Предполагалось, что мы добьемся успеха.

Слово "честный" - это хорошая маскировка личных предпочтений и желаний.

То, чего мы хотим, справедливо, а то, чего хочет другой человек, - фальшиво.

Заблуждение о справедливости - один из наиболее распространенных типов когнитивных искажений, основанный на когнитивной теории Аарона Бека. Теория гласит, что при любом взаимодействии мы ведем себя по-детски: хнычем, закатываем истерику, ведем себя неразумно и т.д. (как мы могли бы поступить, если бы наши "правила" были нарушены). Тогда другой человек будет реагировать на нас как родитель: говорить с нами свысока, использовать авторитет, пытаться внушить нам, что мы неразумны, говорить, что им не нужен этот стресс и т.д.

Теория также утверждает, что если мы подходим к кому-то в родительском режиме: строги, устанавливаем закон, отдаем резкие приказы, суровы и авторитарны, используя угрозы или крики (как мы могли бы поступить, если бы наши "правила" были нарушены)... тогда другой человек отреагирует как ребенок и, возможно, разозлится, замкнется, взбесится, выйдет из себя, уйдет или превратится в настоящего подростка и взбунтуется ("ты не можешь указывать мне, что делать").

На протяжении всей нашей жизни мы можем колебаться между этими двумя состояниями, либо начиная с одной из позиций, либо будучи спровоцированными на противоположную реакцию кем-то другим. Это происходит независимо от того, является ли другой партнером, братом или сестрой, коллегой или начальником, другом или даже родителем или ребенком. Это неизменно заводит нас в никуда.

Обвиняющий

"Когда вы обвиняете других, вы теряете свою способность меняться". "Когда люди хромают, они любят обвинять".

Обвинение - это акт возложения ответственности, негативные высказывания в адрес отдельного человека или группы о том, что их действия являются социально или морально безответственными, противоположность похвале. Когда кто-то несет моральную ответственность за совершение чего-то неправильного, его действия заслуживают порицания.

Вина - это ответственность за что-то, что пошло не так, или это акт возложения этой ответственности на кого-то. Обвинять - значит указывать пальцем на кого-то другого и объявлять его/ее ответственным за ошибку или неправильное поведение. Если я страдаю, кто-то должен нести за это ответственность.

Обвинение предполагает возложение на кого-то ответственности за выбор и решения, которые на самом деле являются нашей ответственностью. "Я не несу ответственности. Меня нельзя винить". Как будто кто-то всегда делает это с нами, и мы не несем никакой ответственности.

Обвинение - это модель, при которой мы возлагаем на других ответственность за все трудные вещи, которые с нами случаются. Многие из нас ставят себе в заслугу, если в жизни все идет хорошо, но возлагают вину на обстоятельства или других людей, когда дела идут плохо.

Например, представьте себе студента, сдающего тест. Если он сдаст экзамен, это будет заслугой его упорного труда. Но если он провалит тест, внезапно возникнет внешняя причина – вопросы отсутствовали в программе, проверка была проведена неправильно, экзаменатор был в плохом настроении.

Обвинение людей, особенно близких нам, когда дела идут не очень хорошо, может оказать серьезное разрушительное воздействие на наши отношения, семьи и карьеру.

Обвинять других легко. Обвинение означает меньше работы, поскольку, когда мы обвиняем, нам не нужно нести ответственность. Обвинение означает, что мы не должны быть уязвимыми. Обвинение других подпитывает нашу потребность в контроле. Вина высвобождает накопившиеся чувства. Обвинение защищает наше эго.

Некоторые люди используют обвинение, чтобы выставить себя жертвой. Это шаг эго, поскольку, когда мы находимся в режиме "я бедный", это означает, что мы привлекаем внимание всех остальных и по-прежнему остаемся 'хорошим' человеком.

Независимо от того, используем ли мы вину, чтобы показать свое превосходство, или чтобы стать жертвой, и то, и другое происходит из-за недостатка самоуважения. Вопрос, который нужно задать, может быть даже не столько "почему я обвиняю", сколько "почему я так плохо отношусь к себе, что должен обвинять других, чтобы чувствовать себя лучше?"

тематическое исследование

Саре трудно спрашивать напрямую, требовать того, чего она хочет. Она ожидает, что это получит, не спрашивая. Спрашивать или выдвигать свои желания никогда не поощрялось. В семье это не допускалось. И она была девочкой, как она может спрашивать!

Высказывание того, чего вы хотите, или даже само желание может быть источником всех проблем. Во многих ситуациях ребенок учится получать желаемое, не спрашивая напрямую, а действуя косвенно.

Саре теперь трудно напрямую попросить своего партнера о том, чего она хочет, потому что внутренний ребенок хочет получить, не спрашивая.

Теперь у Сары есть претензии к своим отношениям, потому что она не "спрашивает" своего мужа, а муж не знает, чего от него хотят, поскольку его об этом не просили. Сара ожидает, что ее поймут. Вина лежит на муже за то, что он не понимает ее желаний!

Ребенок подавляет свои желания или стремленья и считает их неважными. Позже он даже не знает, чего хочет.

Персонализация

Персонализация - это модель, при которой мы последовательно берем на себя вину абсолютно за все, что идет не так в нашей жизни. Это тенденция соотносить все, что нас окружает, с нами самими. Всякий раз, когда что-то идет не так, как ожидалось, мы немедленно берем вину за это несчастье на себя— Не имеет значения, несем ли мы ответственность за результат или нет.

Недавно женившийся мужчина думает, что каждый раз, когда его жена говорит об усталости, она имеет в виду, что устала от него.

Мужчина, чья жена жалуется на рост цен, воспринимает эти жалобы как нападки на его способность быть кормильцем.

Брать на себя ответственность за свою жизнь и обстоятельства достойно восхищения, но в то же время совершенно бесполезно, если в конечном итоге мы чувствуем себя жертвой обстоятельств.

Важным аспектом персонализации является привычка сравнивать себя с другими. Он умен, а я нет. Основное предположение заключается в том, что наша ценность сомнительна. Основная ошибка персонализации заключается в том, что мы интерпретируем каждый опыт, каждый разговор, каждый взгляд как ключ к пониманию нашей ценности, и виним в этом самих себя.

Возможно, мы занимаемся персонализацией, когда обвиняем себя в обстоятельствах, которые не являются нашей виной или находятся вне нашего контроля. Другой пример - когда мы ошибочно предполагаем, что нас намеренно исключили или на нас нацелились.

Большинство из нас делают это время от времени, время от времени. Но если мы обнаруживаем, что у нас вошло в привычку принимать все близко к сердцу, когда на самом деле в этом нет необходимости, это приводит к самообвинению. Полагая, что мы несем ответственность за вещи, которые на самом деле находятся вне нашего контроля, мы можем испытывать чувство вины или стыда за вещи, которые не являются нашей виной или которые мы не смогли бы контролировать.

тематическое исследование

Партнер Стефани испытывал проблемы со здоровьем. Но он не следовал рекомендациям по лечению. Стефани чувствовала себя ответственной за то, что не сделала достаточно, чтобы помочь, когда его здоровье ухудшилось.

Поддержка своего партнера не означает, что она должна была брать на себя ответственность за то, что находилось вне ее контроля. Важно понимать, что мы действительно можем контролировать, потому что всем нам нужно уметь брать на себя ответственность за свои действия и выбор, когда мы можем. Тем не менее, нам также нужно понимать, когда что-то выходит из-под нашего контроля, и признавать свои ограничения.

Другой аспект персонализации - это когда мы переворачиваем ситуацию с ног на голову, чтобы поразмыслить о себе, когда событие или ситуация могут вообще не касаться нас. Иногда это происходит из-за чувства незащищенности или тревоги.

Например, если мы входим в комнату и все замолкают, мы ошибочно начинаем полагать, что все, должно быть, говорят о нас за нашей спиной. На самом деле это могло быть что угодно другое. Может быть, они обсуждали что-то личное, а может быть, это был просто один из тех моментов, когда в комнате становится тихо.

Мы думаем, что ситуации касаются нас, когда на самом деле это не так. Следует учитывать одну вещь: большую часть времени другие люди беспокоятся о себе и думают только о себе. Это просто означает, что большую часть времени они не думают о нас и не беспокоятся о нас.

Возможно, есть люди, которые тратят свое время, сосредоточившись на других людях. Беспокоиться о людях, которые сплетничают, - пустая трата времени. Даже когда кто-то плохо обращается с нами, его поведение касается его самого, а не нас. В большинстве случаев мы ничего не сможем сделать, чтобы изменить таких людей, поэтому нам просто нужно сосредоточиться на том, чтобы быть такими, какими мы хотим быть.

Разъединение

'Отключение'

'Я – это не я, не здесь, не там", "Безэмоциональное – Убегающее – Отстраненное - Слияние идентичности".

"Чтобы обрести покой, иногда вы должны быть готовы потерять свою связь с людьми, местами и вещами, которые создают весь шум в вашей жизни".

"Иногда вам нужно побыть одному, чтобы отключиться и снова подключиться".

Разъединение - это состояние изоляции или отстраненности, позволяющее отделить (что-то) от чего-то другого: разорвать связь между двумя или более вещами.

Диссоциация - это ментальный процесс отсоединения от своих мыслей, чувств, воспоминаний или чувства идентичности. Эмоциональная отстраненность - это неспособность или нежелание общаться с другими людьми на эмоциональном уровне. Для некоторых людей эмоциональная отстраненность помогает защитить их от нежелательной драмы, беспокойства или стресса. Для других отстраненность не всегда является добровольной.

У детей, переживших травмирующее событие, часто наблюдается некоторая степень разобщенности во время самого события или в последующие часы, дни или недели. Например, событие кажется "нереальным" или человек чувствует себя отстраненным от того, что происходит вокруг него, как будто наблюдает за событиями по телевизору. В большинстве случаев диссоциация проходит без необходимости в лечении.

Когда ребенок чувствует себя некомфортно в какой-либо ситуации, он отключается. Этот шаблон, созданный подсознательно, изолирует ребенка в этой дискомфортной ситуации. Это происходит, когда ребенок не может справиться с 'напряженной ситуацией' дома или в школе. Разъединение может ощущаться как ощущение, что вас здесь нет.

Бесстрастность

Во многих домах и семьях ребенку не разрешается проявлять привязанность или эмоции. Проявление сильных эмоций считается слабостью. Затем ребенок отключается от этой эмоции.

Соня была молодой девушкой из консервативной и строгой семьи. Она всегда должна была делать все так, как ей говорили, определенным образом. Если бы она это сделала, наказания бы не последовало. Она никогда не 'получала привязанности' от своих родителей. Вероятно, они тоже воспитывались в консервативном обществе. Поскольку Соня никогда не испытывала привязанности, она отключилась от 'привязанности'. Это создало образ замороженного бесчувственного внутреннего ребенка. Годы спустя Соне стало трудно вступать в интимные отношения в браке.

У каждого из нас, когда мы взрослеем, возникают определенные эмоции, с которыми мы не можем справиться, потому что мы не могли справиться с ними, когда были маленькими.

Если ребенку не позволять злиться, он отключается от этого чувства. Это приводит к подавлению состояния гнева и отрицанию этого состояния. Этот 'отсутствующий гнев' получает внутреннее направление и выражается в других формах. Когда его спрашивают: "Ты злишься", взрослый отвечает: "На кого я злюсь? Конечно нет. Я никогда не сержусь."

Бегство от действительности

В токсичных, оскорбительных, дисфункциональных семьях со склонностью к спорам, ссорам и насилию ребенок не только становится бесчувственным, но и создает состояние отстраненности, как будто его нет в этой ситуации. Таким образом, ребенок 'убегает' из травмирующей ситуации.

У Нехи был отец-алкоголик, который часто ссорился с ее матерью. Поначалу она пряталась под своим одеялом, напуганная происходящим в доме. Постепенно она нашла утешение, отключившись от ситуации, закрыв глаза и представив себя где-то в другом месте, делающей что-то великое - чтобы спастись от семейной токсичности.

Этот паттерн "убегающего внутреннего ребенка" создает больше проблем в дальнейшей жизни при преодолении стрессовых ситуаций, проблемных вопросов, на работе, в отношениях. Их просто там нет.

Они ведут себя так, как будто все хорошо, они, кажется, нормально разговаривают, но по их глазам видно, что они отключены. У них короткая концентрация внимания, они могут потерять нить разговора и не запомнить, что им было сказано.

Отслойка

Проще говоря, отстраненность - это форма разъединения, которая означает отделение или диссоциацию.

Патрик был нормальным ребенком, но ему требовалось время, чтобы доесть еду или выполнить домашнее задание. Его родители всегда говорили– 'Неужели ты не можешь двигать руками быстрее'. В школе его наказывали грустным смайликом на тыльной стороне ладони. Постепенно у него начала проявляться тревожная дрожь в пальцах. Внутренне он начал ненавидеть свои руки и жалеть, что они не являются частью его тела. В случае Патрика определенная часть тела из-за внушений родителей или учителей воспринималась как "не моя".

Этот отстраненный внутренний детский паттерн диссоциации может стать прогрессирующим, ненормальным и патологическим. Это может привести к психосоматическим проявлениям. Здесь разъединение приводит к паттерну диссоциации. Взрослый начинает 'сдаваться', капитулировать и в конце концов отделяет себя от реальности.

КРИЗИС ДОВЕРИЯ

Идентичность - это то, кто мы есть, то, как мы думаем о себе, то, как на нас смотрит мир, и характеристики, которые нас определяют.

Слияние идентичности – когда две вещи сливаются воедино, идентичность источника отличается от идентичности результата. Идентификатор новой сущности не связан с идентификатором исходной сущности.

Африн была старшей из четырех детей в семье, где отец был инвалидом, а ее мама трудилась день и ночь, чтобы свести концы с концами. Ей приходилось не только заботиться о себе, готовить еду, но и выполнять роль сиделки. Идентичность внутреннего ребенка слилась с идентичностью матери. Она начала чувствовать отчуждение от самой себя. Позже взрослая Африн всегда жаловалась: "Я забочусь обо всех в своей семье – о своих престарелых родителях, мой муж и мои дети. Но никто обо мне не беспокоится'. Внутренний ребенок Африн оторвался от самой себя, потому что она отождествила себя с личностью опекуна.

Слияние идентичности - это внутренний детский паттерн, при котором личность ребенка теряется из-за чрезмерной идентификации, смешения и слияния с членом семьи.

Во многих случаях личность ребенка сливается с личностью родителя, к которому ребенок более привязан. Таким образом, внутренний ребенок слился бы с личностью матери, которая сердится на отца. Затем ребенок начинает вести себя хорошо и становится голосом матери. Это слитый внутренний дочерний паттерн. Этот паттерн принятия чужой идентичности, чтобы выжить, проявляется в отношениях. Часто другие замечают, что растущий подросток или молодой взрослый человек очень похож на мать или отца своими манерами, способом справляться с ситуациями или стилем работы. Иногда это может быть проблематично. Мы, как взрослые люди, хотели бы вести себя определенным образом. Но, по умолчанию, мы заканчиваем тем, что ведем себя как наши мама или папа. Это может привести к внутреннему конфликту. Став взрослыми, мы испытываем влечение к определенным людям. Это всепоглощающее, навязчивое влечение - влечение внутреннего ребенка к внутреннему ребенку другого человека.

Очень часто связи между внутренним ребенком и внутренним детищем настолько сильны, что ребенок внутри взрослого адаптирует духовную философию типа "Так и должно было быть" или "Мы родственные души".

Искажения

'Иллюзия'

'Видеть, слышать и чувствовать то, чего нет", 'Это чудесно – это ужасно".

"Величайшим препятствием на пути к открытию является не невежество, а иллюзия знания".

"Реальность - это всего лишь иллюзия, хотя и очень стойкая..."

- Альберт Эйнштейн

Иллюзия - это ложная идея, убеждение или впечатление. Это пример неправильного или неверно истолкованного восприятия сенсорного опыта. Это искажение чувств, которое может показать, как человеческий мозг обычно организует и интерпретирует сенсорную стимуляцию. Иллюзии - это искаженное восприятие реальности.

тематическое исследование

Давайте рассмотрим случай Рахула, как обсуждалось ранее.

Однажды, когда Рахул был маленьким ребенком, отец отругал его за то, что он не смог прочитать стихотворение перед гостями дома, стихотворение, которое он очень хорошо знал. У него просто заплетался язык, и он стоял неподвижно, как статуя. Позже, в школе, его снова отругали перед всем классом, потому что он не смог ответить на простой вопрос. Эти переживания негодования глубоко повлияли на него. Даже став взрослым, когда он сталкивается с подобными ситуациями на рабочем месте или вечеринках, его разум вспоминает всю сцену выговора отца или учителя, и у него просто заплетается язык. В результате он начал избегать светских раутов и лишился продвижения по службе, потому что просто не мог воплощать свои идеи в жизнь.

Создавая иллюзии, внутренний ребенок выбирает то, что произошло в прошлом, и накладывает это на настоящее или будущее. Текущая реальность воспринимается не такой, какая она есть, это иллюзия прошлого, наложенная на настоящее. Того, что видно, там нет, то, что есть, увеличено, как если бы это была целая картина. В приведенном выше примере иллюзия Рахула о прошлом травмирующем событии затуманивает его видение настоящего, так что он реагирует на обманутого внутреннего ребенка вместо того, чтобы беспристрастно взглянуть на текущую ситуацию.

Преувеличение – Чудесное или внушающее ужас

Устрашение используется для того, чтобы подчеркнуть масштаб чего-либо, особенно чего-то неприятного или негативного.

Удивлять - это вызывать восторг, приятность или восхищение; чрезвычайно хорошо; чудесно.

Создавая иллюзии, мы подсознательно выбираем элемент, вырываем его из контекста целого, а затем, когда мы смотрим на этот элемент, он кажется увеличенным. Таким образом, мы удивляем или ужасаем – преувеличиваем наши мысли.

Различные узоры могут работать вместе, создавая иллюзию. Эта способность создавать иллюзии - то, как дети отстраняются от самих себя и рассеивают реальность семейных переживаний. При развитии иллюзий, чем больше стресс в жизни, тем сильнее иллюзии. Иллюзии могут быть сенсорными, слуховыми или визуальными: видеть что-то, о чем не говорится, или слышать что-то, чего там нет, или чувствовать что-то, чего там нет.

тематическое исследование

Шаная, молодая женщина, которую в детстве мама неоднократно избивала ремнем, начала видеть сны, а также создавать иллюзии о змеях. Ей казалось, что она всегда была окружена змеями, которые обвивались вокруг нее и душили ее. В подростковом возрасте она начала носить свободную одежду из-за боязни удушения. Своеобразная модель поведения, которую она выработала позже, заключалась в том, что она продолжала обнимать другого человека до того, как другой человек обнимал ее.

Иллюзия - это паттерн, принятый внутренним ребенком в качестве защиты. Иллюзия - это 'зона комфорта' для внутреннего ребенка. Взрослый в нынешнем состоянии принял это искаженное состояние как средство преодоления внутреннего смятения. Следовательно, пробуждение от этого иллюзорного состояния становится болезненным процессом. Многие дети питают иллюзии о том, что они кинозвезды или успешные спортсмены. Таким образом ребенок сопротивляется переживаниям в семье, которые в данный момент слишком болезненны. Проблемы возникают, когда иллюзии становятся прочными, регулярными и постоянными.

'Сенсорное искажение'

'Я не могу чувствовать; я обидчив; Это причиняет боль' 'Эмоциональное искажение – Гиперчувствительность – Боль'

Сенсорное искажение включает в себя изменение субъективного физического опыта путем усиления, притупления или иного изменения телесных ощущений каким-либо образом. Это состояние, переживаемое как онемение, боль, тупость, а иногда и наоборот – гиперчувствительность.

Возможно, сенсорное искажение -

Эмоциональное сенсорное искажение - это защита, которая создает оцепенение внутри ребенка. Например, у ребенка развивается онемение во время инцидента с жестоким обращением с ребенком. Спустя годы у ребенка внутри взрослого развивается оцепенение или отсутствие сексуальных ощущений. Это "чувство оцепенения".

Гиперчувствительность возникает, когда кто-то чрезмерно чувствителен к окружающему миру. Индивид становится "слишком обидчивым". Взрослый с гиперчувствительным внутренним детским паттерном становится сверхчувствительным к прикосновениям, запахам, звукам, вкусу и даже к самым тривиальным эмоциям.

Физические сенсорные искажения и боль - это паттерны, которые сводят фокус внимания только к болезненной области. Например, если у человека болит голова, внимание человека сосредоточено на голове. По-видимому, это одностороннее заболевание, при котором очаг боли или проблемы ограничен какой-либо частью тела. Итак, когда взрослый человек перегружен обязанностями, у него развивается дискомфорт в плечах, поскольку ему трудно "взваливать на себя ответственность". Термин "боль" происходит от слова "peine" или "poena", что означает наказание.

"Амнезия", "Просто забудь об этом!"

'Забывание – воспоминание'

Амнезия относится к потере воспоминаний, таких как факты, информация и переживания.

Амнезия - это форма потери памяти. Некоторые люди с амнезией испытывают трудности с формированием новых воспоминаний. Другие не могут вспомнить факты или прошлый опыт.

Внутренний ребенок воспринимает это как способ защиты от дискомфортных ситуаций.

- **Амнезия самообмана** проявляется, когда ребенок внутри взрослого забывает вспомнить какую-либо ситуацию. Примером этого может служить взрослый ребенок алкоголика, который забывает о том, что его родители пили.

- **Удаление** или пропуск соответствующей информации во время коммуникативных взаимодействий позволяет сделать ни к чему не обязывающее заявление, которое может быть истолковано по-разному. Простые утверждения вроде: "Ты знаешь, каково это, когда что-то происходит". Что чувствует, кто чувствует, что происходит?

- **Забывание**, амнезия возникает, когда индивид забывает, что он сказал в попытке контролировать ситуацию, которую он воспринимает как неконтролируемую. Этот паттерн отрицания возникает, когда человек соглашается на что-то, чтобы уменьшить напряжение, а затем забывает, что он на это согласился.

Эти амнестические состояния проявляются в забвении информации или событий для контроля неконтролируемых ситуаций, обычно связанных с прежними переживаниями, такими как хаос, пустота или чувство потери контроля или подавленности.

Амнезия - это забвение, и это защита. Амнезия развилась из-за того, что травмирующее событие не должно было запомниться. Проявляются такие симптомы, как остановка дыхания и удержание мышц, чтобы сохранить забытье.

Когда кто-то говорит: "У меня самая плохая память в мире, и я хотел бы поработать над этим" или "Я не могу вспомнить, что произошло, но я чувствую, что со мной жестоко обращались", - это паттерн внутреннего ребенка, склонного к амнезии.

Гипермнезия - это запоминание всего. Это тоже защита.

"Я слушал каждое произнесенное ими слово и запоминал то, что они говорили. Затем, спустя месяцы, они говорили: "Я же просил тебя сделать это", и я

поправлял их. Они бы сказали: "Боже, я не могу поверить, какая у тебя память". Ты можешь вспомнить все".

Это классический диалог внутреннего ребенка с гипермнезией.

Негативной стороной гипермнезии является настороженное, недоверчивое отношение, подобное сверхбдительности.

И амнезия, и гипермнезия являются реакциями на нежелательные ситуации окружающей среды.

Особенность

'Особость'

"Они богоподобны, они всегда правы", "Магическое мышление - Идеализация – суперидеализация",

"В мире много стресса, и чтобы справиться с ним,

тебе просто нужно верить в себя, всегда возвращаться к тому человеку, которым, как ты знаешь, ты являешься, и не позволяй никому говорить тебе что-то другое, потому что все особенные и все потрясающие".

- Мы все разные. Это то, что делает нас особенными. Мы должны любить друг друга и ладить друг с другом. Не мне кого-то судить".

"Я верю в индивидуальность, в то, что каждый человек особенный, и только от них зависит найти это качество и позволить ему жить".

Давайте перенесемся к младенцу и попытаемся посмотреть вокруг с точки зрения этого младенца.

Находясь в утробе матери, плод или ребенок внутри нее тесно связан с матерью. Мать - это единственная реальность для ребенка.

После рождения ребенок плачет, чтобы мать его утешила. Всякий раз, когда ребенок плачет, мать кормит его, ласкает и заботится о нем. Итак, мыслительное состояние ребенка или состояние потребности создает реакцию родителей. Это можно неопределенно назвать 'магическим мышлением'.

Понимание, которое ребенок развивает в более ранние годы, глубоко укореняется в подсознательном состоянии, которое позже распространяется на весь мир. Это начало развития личности внутреннего ребенка. Это понимание распространяется и на то, как ребенок смотрит на себя, своих родителей, Бога и устройство Вселенной.

Базовая структура сознания младенца подкрепляется окружающим миром, поэтому развивающийся младенец верит, что его первоначальное мировоззрение является правильным.

"Я создаю то, что другие думают обо мне" или *"Я несу ответственность за то, что другие думают или чувствуют обо мне".* Это начинается рано, и магическое мышление подкрепляется родительскими заявлениями типа:

"Ты заставляешь нас улыбаться". Ребенок верит поведенческой и вербальной обратной связи и продолжает придерживаться модели мышления внутреннего ребенка –

"Я несу ответственность за опыт других".

"Я несу ответственность за то, что люди думают или чувствуют обо мне".

"Должно быть, я сделал что-то такое, из-за чего я им не понравился". "Если я контролирую свои мысли, чувства или действия, я могу контролировать их реакции, мысли или чувства по отношению ко мне."

На следующем уровне развивающийся ребенок в большинстве ситуаций создает своих родителей идеальными, потому что родители - это весь мир для ребенка. Родительское поведение становится для них нормой по умолчанию. Спустя годы отношений внутренний ребенок во взрослом человеке идеализирует супруга. Это не позволяет нынешнему взрослому человеку видеть супруга в настоящем времени. Иногда внутренний ребенок идеализирует до такой степени, что видит или влюбляется только в потенциальный или воображаемый идеал супруга. Проблема возникает, когда разочарования исходят от супруга, не соответствующего идеализации. Разочарование усиливается, поскольку никто не может сравниться с чьим-то внутренним идеалом. Этот идеализирующий внутренний детский паттерн мешает мужчине иметь дело со своей реальностью и отношениями в текущем моменте сейчас.

Большинство детей идеализируют своих родителей. В конце концов, мы понимаем, что наши родители - такие же люди, как и все остальные. На этом их идеализирующий паттерн заканчивается. Но иногда внутренний ребенок продолжает идеализировать других, создавая модель одухотворения или сверхидеализации.

Сверхидеализация - это паттерн, при котором внутренний ребенок представляет себе родителей как Бога – что все родители хорошие, всемогущие, любящие и всезнающие. Это состояние может касаться либо родителей, либо наставников, либо гуру, либо учителей, у которых есть ответы, похожие на родительские. Многие из нас ищут свою цель или смысл жизни, ища для этого учителя за учителем "высшая цель". Проблема в том, что внутренний ребенок внутри нас руководит шоу.

"Они - Бог. Если я буду делать то, что они говорят, меня не накажут и я достигну нирваны, рая".

Сверхидеализация - это перенос богоподобных качеств на людей, превращение людей в гуру и обращение к ним за помощью, как если бы они обладали силой исполнять наши желания или осуществлять наши мечты. *Магическое мышление* первого уровня развития переносится на человека, "как если бы' его мысли обладали силой пробудить нас. Ребенок переносит свою грандиозность на человека, превращая его, как он делал это со своими родителями, в святого, гуру и т.д.

"Если мне это понадобится, мои родители/Бог дадут это мне. Если мне это не нужно, я этого не получу". "Я думаю, Бог не хотел, чтобы у меня это было; я думаю, мне это было не нужно".

Именно внутренний ребенок внутри взрослого одухотворяет то, что Бог решил, что мне это не нужно.

- Когда мы не получаем того, чего хотим, "у Бога/родителей есть для меня другие планы – более высокие цели".

- Когда все кажется хаотичным, "пути Господни неисповедимы".

- Когда мы хорошие и не получаем вознаграждения, "Я получу свою награду за то, что был хорошим в другой жизни", или "Они получат свое наказание в другой жизни за то, что были плохими сейчас".

В когнитивной терапии это искажение мышления называется заблуждением о Небесной награде.

Особенность - это внутреннее состояние ребенка, в котором он видит себя особенным. Годы спустя ребенок внутри взрослого ожидает, что о нем будут заботиться за то, что он хороший или просто особенный. Ребенок не может справиться с хаосом пренебрежения или жестокого обращения и поэтому решает, что должна быть цель, и в качестве реакции создает особенность. Особость - это процесс, в ходе которого у ребенка создается ощущение того, что он особенный или отличается от других. Это часто подкрепляется заявлениями типа: *"Ты особенный"*.

В детстве нам всем объясняют причины, по которым что-то происходит. Родители дают повод для поощрений или наказаний. Например, ребенок, который делает то, что советуют родители, и получает вознаграждение, сейчас или в будущем. Дети, которые не делают того, что им говорят родители, подвергаются наказанию сейчас или в будущем. Мы превращаем наших родителей в богов, которые пытаются преподать нам уроки. Ребенок получает вознаграждение за то, что усвоил урок уборки своей комнаты. Другого ребенка родители наказывают за то, что он не выучил урок. Когда ребенка спрашивают: "За что меня наказывают?" - родители отвечают: потому что тебе нужно учить уроки. Годы спустя в школе аналогичная модель поощрений и наказаний сочетается с концепцией уроков. Например, если я выучу урок арифметики, я буду вознагражден. Если я этого не сделаю, меня накажут (придется делать дополнительную домашнюю работу).

"Если я хороший, Бог дает мне больше вещей – деньги, хорошие отношения, счастье и т.д., потому что я усвоил свой урок. Если случится что-то плохое, я должен извлечь урок.

Следовательно, хорошее поведение = хорошие результаты, плохое поведение = плохие результаты.

Если я буду хорошим, я получу; если я плохой, я не получу. Хорошие люди становятся хорошими, плохие люди становятся плохими".

Несоответствующий опыт порождает хаос, который рационализируется внутренним ребенком. "Я предполагаю, что у этого человека была карма из другой жизни. Вот почему с хорошим человеком не случилось ничего хорошего". Или: "Интересно, какие уроки им нужно усвоить?" "Интересно, почему они сами создали себе неприятности".

- Плохое случается с хорошим: "Я думаю, что есть урок, который им нужно было усвоить".

- Плохое случается с хорошим: "Должна быть высшая цель или высший план".

- Бог дает мне то, что мне нужно: "Когда ты не получаешь то, что тебе нужно, значит, ты на самом деле в этом не нуждался".

Для тех, кто не способен идеализировать родителей или превращать их в богов, существует модель интернализованной идеализации. Мы создаем свой внутренний мир. Идеализированные родители становятся "внутренними богами". Большинство религиозных систем просят нас найти Бога внутри себя. Это блестящий способ справиться с внешним хаосом.

Когда создается система, придающая смысл миру, а мир не имеет смысла для внутреннего ребенка, развитие интровертной системы с суперидеализированными родителями поддерживает психологическую систему внутреннего ребенка живой.

Мы "застряли", потому что внутренний ребенок не допускает выбора. Взрослый не испытывает выбора.

Стимул-реакция сработала для внутреннего ребенка, и взрослый решает, что так устроен мир.'

Черты внутреннего ребенка

"Каждый человек представляет собой смесь менталитетов. У вас может быть преобладающий настрой на рост в какой-то области, но все равно могут быть вещи, которые приводят вас к фиксированному мышлению".

- Предубеждение - это приобретенная черта характера. Ты не рождаешься с предрассудками, тебя этому учат."

Теперь мы 'взрослые'. Мы 'зрелые'. Но в нас все еще есть детские качества. Эти детские качества действительно проявляются в разных ситуациях, в разное время нашей жизни. В каждом из нас есть 'внутренний ребенок'. В детстве нам причиняли боль, временами мы чувствовали себя невидимыми, боялись взрослеть, любили природу и веселье, были беззаботны и верили в фантазии. Любая черта может быть доминирующей в данный момент времени. Но какой-то конкретный из них доминирует большую часть нашей жизни.

Достаточно осознавать паттерны внутреннего ребенка. Осознание этих паттернов помогает нам понять черты нашего внутреннего ребенка.

Дело не в том, что в каждый момент всей нашей жизни доминируют внутренние детские качества. Мы продолжаем расти, думать, чувствовать, говорить и действовать *нормально*. Мы постоянно подвергаемся воздействию раздражителей из внешних источников, а также тех, которые генерируются в процессе нашего мышления. Некоторые стимулы становятся спусковыми механизмами, потому что они запускают внутренние детские черты. Обычно эти черты могут быть скрыты внутри нас. Но когда эти черты срабатывают, они проявляют свои закономерности. Некоторые из нас никогда по-настоящему не взрослеют, потому что внутренний ребенок все еще активен и реагирует. Мы все находимся в процессе роста, преодоления, обучения и преобразования нашей жизни, и есть много-много путей к этой цели.

"Внутренний ребенок" никогда не стареет, но он постоянно становится сильнее в своих проявлениях. Карл Юнг отмечал, что это влияет на наш жизненный выбор и поведение или усиливает его. Он назвал это 'детским архетипом'. По словам автора Кэролайн Майсс, это раненый ребенок, сирота ребенок, зависимый ребенок, волшебный/невинный ребенок, дитя природы, божественное дитя и вечное дитя.

С понятием "ребенок" у нас ассоциируются такие качества, как невинность, импульсивность, спонтанность, креативность, а также зависимость, наивность, невежество, упрямство. Например, невинный аспект ребенка - это наивность и игривость. Взрослые, в которых ярко выражена такая внутренняя детская черта, обычно спокойны, беззаботны и способны легко доверять другим. Когда невинный ребенок в нас здоровым образом интегрируется в психику, это позволяет нам лелеять в себе невинную, игривую и беззаботную сторону, а также быть способными выполнять обязанности взрослого человека с относительной легкостью и уравновешенностью. Но в неблагоприятных ситуациях, когда они срабатывают, этот невинный ребенок может оказаться не готовым встретиться с ними лицом к лицу. Затем это приводит к чувству отчаяния. В такие моменты мы, как правило, отказываемся признавать свои опасения или отрицаем их, отказываемся "взрослеть" и брать на себя ответственность за ситуацию.

В позитивном смысле наш внутренний ребенок уравновешивает наши обязанности, напоминая нам о необходимости быть игривыми и веселыми. Но когда нашему чувству безопасности угрожает опасность или мы ощущаем страх или потенциальный дискомфорт, наша "черта внутреннего ребенка" включается в игру и проявляет негативные характеристики.

Существует семь типов черт внутреннего ребенка. Каждый из них обладает своими особыми характеристиками и более темными чертами характера. Все мы можем относиться к каждому из этих архетипов в тот или иной момент.

Вечная детская черта

Взрослый с 'чертами вечного ребенка' вечно молод. Они проявляют черты, присущие детям, сопротивляются взрослению и любят повеселиться. Они всегда чувствуют себя молодыми умом, телом и духом и поощряют других делать то же самое. Они могут оставаться такими навсегда, потому что на самом деле не сталкиваются с какими-либо серьезными препятствиями. Им нужно понять, не уклоняются ли они от ответственности в своей жизни.

Puer aeternus – по-латыни "вечное дитя", используется в мифологии для обозначения бога-ребенка, который вечно молод; психологически это относится к пожилому мужчине, чья эмоциональная жизнь осталась на подростковом уровне, обычно в сочетании со слишком большой зависимостью от матери.

С другой стороны, они могут стать безответственными, ненадежными и неспособными выполнять задачи взрослых. Они борются с личными границами других людей и становятся чрезмерно зависимыми от заботы о них близких. Их отрицание процесса старения оставляет их безосновательными и вынуждает метаться между жизненными этапами. Им трудно взять на себя ответственность, они становятся зависимыми и неспособны развить уверенность в своей способности выжить в реальном мире. Им может быть трудно вступать в долгосрочные отношения и поддерживать их.

Темные черты характера: самовлюбленный, эгоистичный или хвастливый; театральный, беспечный и невнимательный; материалистичный, подозрительный; иррациональные мысли.

Волшебная детская черта

Взрослый, обладающий "чертами волшебного ребенка", видит мир возможностей. Они беззаботны, ищут красоту и чудеса вокруг и внутри всех вещей и верят, что все возможно. Они мечтатели, они любопытны, идеалистичны и часто мистичны.

С другой стороны, они могут впасть в пессимизм и депрессию. Они могут погрузиться в мир фантазий, ролевых занятий, игр, книг или фильмов и потерять связь с реальностью. Они проводят слишком много времени, мечтая наяву и будучи оторванными от реальности, дистанцируясь от других и разочаровывая тех, кто их любит. Обычно они не злонамеренны, но причиняют вред себе и своим близким, оставаясь эмоционально неподвижными перед одними и теми же препятствиями, проблемами или испытаниями. Они загипнотизированы сказочными историями и ждут, когда кто-нибудь придет и спасет их. Они могут стать жертвами пагубных привычек.

Они склонны замыкаться в себе, когда сталкиваются с неблагоприятной ситуацией. Они ищут способы отрицать, убегать, уклоняться от своих проблем и могут даже отстраняться от реальности. Вместо того чтобы видеть вещи такими, какие они есть, они видят реальность такой, какой они хотят ее видеть, ценой сознательного или бессознательного манипулирования или обмана других.

Темные черты характера: Очень эмоционален, но склонен к эмоциональной отчужденности; склонен к депрессии и крайнему пессимизму; с трудом удерживается в настоящее; перфекционизм; поведенческая зависимость, такая как любовь, секс, шопинг, азартные игры

У них есть потенциал превращать сложные задачи в созидательные и выдвигать необычные, гениальные идеи для решения сложных проблем. Креативность и воображение - это величайшие ценности.

Черта Божественного ребенка

Взрослый с "чертами божественного ребенка" невинен, чист и часто глубоко связан с божественным. Они верят в возрождение. Они могут показаться мистическими. Они олицетворяют надежду, невинность, чистоту, преображение и стремление к новым начинаниям. Они могут представлять собой гармоничный баланс мечтателя и деятеля. Они руководствуются инстинктом и интеллектом и искусны в изложении своих идей. Уравновешивание реальности и рациональности - вот их сфера деятельности. Они целеустремленные, волевые, способные и никогда не сдаются.

Они переполняются негативом и чувствуют себя неспособными защитить себя. Они могут легко разозлиться и оказаться неспособными контролировать себя в неблагоприятных ситуациях.

Они могут быть склонны к идеализму. Им трудно помогать другим, не усваивая чужие эмоции и не принимая чужие проблемы как свои собственные. Они чувствуют личную ответственность за то, чтобы продемонстрировать силу и мужество в трудную минуту. Они склонны взваливать тяжесть мира на свои плечи и перегружать себя, что приводит к истощению, эмоциональному выгоранию, нервозности и беспокойству.

Темные черты характера: непостоянный гнев; упрямство; чрезмерный идеализм и перфекционизм; чувствительность к критике; зыбкая самооценка; самопожертвование ценой угождения людям.

Природная детская черта

Взрослый человек с 'чертами природного ребенка' чувствует глубокую связь с природой и окружающей средой, с растениями, животными и землей вокруг него. Они чувствуют себя комфортно с домашними животными, чувствуют свою причастность к вопросам сохранения природы и заботятся об окружающей среде.

С другой стороны, они могут быть жестокими по отношению к окружающим. Они склонны быть непредсказуемыми и импульсивными. Они - "свободные души", воспринимающие правила, руководящие принципы и дисциплину как угрозу своему выживанию. Ими движет боязнь защитить себя, и они сделают все, чтобы выжить.

Они могут проявлять полярно противоположные состояния и могут жестоко обращаться с животными, людьми или окружающей средой. Темные черты характера: беспечный, импульсивный, склонный к соперничеству, эгоцентричный, сверхчувствительный, маниакальный с перепадами настроения.

Черта ребенка-сироты

Взрослый с "чертой сироты или брошенного ребенка" в прошлом чувствовал себя одиноким, эмоционально покинутым или осиротевшим. Они, как правило, независимы на протяжении всей своей жизни, учатся чему-то самостоятельно, избегают групп и сами борются со своими страхами. Они изолируют себя и никого не впускают, включая близких. Они пытаются компенсировать это, ища суррогатную семью, чтобы заполнить эмоциональную пустоту.

Они цепляются за прошлое. Они отвергают и оттораживаются от всего мира. Они хранят воспоминания о том, как были отвергнуты или брошены в детстве. Им нужно простить и отпустить. Они всегда находятся в состоянии 'я против всего мира', чувствуют себя изгоями. Им трудно строить крепкие и здоровые отношения. Они отталкивают близких, а затем притягивают их обратно, что делает их отношения бурными. Им свойственно чувствовать себя непонятыми.

Темные черты характера: депрессия; ощущение того, что тебя неправильно понимают; страх быть отвергнутым и одиноким; упрямство

Черта уязвленного ребенка

Взрослый с 'чертой уязвленного ребенка' имеет историю жестокого обращения или травмирующего прошлого. Они испытывают большое сострадание к другим, которые страдают от подобных злоупотреблений, и склонны развивать в себе чувство прощения.

Большую часть времени они могут застревать в повторяющихся формах насилия. Они живут с менталитетом 'жертвы'. Они плачут. Они всегда подавлены, печальны и пребывают в горе и могут прибегнуть к членовредительству и самосаботажу. Они чувствую себя безнадежным и никчемным. Преобладают отвержение и неудача. Они чувствуют себя покинутыми, непонятыми, нелюбимыми и безразличными.

Картина травмы и боли повторяется снова и снова, пока травма или рана не заживут. Это переживания типа "со мной всегда так происходит".

Они бегут от своего прошлого.

Если бы только мои родители могли любить меня такой, какая я есть, я могла бы быть лучшим родителем.

Если бы только меня любили, мне было бы намного лучше.

Если бы только ко мне относились с уважением, я бы так не злился.

Они чувствуют себя непонятыми и легко обижаются. Они принимают все близко к сердцу и усваивают ситуации и отношения. Они хотят, чтобы другие понимали их, и в то же время чувствуют, что другие никогда не смогут понять их должным образом. Это проявляется в форме жалости к себе, изоляции, гнева, прилипчивости, сентиментальности, иррациональности и мстительности.

Они чрезмерно увлекаются болью других, чтобы понять их боль, которой они не могут противостоять. Потребность быть понятыми настолько сильна, что они прибегают к нанесению себе ран. Теперь мир может 'увидеть их боль'. Это свидетельство их страданий. Именно так они ищут одобрения, сочувствия и поддержки у других. Они жаждут, чтобы о них узнали за то, что они пережили. Они надеются, что другие увидят и признают их или пожалеют их. Еще одним распространенным переживанием является депрессия.

Депрессия - это доказательство разбитости, которая формирует паттерн стыда.

Они ищут, чтобы другие любили их, но на самом деле, чего они действительно жаждут, так это дарить любовь другим. Обычно они являются "надежным другом в любую погоду", к которому другие обращаются за пониманием и поддержкой. У них есть сильное желание глубоко понимать других, они непредвзяты и с открытым сердцем. Понимание других - это ключ к пониманию самих себя. Дарение любви позволяет им чувствовать и получать любовь других.

Более темные черты: чувство непонятости, никчемности, сломленности; депрессия; трудности с отпусканием.

Зависимая дочерняя черта

Взрослый с "чертой зависимого ребенка" испытывает сильное чувство, что ему никогда ничего не бывает достаточно, и всегда стремится заменить что-то утраченное в детстве. Они требуют внимания и связи, что происходит из-за недостатка любви, самоутверждения и одобрения в детстве. Они склонны эмоционально и энергетически истощать окружающих из-за неспособности видеть потребности других выше своих собственных. Они могут продолжать обвинять других, манипулировать ими или эмоционально шантажировать их намеренно или непреднамеренно.

Сознательно или бессознательно они ищут причины для увековечения своей роли жертвы, жалости к себе, чувства собственного достоинства и избегания личных проблем.

Темные черты характера: низкая эмоциональная зрелость; низкая самооценка; погруженность в себя; отсутствие эмпатии; склонность к осуждению.

- Быть милым не обязательно означает, что ты слабый. Ты можешь быть милой и в то же время сильной."

"Поистине уникальной чертой "сапиенсов" является наша способность создавать вымысел и верить в него. Все остальные животные используют свою систему коммуникации для описания реальности. Мы используем нашу коммуникационную систему для создания новых реальностей.'

Исследуя наши паттерны

"Учись на вчерашнем дне, живи сегодняшним днем, надейся на завтрашний день. Важно не прекращать задавать вопросы".

– Альберт Эйнштейн

"Я думаю, что очень важно иметь цикл обратной связи, когда вы постоянно думаете о том, что вы сделали, и о том, как вы могли бы делать это лучше. Я думаю, это самый лучший совет: постоянно думайте о том, как вы могли бы делать что-то лучше, и задавайте себе вопросы".

– Илон Маск

Наша *зона комфорта* - это психологическое состояние, в котором все кажется нам знакомым, и мы чувствуем себя непринужденно или, по крайней мере, нам так кажется, и в котором мы контролируем свое окружение, испытывая низкий уровень тревоги и стресса. Это поведенческое состояние, при котором мы действуем в нейтральной по отношению к тревоге позиции.

Наша зона комфорта - опасное место. Это мешает нам совершенствоваться, это мешает нам достичь всего того, на что мы способны, и это делает нас несчастными. Итак, если мы решаем что-то изменить в своей жизни, нам нужно вытряхнуть себя из зоны комфорта.

И это начинается с того, что мы задаем себе несколько трудных вопросов, вопросов, которые мы отказываемся признавать. Нам нужно задать их самим себе, и мы должны ответить на них также самим себе. Итак, почему же мы сопротивляемся? Мы сопротивляемся, потому что это делает нас неуютными. Поймите, что простой акт вопрошания и настройки на самих себя начинает разрушать стену между нами и нашими эмоциями. Никогда не судите себя за то, что вы чувствуете. Важно то, что мы делаем с чувством. Судите себя только по поступкам, а не по эмоциям.

Нижеследующее было адаптировано и изменено в книге Джона Брэдшоу *"Возвращение домой: Восстановление и защита своего внутреннего ребенка"*.

Опросник по образцу внутреннего ребенка

Чем больше вы отождествляетесь с приведенными здесь утверждениями, тем больше вы их осознаете. Осознание в сочетании с принятием помогает нам сформулировать план действий для самих себя.

идентичность

1. В самых глубоких уголках моего тайного "я" я чувствую, что со мной что-то не так.

2. Я сдерживаю эмоции внутри себя. Мне трудно что-либо отпускать.

3. Я угождаю людям, и у меня нет собственной индивидуальности.

4. Я испытываю беспокойство и страх всякий раз, когда предвкушаю что-то новое.

5. Я бунтарь. Я чувствую себя живым, когда вступаю в конфликт.

6. Я чувствую себя неадекватным как мужчина/женщина.

7. Я чувствую себя виноватым, когда отстаиваю себя, и предпочел бы уступить другим.

8. У меня проблемы с началом работы.

9. У меня проблемы с завершением работы.

10. У меня редко появляются собственные мысли.

11. Я постоянно критикую себя за то, что я неадекватен.

12. Я считаю себя ужасным грешником, и все, что я делаю, неправильно.

13. Я жесткий и склонный к перфекционизму человек.

14. Я чувствую, что никогда не соответствую требованиям, никогда ничего не делаю правильно.

15. Я чувствую, что на самом деле не знаю, чего я хочу.

16. Я стремлюсь к тому, чтобы быть суперуспевающим.

17. Я боюсь, что буду отвергнута и брошена в любых отношениях.

18. Моя жизнь пуста; большую часть времени я чувствую себя подавленным.

19. Я на самом деле не знаю, кто я такой.

20. Я не уверен, каковы мои ценности или что я думаю о вещах.

общественный

21. Я в принципе не доверяю никому, включая самого себя.

22. Я чувствую, что всегда заканчиваю тем, что лгу о себе другим.

23. Я одержим и контролирую свои отношения.

24. Я наркоман.

25. Я изолирован и боюсь людей, особенно авторитетных фигур.

26. Я ненавижу быть одна и сделаю почти все, чтобы избежать этого.

27. Я ловлю себя на том, что делаю то, чего, как мне кажется, ожидают от меня другие.

28. Я избегаю конфликтов любой ценой.

29. Я редко говорю "нет" чужим предложениям и чувствую, что чужое предложение - это почти приказ, которому нужно подчиняться.

30. У меня чрезмерно развито чувство ответственности. Мне легче заботиться о другом, чем о себе.

31. Я часто не говорю "*нет*" прямо, а затем отказываюсь делать то, о чем просят другие, различными манипулятивными, косвенными и пассивными способами.

32. Я не знаю, как разрешать конфликты с другими. Я либо одолеваю своего противника, либо полностью отстраняюсь от него.

33. Я редко прошу разъяснений по поводу утверждений, которых я не понимаю.

34. Я часто догадываюсь, что означает чужое утверждение, и отвечаю на него, основываясь на своей догадке.

35. Я никогда не чувствовал близости ни с одним, ни с обоими своими родителями.

36. Я путаю любовь с жалостью и склонен любить людей, которых могу пожалеть.

37. Я высмеиваю себя и других, если они совершают ошибку.

38. Я легко уступаю и приспосабливаюсь к группе.

39. Я яростно соревнуюсь и жалкий неудачник.

40. Мой самый глубокий страх - это страх быть брошенным, и я сделаю все, чтобы сохранить отношения.

Тест на внутреннего ребенка

Это было создано Эноной Кроссли-Холланд.

Для каждого приведенного ниже утверждения ответьте…

Почти никогда, иногда большую часть времени

1. У меня игривая натура, и я знаю, как получать удовольствие.

2. Мои детские воспоминания сильны, и я могу вспомнить, что я чувствовал, когда был маленьким.

3. У меня живое воображение, и я получаю удовольствие от творческих занятий.

4. Время от времени я смотрю на свои старые фотографии.

5. У меня здоровые отношения с моими братьями и сестрами.

6. Люди, которые знали меня ребенком, говорят, что я не сильно изменился

7. Мне комфортно в своей шкуре.

8. Во всех моих дружеских и интимных отношениях я стремлюсь к равноправному партнерству.

9. Я смирился со своим воспитанием.

10. Маленькие радости жизни восхищают меня, и я часто испытываю благоговейный трепет перед миром.

11. Я осознаю свои детские раны.

12. Мое поведение отражает то, кто я есть внутри.

13. Я построил жизнь, которая поддерживает меня.

14. Одиночество меня не беспокоит.

15. Я живу настоящим, и у меня есть интерес к жизни.

16. Иногда я могу быть глупой, и я ценю смех.

17. Каждый день я беру тайм-аут, чтобы расслабиться и отключиться.

18. Мне нравится общество детей, и я чувствую, что могу чему-то у них научиться.

19. Когда я выбрасываю свои игрушки из детской коляски, я могу это признать.

20. Я испытываю чувство свободы.

Если бы большинство ответов были "большую часть времени'…

Мы, взрослые, находимся в гармонии с настоящим и пребываем в мире внутри.

Наши "внутренние детские черты" и шаблоны поведения не влияют на наши мысли, восприятие, поведение и поступки. Мы несем свою взрослую ответственность и не отягощены нашим прошлым. Вместо того чтобы быть полностью зависимыми от отношений в нашей жизни или полностью независимыми, мы, вероятно, нашли место равновесия и взаимозависимости. Мы можем обратиться за помощью, когда это необходимо.

Если бы большинство ответов были 'иногда' …

Взрослые 'мы' пытаются найти баланс между проблемами прошлого и пребыванием в настоящем. Бывают моменты, когда внутренние детские черты дремлют или находятся в латентном состоянии, в то время как взрослый живет на полную катушку. Но при срабатывании эти черты становятся активными, и проявляются внутренние дочерние паттерны.

Если бы большинство ответов были 'почти никогда' …

Паттерны "внутреннего ребенка" доминируют во взрослом существе. Взрослый "мы" "застрял" и не в состоянии изменить восприятие и сломать шаблон. Осознание или принятие - это трудность, равно как и принятие мер.

Исследующий детский опыт

Ниже вы найдете список возможных детских переживаний. Возможно, они произошли не совсем так, как описано здесь, но, возможно, были похожи. Везде, где вопрос касается родителей, подумайте также о бабушках и дедушках, приемных родителях, дядях, тетях, братьях, сестрах, двоюродных братьях, учителях и других людях, которые существовали в вашей жизни.

Это было адаптировано и модифицировано по мотивам работ Роберта Элиаса Наджеми.

Для каждого опыта откройте для себя –

"Какие эмоции я испытывал тогда, будучи ребенком?'

"Какие убеждения о себе, других людях и жизни сформировались в моем сознании тогда, в детстве?'

"Каковы были мои неудовлетворенные потребности в то время?'

1. Был ли кто-то, кто рассердился на вас, отругал вас, отверг вас или обвинил вас? Кто и когда?

2. Испытывали ли вы когда-нибудь чувство покинутости? Оставались ли вы когда-нибудь в одиночестве или чувствовали, что другие вас не понимают или что у вас нет поддержки? Когда? Кем? Как?

3. Чувствовали ли вы когда-нибудь потребность в большей привязанности, нежности или выражении любви? От кого и когда?

4. Были ли в вашем окружении люди, которые часто болели или часто говорили о болезни? Кто и когда?

5. Испытывали ли вы когда-нибудь чувство унижения в присутствии других людей или в связи с другими людьми? В каких случаях?

6. Вас когда-нибудь сравнивали с другими по поводу того, были ли вы менее или более способными или достойными? Перед кем, в каких случаях и в связи с какими способностями или чертами характера?

7. Вы когда-нибудь теряли любимого человека? Кто и когда?

8. Заявляли ли ваши родители когда-нибудь, что вы были единственной причиной, по которой они продолжали оставаться вместе, и что это было большой жертвой с их стороны, или они когда-нибудь говорили вам, что многим пожертвовали ради вас и что вы в долгу перед ними? Кто? Когда? О том, что имеет значение? Чем именно вы им обязаны?

9. Обвиняли ли они вас когда-нибудь в том, что вы являетесь причиной их несчастья, болезни или проблем? Кто обвинил вас и в чем именно? Что они имели в виду, говоря, что это была наша вина, что этот факт значит для вас? По их мнению, что вы должны были сделать?

10. Говорили ли вам когда-нибудь, что вы ничего не добьетесь в своей жизни, что вы ленивы, неспособны или тупы? Кто, когда и в отношении чего имеет значение?

11. Часто ли они говорили о вине и наказании со стороны какого-либо человека, родителей или Бога? Кто? Когда? О том, какие виды вины и какое наказание?

12. Заставлял ли вас какой-нибудь учитель чувствовать себя униженным перед другими детьми? Когда? Как? Относительно чего?

13. В компании других детей вы когда-нибудь чувствовали отвержение или неполноценность/кем? И уступает по каким критериям?

14. Вам когда-нибудь говорили, что вы несете ответственность за своих братьев и сестер или других людей в целом и что все, что с ними происходит, является вашей ответственностью? Кто это сделал? О ком? За какие вопросы вы отвечали?

15. Давали ли вам когда-нибудь понять каким-либо образом, негативным или позитивным, что для того, чтобы кто-то был приемлемым и привлекательным, нужно:

a. Быть лучше других?

b. Быть первым во всём?

c. Быть совершенным, без изъянов?

d. Быть интеллигентным и сообразительным?

e. Быть статным и прелестным?

f. У вас дома идеальный порядок и чистота?

g. Добились большого успеха в своей личной жизни?

h. Добились финансового и социального успеха?

i. Быть принятым всеми?

j. Быть активным во многих отношениях? Многого ли достигли?

k. Всегда удовлетворять потребности других?

l. Никогда не говорите "нет' другим?

m. Не выражать потребности?

16. Давали ли они вам когда-нибудь каким-либо образом понять, что вы неспособны думать, принимать решения или достигать чего-либо самостоятельно и что вам всегда нужно будет прислушиваться к советам и зависеть от других? Кто передал вам это сообщение? О том, какие вопросы вы якобы не способны решать должным образом?

17. Были ли у вас когда–нибудь образцы для подражания - родители, старшие братья и сестры или другие люди, которые были или остаются очень динамичными и компетентными, чтобы вы чувствовали

a. Потребность быть похожим на них?

b. Необходимость доказать свою состоятельность, достичь или даже превзойти эти модели?

c. Отчаяние, самоотрицание, отказ от усилий, возможно, склонность к саморазрушению, потому что вы верили, что никогда не сможете им соответствовать?

18. Был ли когда-нибудь в вашем окружении кто-то с неожиданным, непредсказуемым, нервным или даже шизофреническим поведением, алкоголик или наркоман, так что вы могли не знать, чего ожидать от него или нее? Имело ли место насилие? Кем и каким было это поведение?

19. Чувствовали ли вы отторжение по отношению к одному или обоим своим родителям или стыд за них? Почему?

20. Не слишком ли часто они говорили о "Боге-карателе"?

21. Чувствовали ли вы когда-нибудь, что они говорили вам одно, а делали другое, что между их словами и действиями не было согласованности, что у них были двойные стандарты, один для себя, а другой для других, или что они были лицемерами, лживыми и неправдоподобными? Кто и когда? По каким темам?

22. На чем основывались страховые взносы ваших родителей? Мнение других? Образование? Личная власть? Единство семьи? Собственность? На одного супруга? Другой?

23. Были ли вы избалованным ребенком, у которого всегда было все, что он хотел, и которому никто никогда не отказывал в одолжении? Если да, то как это повлияло на вас?

24. Подавляли ли они вашу свободу передвижения и самовыражения? Заставляли ли они вас делать то, чего вы не хотели делать? Они запрещали вам делать то, что вы хотели делать? Что вас заставили сделать или помешали сделать?

25. Они каким-то образом дали тебе понять, что, поскольку ты девушка:

a.   Ты стоишь меньше, чем мужчина?

b.   Ты не в безопасности без мужчины?

c.   Секс - это грязно, грех?

d.   Чтобы быть социально приемлемым, вы должны жениться?

e.   Вы менее компетентны, чем мужчины?

f.   Ваша единственная миссия - служить другим?

g. Вы не должны выражать свои потребности, свои чувства или свое мнение?

h. Ты должна подчиняться своему мужу?

i. Вы должны быть красивы, чтобы быть приемлемой?

26. Они каким-то образом дали тебе понять, что с тех пор, как ты стал мальчиком:

a. Ты, должно быть, сильный?

b. Вы, должно быть, выше, компетентнее, сильнее и умнее своей жены?

c. Ваша ценность измеряется в соответствии с вашим сексуальным мастерством?

d. Ваша ценность измеряется в соответствии с вашим профессиональным и финансовым успехом?

e. Вы должны сравнивать себя с другими мужчинами?

Возможные ошибочные выводы из детства

Пожалуйста, отметьте рядом с убеждениями или чувствами, которые вы наблюдали в себе, чтобы вы могли поработать над ними.

1. Я должен быть таким же, как другие, чтобы они приняли меня.

2. Если они не любят и не принимают меня, я не в безопасности.

3. Если другие не принимают меня, значит, я недостоин.

4. Я должен быть "правильным", чтобы быть достойным и чтобы они любили меня.

5. Я должен быть совершенным, чтобы другие принимали меня и любили.

6. Я должен был _____ чтобы быть в безопасности.

7. Я должен был _____ чтобы считаться достойным.

8. Я должен достичь _____ чтобы считаться достойным.

9. Чтобы чувствовать себя достойным, я должен быть способным и успешным.

10. Мое счастье не в моих собственных руках. Я жертва внешних факторов.

Моя самооценка зависит от (поразмышляйте над каждым пунктом и поймите его влияние и интенсивность)

a. Что думают обо мне другие.

b. Результат моих усилий.

c. Моя внешность.

d. Мои деньги.

e. Мои знания.

f. Как я сравниваю себя с другими.

g. Моя профессиональная позиция.

h. Другие.

Анкета для знакомства с нашим внутренним ребенком

1. В детстве я слышал, что моей самой серьезной ошибкой было .

2. Будучи ребенком, я чувствовал вину за то, что/когда .

3. Я почувствовал отторжение, когда .

4. Я почувствовал страх, когда .

5. Я почувствовал гнев, когда .

6. Я чувствовал себя неполноценным, когда .

7. Я чувствовал себя в безопасности, когда .

8. Я почувствовал умиротворение, когда .

9. Я чувствовала себя любимой, когда .

10. Я чувствовал себя счастливым, когда .

"Исаак Ньютон, истинный провидец своего времени, был человеком, который искал во многих направлениях ответы на вопросы, которые большинство людей даже не догадывались задать".

- Откуда ты так много обо всем знаешь? был задан вопрос очень мудрому и интеллигентному человеку, и ответ был таков: "Никогда не боясь и не стыдясь задавать вопросы о том, о чем я ничего не знал".

"Самопреобразование начинается с периода самоанализа. Вопросы порождают еще больше вопросов, недоумение приводит к открытиям, а растущая личная осведомленность приводит к трансформации образа жизни человека. Целенаправленная модификация "я" начинается только с пересмотра внутренних функций нашего разума. Обновленные внутренние функции в конечном итоге меняют то, как мы воспринимаем нашу внешнюю среду".

Раздел 3: Измените Восприятие, разрушь шаблон

Вселенная - это Мысль!

"Каждая наша мысль создает наше будущее".

— Луиза Хэй

"Ничто не может навредить тебе так сильно, как твои собственные неосторожные мысли".

— Будда

"Мы такие, какими нас сделали наши мысли; поэтому заботьтесь о том, что вы думаете. Слова второстепенны. Мысли живы; они путешествуют далеко."

— Свами Вивекананда

"Измени свои мысли, и ты изменишь свой мир".

— Норман Винсент Пил

"Каждый человек - это океан внутри. Каждый человек, идущий по улице. Каждый человек - это вселенная мыслей, прозрений и чувств.

Но каждый человек по-своему искалечен нашей неспособностью по-настоящему представить себя миру".

— Халед Хоссейни,

во вселенной нет большей силы, чем мысль.

Что такое ум? Ничего, кроме мыслей! Даже Вселенная - это мысль.

"Мы - часть этой вселенной; мы находимся в этой вселенной, но, возможно, более важным, чем оба этих факта, является то, что вселенная находится в нас".

Мысль может показаться едва уловимой, но это реальная сила, нечто очень "реальное" в виде материи и энергии. Мы постоянно окружены бескрайним океаном мыслей, который постоянно течет к нам и через нас. Каждая мысль - это вибрационная, духовная форма сама по себе, постоянно эволюционирующая, развивающийся, формирующаяся и придающая ей форму. Мышление – это непрерывный процесс для нас, как дыхание. Каждая мысль - это новое творение. Мышление - это то, что делают умы.

Мысли бесконечны и неисчерпаемы. Мысли путешествуют быстрее всего, быстрее света. В концепции *чакр* Коронная чакра находится над чакрой Третьего глаза. Мысли не ограничены временем или расстоянием. Подумайте о ком-то, кто живет на другом конце света. Сколько времени нам потребовалось, чтобы довести их до ума? Подумайте о том, что мы делали в прошлом году. Подумайте о следующем отпуске. Этот процесс происходит практически мгновенно.

"Мысли, слова и действия тесно связаны друг с другом, переплетены".

Секрет мысли в том, что это самая чистая энергия из всех. Если бы у нас была возможность увидеть Вселенную извне, мы были бы поражены тем, что увидели бы! *Вся эта огромная вселенная, в которой, как нам кажется, мы обитаем, - всего лишь мысль внутри разума, который сам по себе является ничем иным, как безразмерной точкой.*

Если бы мы могли заглянуть внутрь Сингулярности, то обнаружили бы, что это точка света. Если бы мы могли заглянуть внутрь света, мы бы обнаружили, что это невероятная, динамичная система вибраций и частот, образующая бесконечные узоры. Если бы мы могли изучить эти паттерны в деталях, мы бы поняли, что все эти паттерны - это то, что составляет нашу вселенную умов и тел, взаимодействующих друг с другом.

Давайте рассмотрим четыре вещи и четырех индивидуумов.

- Мумбаи.
- Деньги.
- Дружба.
- Махатма Ганди.

Мумбаи

Для мумбайкара Мумбаи - это другой опыт, чувства, воспоминания и впечатления. Для того, кто никогда не был в Мумбаи, но слышал и читал о нем в социальных сетях, восприятие Мумбаи изменения. Для посетителя его впечатления и воспоминания о Мумбаи были бы другими. Для того, кто стал свидетелем теракта, Мумбаи оставляет после себя другой опыт, память, эмоции и чувства. Могут ли какие-либо два человека в этом мире иметь одинаковые представления, воспоминания, мировоззрение, опыт, мысли и эмоции о Мумбаи? Итак, где же находится Мумбаи? На планете Земля на определенной широте или долготе? В мыслях этих людей есть другой Мумбаи. Для каждого из них Мумбаи существует в их мыслях!

Деньги

Деньги - это любой товар или поддающаяся проверке запись, которые обычно принимаются в качестве оплаты товаров и услуг и погашения долгов, таких как налоги, в конкретной стране или социально-экономическом контексте. Ну, это то, что написано в Википедии. Спросите кого-нибудь, у кого ничего этого нет, нищего на дороге. Деньги по-другому значат для того, у кого их недостаточно, чтобы прокормиться на весь день. Те же самые деньги имеют другое значение для ребенка, который ценит свои игрушки больше всего на свете. Для того, кто увлекается азартными играми, деньги имеют другое лицо. И это по-другому относится к обычному гражданину, который проводит всю жизнь, балансируя и экономя деньги. Итак, что же такое деньги? Это то, что определяет экономист? У всех разное восприятие денег. Могут ли какие-либо два человека в этом мире иметь одинаковые представления, воспоминания, мировоззрение, опыт, мысли и эмоции по поводу денег? Для каждого из них деньги существуют в их мыслях!

Дружба

Дружба - это отношения взаимной привязанности между людьми. Мы празднуем день дружбы. У нас есть книги, фильмы и описания о дружбе. Для того, кто только что пострадал от своей лучшей подруги, дружба - это самая большая боль. Друг в беде - это на самом деле не просто друг, этот друг - переодетый ангел. Друг в социальных сетях, которому нравятся публикации в СМИ, - это совершенно другой тип друзей. Когда мать становится лучшим другом, это совсем другое переживание дружбы. Итак, каково же истинное понимание дружбы? Могут ли какие-либо две души в этом мире обладать одинаковыми восприятиями, воспоминаниями, мировоззрением, опытом, мысли и эмоции о дружбе? Для каждого из них дружба существует в их мыслях и переживаниях!

Махатма Ганди

Кто такой Махатма Ганди? Для правителей Индии, живших до обретения независимости, Гандиджи был другим человеком. Для борца за свободу Гандиджи был образцом для подражания, героем. Для кого-то сегодня он может быть просто изображением на денежной купюре. И Гандиджи отличался от точки зрения своего сына. Кто такой настоящий "Ганди'? Удивительно, но разные люди воспринимают Гандиджи по-разному, что отличается от того, что он, должно быть, воспринимал о себе сам! Могут ли существовать какие-либо два существа, живые или мертвые, которые обладают одинаковыми восприятиями, воспоминаниями, мировоззрением, опытом, мыслями и эмоциями о Гандиджи? Итак, где же он существует? Он существует в наших мыслях!

Какое восприятие Мумбаи, денег, дружбы или Гандиджи является точным?

Речь идет не о том, что правильно, а что неправильно, не о том, что хорошо, а что плохо, и не о том, что такое реальность, а что такое вымысел.

Является ли Мумбаи географическим местоположением? Являются ли деньги материальной вещью?

Является ли дружба абстрактными отношениями?

Является ли Гандиджи просто человеческим существом, которое когда-то жило на этой планете?

Для каждого из нас они существуют в наших мыслях. Именно наше представление о них становится реальностью. Распространяя это понятие на все места, все материальные и абстрактные вещи, а также на всех живых или мертвых существ, они существуют в наших мыслях. Проще говоря, то, что мы называем вселенной, существует в наших мыслях.

Значит ли это, что мы являемся частью этой Вселенной?

Или дело в том, что Вселенная - это часть Мыслей?

Можем ли мы теперь сказать: "Я есть то, что я есть, и я – Вселенная!!!"

Если моя вселенная - часть моих мыслей, то все, что я называю своим "прошлым", или "проблемами", или "восприятиями", или "паттернами", разве они не существуют в моих мыслях?

Тогда разве решение для моей жизни, преобразование, которого я желаю, не существует в моих мыслях?

В тот момент, когда мы осознаем, подтверждаем и принимаем это, начинается процесс "Изменения восприятия; Разрушения шаблона".

Трансформация заключается не в изменении прошлого или контроле над нашим окружением. Это лежит внутри. То, что происходит с нами, не важно. Важно то, что происходит внутри нас. *И когда мы начинаем осознавать вселенную внутри себя, мы признаем дисбаланс и принимаем себя такими, какие мы есть, и то, как обстоят дела, старые шаблоны рушатся и возникает новая установка нашей жизни по умолчанию.*

Если нам не нравится то, что мы видим вокруг себя, тогда мы просто должны изменить свои мысли. Мы всегда можем изменить свои мысли, и, таким образом, всегда возможно создать другую ситуацию, начиная с момента "сейчас". Действительно, если мы продолжаем думать о ситуации одними и теми же мыслями, то крайне маловероятно, что она изменится без помощи какой-либо внешней силы.

Каждая мысль - это частота вибрации. Одна мысль притягивает другую, которая притягивает еще одну, и еще одну, вместе набирая силу, пока, в конце концов, они не проявятся в нашей физической реальности. Мысли можно почувствовать. Некоторые мысли кажутся легкими; другие кажутся тяжелыми и отягощают нас. Мы чувствуем себя легче или тяжелее в зависимости от природы повторяющихся паттернов мышления.

Каждая отдельная вещь во вселенной вибрирует на определенной частоте. Наши мысли и чувства, включая все, что находится в нашем подсознании, передают определенную вибрацию во Вселенную, и эти вибрации формируют нашу жизнь. Вот как устроена вселенная. Хорошая новость заключается в том, что как только мы поймем, как устроена Вселенная, у нас появится возможность заставить ее работать на нас! Если мы чувствуем себя застрявшими, нереализованными или неудовлетворенными что касается нашей жизни, то ответ заключается в повышении нашей вибрации до той идеальной высоты, при которой наши намерения и желания резонируют с намерениями и желаниями Вселенной.

Если все во вселенной - это энергия, то "вещи", которые мы хотим, перестают быть объектами и становятся больше похожими на потоки энергии. Затем нам нужно придать себе сил, перенаправив эту энергию. Как мы направляем энергию? Мы создаем намерение. И мы создаем намерение с помощью вибраций наших желаний и наших мыслей. То, на чем мы фокусируемся, становится нашей реальностью. Как говорится, *куда направляется внимание, туда и течет энергия*.

Это и есть "закон притяжения". Эта философия вечна – от Будды и Лао-цзы до 'Тайны', это учение пленило человеческое воображение.

"Все, что человеческий разум может постичь и во что он может поверить, он может достичь". "Измени свое мнение, измени свою жизнь".

"Мысли становятся вещами".

"Ты тот, кем ты себя считаешь".

"Как только вы принимаете решение, Вселенная сговаривается, чтобы это произошло". "Что ты отдаешь, то и получаешь взамен".

"Если бы вы осознали, насколько сильны ваши мысли, вам бы никогда не пришло в голову ни одной негативной мысли".

"То, что поглощает твой разум, управляет твоей жизнью".

"Вы можете контролировать только три вещи в своей жизни: мысли, которые вы обдумываете, образы, которые вы визуализируете, и действия, которые вы предпринимаете".

Есть только один уголок вселенной, в улучшении которого вы можете быть уверены, и это ваше собственное "я".

Путешествие к преображению

"Что необходимо для трансформации человека, так это изменить его представление о самом себе".

"Личность - это образец поведения, более широкого осознания".

— Дипак Чопра

"Вместо того, чтобы быть вашими мыслями и эмоциями, будьте осознанием, стоящим за ними".

— Экхарт Толле

Трансформация - это не событие. Это путешествие. Это не какой-то конкретный момент в нашей жизни. Это непрерывный процесс наполненной силой жизни. *Цель* путешествия по трансформации никогда не достигается, но каждый шаг процесса трансформации - это цель, к которой мы стремимся. Путешествие по трансформации начинается с определенных критических вопросов. На такие вопросы нет правильного ответа. Важнейшими вопросами являются

Действительно ли я хочу преобразиться? Готов ли я к трансформации?

Верю ли я, что мое преображение возможно?

В тот момент, когда мы решаем *изменить восприятие и разрушить шаблоны*, начинается наше путешествие ...

"То, что мы не знаем, как решить проблему, не означает, что она неразрешима; это означает, что мы не сможем решить ее, если останемся такими, какие мы есть".

Самотрансформация просто означает открытие нашего разума чему-то, что было закрыто. Даже если мы не знаем, как трансформироваться, простой акт обращения внутрь себя приведет к проявлениям вовне.

Это путешествие трансформации проходит через три этапа

Осознание, принятие и действие!

Шаг 1: Осознание

"Благодаря осознанности я начинаю видеть себя таким, какой я есть на самом деле, во всей своей полноте".

"Давайте не будем оглядываться назад в гневе и вперед в страхе, но будем смотреть вокруг с осознанностью".

"Осознанность позволяет нам выйти за пределы нашего разума и наблюдать его в действии".

Чтобы быть теми, кем мы хотим быть, трансформироваться, мы должны осознавать себя.

Осознание сознательно связывает нас с самими собой. *Осознанность* - это состояние осознания нашего восприятия и понимания наших паттернов мыслей-эмоций-поведения. Это понимание и размышление с открытостью. Осознанность может быть развита несколькими способами. Чтение вдохновляющей книги, просмотр трогательного фильма, общение с близким другом или наставником могут стать источником осознания. Некоторые собирают информацию, расспрашивая других; некоторые могут усваивать ее и получать инсайты, самостоятельно достигая нового уровня понимания.

Мы - это не наши мысли, а сущность, наблюдающая за нашими мыслями; мы - мыслитель, отдельный от наших мыслей. Но наши мысли и действия действительно делают нас теми, кто мы есть. Мы можем продолжать жить, не придавая своему внутреннему "я" никакого значения, просто думая, чувствуя и действуя по своему усмотрению; однако мы можем сосредоточить свое внимание на этом внутреннем "я", называемом "самооценкой". Когда мы занимаемся самооценкой, мы можем немного подумать о том, думаем ли мы, чувствуем ли мы и действуем так, как нам 'следует'.

Берегись! Самоанализ, связанный с самосознанием, может привести к бесконечной спирали. Слой за слоем, как луковая шелуха. И во многих случаях "более глубокое" погружение в осознание может не прояснить ничего полезного, но простой акт их снятия может вызвать еще больше беспокойства, стресса и самоосуждения. Многие из нас попадают в ловушку постоянного поиска на один уровень глубже. Делать это кажется важным, но истина всегда находится за пределами этого определенного уровня. И сам акт заглядывания глубже порождает больше чувства безнадежности, чем облегчает его.

"Мы все считаем себя мыслителями, которые рассуждают, основываясь на фактах и доказательствах, но правда в том, что наш мозг тратит большую часть своего времени на оправдание и объяснение того, что сердце уже заявило и решило".

Будьте внимательны к закономерностям.

Что я делаю, когда злюсь? – Я спорю, становлюсь оскорбительной, а потом плачу от чувства вины за то, что разозлилась.

Что я делаю, когда мне становится грустно? Я запираюсь в комнате, плачу и проклинаю себя за то, что я такой, какой есть, а потом просто выпиваю со своим мобильным.

Куда девается наш разум, когда нам грустно? Когда мы чувствуем гнев?

Виновен? Встревожен?

Осознайте проблемы, которые мы создаем сами для себя. "Моя самая большая проблема, вероятно, в том, что я не могу говорить о своем гневе или печали. Я либо спасаюсь бегством, занимаясь своим мобильным телефоном, либо становлюсь пассивно-агрессивным, огрызаясь на окружающих.'

Каковы наши сильные и слабые эмоции? На какие эмоции мы плохо реагируем? Откуда берутся наши самые большие предубеждения и суждения? Как мы можем оспорить или переоценить их?

"Осознаю ли я свои восприятия и паттерны?"

Шаг 2: Принятие

"Все в жизни, что мы действительно принимаем, претерпевает изменения".

"Признание одной-единственной возможности может изменить все".

Некоторые понимают осознанность как способность исследовать наш внутренний мир. Другие называют это временным состоянием самосознания. Тем не менее, другие описывают это как разницу между тем, как мы видим себя, и тем, как другие видят нас.

Только если мы *примем* и признаем то, что нам известно, и не останемся в состоянии невежества и отрицания, сможем ли мы остаться на пути трансформации?

Принятие - это: "Я отвечаю за свою жизнь, и у меня есть выбор относительно того, как мне ее вести".

Принятие не означает компромисса с нашей судьбой или смирения: "Я должен просто сдаться, потому что я ничего не могу сделать, и что бы я ни делал, это ничего не изменит'.

Принятие не может быть принудительным. Путешествие к "принятию" начинается с того, что вы не можете принять их, а затем находите способ сделать это. Это важно, потому что, если мы не примем себя такими, какие мы есть на самом деле, мы создадим несколько проблем в нашей жизни. Некоторые из этих проблем являются внутренними, затрагивающими нас лично, а некоторые повлияют на то, как другие относятся к нам. Многие из нас попадают в ловушку, не принимая себя такими, какие мы есть, а затем пытаясь быть похожими на кого-то другого.

Когда происходят плохие вещи, мы говорим: "Я просто не могу в это поверить" или "Это не может происходить со мной". Мы начинаем верить и увлекаемся тем, что воображаем, идеализируем или ожидаем, и создаем пузырь самообмана. Именно тогда нам нужно видеть вещи такими, какие они есть. Это и есть принятие.

Принятие - это переход от фазы "Почему я" к фазе "Хорошо, я такой, какой я есть, и я выбираю трансформироваться в того, кем я хочу быть".

Большинство ситуаций, с которыми мы сталкиваемся в нашей повседневной жизни, представляют собой смесь хорошего и плохого. Всегда осознайте, что из принятия получается что-то хорошее. Чем больше мы принимаем, тем больше узнаем о себе. Мы сможем пережить наше путешествие трансформации, если будем готовы делать шаг за шагом. Не всегда легко приспособиться к тому, что кажется маловероятным, необычным и неожиданным, но все же возможно стать более расслабленным во всем и развить более позитивный настрой. *Чем больше мы боремся за то, чтобы принять ситуацию, тем хуже она, кажется, становится.* Принятие - это путешествие, которое необходимо предпринять ради нашего счастья и душевного покоя.

Только когда мы принимаем то, где мы находимся прямо сейчас, мы создаем гармонию со своим умом, телом и энергией. И только тогда мы сможем перейти к активным действиям. Когда мы не принимаем то, где мы находимся прямо сейчас, когда мы находимся в отрицании или невежестве, мы не сможем пройти через это или выйти за его пределы.

Важно помнить, что принятие не означает, что мы согласны с этим, просто мы такие, какие есть. Принятие - это не подчинение; это признание фактов той или иной ситуации. Затем решаем, что мы собираемся с этим делать.

Многие из нас обвиняют, поскольку обвинение снимает напряжение в теле, поскольку мы перекладываем его на что-то или кого-то другого. Только после того, как мы пройдем этап осознания и принятия, мы сможем перейти к следующему шагу – действию.

Как только мы осознаем и принимаем свои восприятия и паттерны, мы готовим себя к действию.

Самоанализ - это процесс, который включает в себя обращение внутрь себя для изучения наших мыслей и эмоций, но гораздо более структурированным и строгим образом. Предполагается, что самоанализ – изучение причин наших мыслей, чувств и поведения – улучшает самосознание. Удивительным открытием является то, что люди, занимающиеся самоанализом, менее осознают себя.

Проблема с самоанализом заключается в том, что большинство людей делают это неправильно. Самый распространенный интроспективный вопрос - "Почему?' Мы задаем этот вопрос, когда пытаемся понять свои эмоции. Почему я такой?

На самом деле, "почему" - это самый неэффективный вопрос для самосознания. У нас нет доступа к нашим подсознательным мыслям, чувствам и мотивам. Итак, мы спрашиваем себя – почему? Мы склонны придумывать ответы, которые кажутся правдивыми, но часто оказываются ошибочными. *Например, после вспышки гнева со стороны отца сын может прийти к выводу, что он недостаточно хорош, хотя истинной причиной была ссора между его родителями.*

Проблема с вопросом "почему" заключается не только в том, насколько мы неправы, но и в том, насколько мы уверены в своей правоте. Человеческий разум часто действует иррационально, и наши суждения редко бывают свободны от предвзятости. Мы "слепо принимаем" любые "озарения", которые находим, не подвергая сомнению их обоснованность или ценность, мы игнорируем противоречивые свидетельства и заставляем наши мысли соответствовать нашим первоначальным объяснениям.

Негативным последствием вопроса "почему" является то, что он вызывает непродуктивные негативные мысли. Интроспективные люди с большей вероятностью попадут в ловушку шаблонных размышлений. *Например, сын всегда будет концентрироваться на том, что он недостаточно хорош в каждой ситуации, а не на рациональной оценке каждой из них. ситуация.* Следовательно, часто занимающиеся самоанализом люди, как правило, более подавлены и тревожны.

Переверните фразу – чтобы улучшить самопонимание и самосознание, мы должны спрашивать "что", а не "почему". Вопросы "Что" помогают нам оставаться объективными, ориентированными на будущее и наделенными полномочиями действовать в соответствии с нашими новыми идеями.

Почему я такой? Переверните фразу. Что мне делать, чтобы быть тем, кем я выбрал быть?

На первый вопрос нет однозначного ответа.

Второй вопрос подводит к плану действий.

Шаг 3: Действие

"Ничего не происходит, пока что-то не сдвинется с места".

– Альберт Эйнштейн

"Ты хочешь знать, кто ты такой? Не спрашивай. Действуй! Действие очертит и определит вас".

"Идея, не подкрепленная действием, никогда не станет больше, чем занимаемая ею клетка мозга".

Действие - это то, где мы влияем на изменения.

Действия - это наше поведение, то, что мы делаем, что продвигает нас к нашим целям. Принятие мер - важный шаг на пути к достижению. Люди иногда предполагают, что только большие дела считаются принятием мер. Однако часто именно небольшие, последовательные действия способствуют достижению наших целей.

Переход к действию без осознания и принятия становится тяжелой борьбой. Если мы проходим через процесс понимания, размышлений, постановки вопросов и принятия "того, что есть", а затем переходим к действию, мы накапливаем энергию вокруг этого. При наличии импульса сдвиг происходит не так уж и сложно.

Когда мы осознаем, принимаем и действуем, это объединяет разум, тело и эмоции, чтобы двигаться по пути наименьшего сопротивления. Когда мы действительно 'нуждаемся' в трансформации, трансформация начинает происходить. *Когда потребность в преобразовании сочетается со стремлением к преобразованию, происходит нечто волшебное.*

Не тратьте время на проблемы. Не тратьте энергию на 'решение' проблем. Вместо этого визуализируйте, какая трансформация желательна, и погрузитесь в нее с головой. Возможно, сразу внести серьезные изменения будет невозможно. Это создает контрпродуктивный стресс для ума и тела. Начиная осторожно, набирайте обороты.

Иногда мы можем быть не в состоянии определить, в чем проблема. Все в порядке. Достаточно признать, что 'со мной не все в порядке'. Нам нужно просто спросить себя

— "Что мне сделать, чтобы чувствовать себя более комфортно?' Это может вызвать дискомфорт, когда мы находимся на этапе принятия. Спросите: "Хочу ли я что—то с этим сделать?' Да, так что действуй. Сделайте следующий шаг. Потратьте некоторое время на размышление. Это откроет новые горизонты.

Действием может быть несколько глубоких вдохов. Это снимает напряжение. Мы здесь главные. Никто другой не сделает этот вдох за нас.

'Отношение'

Наши намерения определяют наши действия. Наша жизнь - это совокупность действий, которые мы предприняли. Если где-то глубоко внутри у нас нет покоя, нам нужно более осознанно относиться к своим намерениям. Акт привлечения внимания к нашим намерениям приводит нас к более глубокому пониманию того, кто мы такие и почему мы делаем то, что делаем. Когда мы вырабатываем привычку замечать свои намерения, нам становится намного легче принимать решения, которые резонируют с той жизнью, которую мы хотим. Мы можем выбрать действовать таким образом, чтобы это соответствовало тому, кто мы есть и чего мы хотим достичь.

Отношение - один из самых важных факторов, помогающих нам преодолевать взлеты и падения в жизни. Это определяет, как мы справляемся. Наши взгляды влияют на нашу работу и на то, как мы справляемся с отказом. Неправильное отношение препятствует нашим достижениям. Если негативные убеждения продолжают накапливаться, это приводит к непродуктивному результату. Негативное мышление может состоять из постоянного беспокойства, сценариев "что, если" или недоверия к себе в том, что мы справимся.

Когда мы предполагаем худшее, нам трудно думать и доводить дело до конца. "Я никогда не смогу этого сделать". С такими мыслями, насколько эффективно мы могли бы завершить нашу работу?

Позитивный настрой способствует вере в то, что мы можем справиться с ситуациями. Это не значит, что у нас "счастливое, беззаботное отношение", скорее, когда что-то случается, мы можем с этим справиться.

Если мы испытываем трудности или избегаем принятия решений, потому что хотим быть уверены, что поступаем "правильно", мы часто заканчиваем тем, что ничего не делаем. Мы также можем решить ничего не делать, потому что решили, что на данный момент это правильное решение.

Цель осознания - это принятие, а цель принятия - действие.

Это путешествие к преображению.

Платон сказал, что все зло коренится в невежестве. Проблема не в том, что у нас есть недостатки – проблема в том, что мы отказываемся признавать, что у нас есть недостатки. Когда мы отказываемся принимать себя такими, какие мы есть, тогда мы возвращаемся к постоянной потребности в оцепенении и отвлечении внимания. И мы точно так же не сможем принимать других такими, какие они есть, поэтому будем искать способы манипулировать ими, изменять их или убеждать быть теми, кем они не являются. Наши отношения станут транзакционными, условными и, в конечном счете, токсичными и потерпят неудачу.

В долгосрочной перспективе, вот три простых правила, которые следует учитывать:

1.   Если вы не будете стремиться к тому, чего хотите, вы никогда этого не получите.

2.	Если вы никогда не задаете вопрос, ответ всегда будет отрицательным.

3.	Если вы не сделаете шаг вперед, вы останетесь на том же месте.

"Пусть ваше выступление заставит вас задуматься". "Хорошо сделано - это лучше, чем хорошо сказано".

"Разница между тем, кто мы есть, и тем, кем мы хотим быть, заключается в том, что мы делаем".

Раздражители

"Наши внутренние убеждения провоцируют неудачу еще до того, как она произойдет".
"Триггеры могут возникать тогда, когда мы меньше всего их ожидаем.

Когда мы думаем, что все эмоциональные раны исцелены, может произойти что-то, что напомнит нам о том, что шрам все еще остается".

"Люди, которые вызывают у нас негативные эмоции, являются посланниками.

Они являются посланниками для неизлечимых частей нашего существа".

Что такое триггеры?

Спусковой крючок - это то, что напоминает нам и заставляет заново переживать прошлую травму. Это может привести к воспоминаниям. Флэшбэк - это яркое, часто негативное воспоминание, которое может появиться без предупреждения.

Спусковым крючком может быть просто "мысль о спусковом крючке' в нашем сознании. Или же это могут быть люди, слова, мнения, события или ситуации в окружающей среде, которые вызывают у нас сильную эмоциональную реакцию. Почти все может спровоцировать нас, в зависимости от наших убеждений, ценностей и предыдущего жизненного опыта, например, тон голоса, тип человека, определенная точка зрения, одно-единственное слово - все может стать триггером. Эти триггеры могут произойти где угодно, в любое время, и активировать триггер может что угодно. Это уникально для каждого человека. Большую часть времени мы либо слепы к ним, либо, возможно, цепляемся за них, даже когда чувствуем себя "запущенными'.

Триггеры могут привести к разрыву отношений, депрессии, а в некоторых случаях и к самоубийству. Триггеры могут стать проблемой, если они часты и если у человека возникают трудности с их обработкой. *Ребенок, выросший в жестокой семье, может испытывать беспокойство, когда люди спорят или дерутся.* В зависимости от нашей вовлеченности в конфликт мы можем испытывать страх, набрасываться в качестве защитного механизма или дистанцироваться от конфликта.

Триггеры - это напоминания, которые вызывают у нас страдание, боль, гнев, разочарование, печаль, страх и одиночество, а также другие сильные эмоции. Когда это срабатывает, мы можем либо эмоционально замкнуться и просто почувствовать обиду или гнев, либо отреагировать агрессивно, о чем, вероятно, позже пожалеем. Наша реакция настолько интенсивна, потому что мы защищаемся от всплывшего болезненного чувства.

Такие эмоции, как гнев, вина, раздражительность и низкая самооценка, могут проявляться, когда люди возбуждены, и перерастать в различные формы поведения и принуждения. К сожалению, природа эмоциональных триггеров может быть очень глубокой и травмирующей. Некоторые из них могут подталкивать людей к принятию нездоровых способов совладания, таких как членовредительство, причинение вреда другим и злоупотребление психоактивными веществами.

'Запускается'

Мы все рождаемся со своей индивидуальной и своеобразной врожденной природой и индивидуальностью. У каждого из нас есть своя "чувствительность'. Наше "взросление" и родительское воспитание также могут обусловливать нашу чувствительность. *Если мы чувствительны к тому, "что другие думают о нас", насмешка, издевательство или выговор в присутствии других послужат сильным спусковым крючком. Когда ребенка ругают в присутствии гостей, важен не сам выговор, а присутствие "других", которое вызывает у ребенка негативную реакцию. Тот же самый растущий ребенок в школе получает выговор от учителя, который действует как спусковой крючок.* Итак, когда нашу врожденную чувствительность задевают, это становится потенциальным спусковым крючком для будущих реакций.

Термин "срабатывание" можно отнести к прошлым неприятным переживаниям, которые часто переживают солдаты, возвращающиеся с войны. Когда мы срабатываем из-за прошлых травмирующих переживаний, нашей реакцией часто является крайний страх и паника. Мы срабатываем, когда видим, слышим, пробуем на вкус, осязаем или обоняем что-то, что напоминает нам о предыдущем травмирующем обстоятельстве. Например, жертва изнасилования может среагировать, когда увидит бородатых мужчин, потому что у ее обидчика тоже была борода. Девочка, на которую в детстве напал ее отец-алкоголик, может срабатывать всякий раз, когда она чувствует запах алкоголя.

Триггер заставляет наш мозг поверить, что мы сталкиваемся с угрозой, даже если мы в полной безопасности. Это происходит потому, что мы столкнулись с чем-то, что напоминает нам о негативном событии в нашем прошлом. Быть спровоцированным - значит испытать эмоциональную реакцию на что-то, связанное с предыдущей историей. *Если мы пережили травму, столкновение с триггером может привести к тому, что наше тело перейдет в режим "сражайся-беги", как будто мы переживаем травму "прямо сейчас, а не в прошлом".*

Когда мы оказываемся в ситуации, когда нам "угрожают", мы автоматически вступаем в реакцию "дерись или беги". Организм получает 'выброс адреналина' и переходит в состояние повышенной готовности, распределяя все свои ресурсы по приоритетам, чтобы отреагировать на ситуацию. Функции, которые не являются необходимыми для выживания, такие как пищеварение, приостанавливаются. Одной из функций, которой пренебрегают в ситуации драки или бегства, является формирование кратковременной памяти. В некоторых ситуациях наш мозг может не совсем точно или неправильно поместить травмирующее событие в свою память. Вместо того чтобы сохраняться как прошедшее событие, ситуация помечается как все еще существующая угроза. Во время травмирующего события наш мозг закрепляет сенсорные стимулы в памяти. Даже когда мы сталкиваемся с теми же стимулами в другом контексте, мы ассоциируем их с травмой. В некоторых случаях сенсорный триггер может вызвать эмоциональную реакцию еще до того, как мы осознаем, почему расстроены.

Формирование привычки также играет важную роль в инициировании. Мы склонны делать одни и те же вещи одним и тем же способом. Следование одним и тем же шаблонам избавляет мозг от необходимости принимать решения.

Отслеживание триггера

Идентификация наших триггеров жизненно важна для управления триггерами. "Осознанность" готовит нас к тому, чтобы справляться с триггерами, а не поддаваться их манипуляциям. Быть жертвой триггеров и импульсивно реагировать на них может привести к тому, что наша дружба станет натянутой, отношения станут токсичными, а жизнь - намного более болезненной.

Чем больше осознанность, тем больше мы сознательно готовы встретиться с этим лицом к лицу, когда нас спровоцируют, и мы сможем справиться с этим триггером и реакция в усиленном ключе. Изучить наши триггеры не так уж сложно. На самом деле самое сложное - это полностью погрузиться в процесс.

Шаг 1: Телесные признаки

Что ж, каждый триггер - это действие, которое вызывает реакцию. Эту реакцию можно испытать на физическом плане. Обратите внимание на любой из этих признаков на теле:

- Ощущение головокружения.
- Сухость во рту или тошнота.
- Дрожь.
- Напряженные мышцы, или сжатый кулак, или сведение челюстных мышц.
- Изменения в речи – невнятная или неуклюжая речь.
- Учащенное сердцебиение.
- Измененный характер дыхания.
- Обливание потом, приливы жара или холода.
- Ощущение удушья.
- Чувство оцепенения, пустоты, потерянности или замешательства. Какова первая реакция организма?

Есть ли какая-то закономерность в реакциях каждый раз? Как долго сохраняются эти признаки на теле?

Мысленно отметьте эти реакции и запишите их в журнал.

Шаг 2: Предшествующая мысль и последующая эмоция

Именно в тот момент, когда у нас начинают проявляться телесные признаки, какие мысли приходят именно в этот момент?

Ищите экстремальные, бессмысленные, иррациональные неразумные мысли с поляризованными точками зрения – кто-то или что-то хорошо или плохо, правильно или неправомерно. *Просто осознавайте эти мысли, не реагируя на них.* Сделайте это в сознательном состоянии ума.

Какую историю создает разум о человеке, ситуации или о самом себе?

Дайте название эмоциям, испытываемым при срабатывании.

Обратите внимание на результирующее поведение, связанное с беспокоящей эмоцией.

Окружающие нас люди, которые находятся рядом с нами, являются хорошими источниками информации и могут помочь определить наше состояние в данный момент.

- Сильные эмоции – одиночество, тревога, страх, гнев, безнадежность, ненависть, ужас, горе, чувство подавленности и заброшенности.

- Поведение – крики, споры, оскорбления, прятки, плач, замыкание в себе или чрезмерная реакция.

Шаг 3: Что происходило раньше?

Обычно мы не в состоянии рационально осмыслить ситуацию, когда сами оказываемся в такой ситуации. После реакции мы оглядываемся назад, туда, где все началось. Перед запуском может возникнуть предрасполагающее состояние

— напряженный день на работе, что–то отличное или необычное от нашей повседневной рутины - все может подготовить почву для того, чтобы сработать позже. Смотрите, есть ли закономерность каждый раз, когда это происходит. Когда мы идентифицируем свои триггеры, мы можем предотвратить их срабатывание в будущем, просто сбавив темп, как только узнаем о предрасполагающих факторах.

Шаг 4: Наша основная чувствительность

Эмоциональное возбуждение всегда приводит к тому, что одна или несколько наших глубочайших потребностей не были удовлетворены.

Во что внутри нас тыкают пальцем?

Поймите это восприятие. Подумайте о том, какие из ваших потребностей или желаний находятся под угрозой:

- Быть непонятым.

- Не чувствую себя любимым.
- Нас не принимают такими, какие мы есть.
- На это не обращают внимания.
- Не чувствую себя в безопасности.
- Не получая должного уважения.
- Не чувствую себя нужным, достойным или ценимым.
- С ним несправедливо обращаются.
- Чувствую себя оскорбленным.
- Чувствую себя обиженным.
- Чувство отверженности или игнорирования.
- Быть обвиненным или пристыженным.
- Быть осужденным.
- Быть под контролем.

Какие внутренние чувства всплывают на поверхность каждый раз, когда возникает реакция?

Шаг 5: Идентификация триггера

Триггеры можно определить по тому, как мы на что-то реагируем. Как только мы осознаем признаки тела и последующие изменения эмоций и поведения, обратите внимание, кто или что вызвало это. *Проследите действие, предшествующее реакции.*

Мы можем срабатывать, когда вспоминаем какое-то событие или когда происходит неприятное событие.

Это может быть отдельный объект, слово, запах или сенсорное впечатление. В других случаях это может быть определенное убеждение, точка зрения или общая ситуация. Например, триггер может варьироваться от громкого шума до людей с определенной внешностью или почти всего, что находится под солнцем. В определенных случаях может быть комбинация триггеров. Запишите это в журнал.

Нам нужно осознавать и принимать тот факт, что есть некоторые ситуации, люди и разговоры, воздействие которых мы можем сознательно ограничить, в то время как другие полностью находятся вне нашего контроля. Осознание триггеров помогает нам понять наши паттерны и может предупредить нас о нашем состоянии ум. Обладая большей осознанностью, мы можем начать брать на себя ответственность за то, как мы управляем своими эмоциями, в отличие от того, как наши эмоции управляют нами.

Когда мы росли, мы испытывали боль, которую в то время не могли признать и с которой в достаточной степени справлялись. Став взрослыми, мы сталкиваемся с переживаниями, которые напоминают нам об этих старых болезненных чувствах.

Как только мы узнаем наши триггеры, первым шагом к исцелению будет рассмотрение их происхождения.

Спросите – *какие из триггеров могут быть связаны с моими детскими переживаниями?*

Если мы можем соотнести себя с паттернами, спросите – что я к ним чувствую? Мы поймем, что боль не проходит только потому, что мы пытаемся избежать ее, и может даже закончиться еще большей болью.

Честность в отношении наших триггеров - единственный способ их излечить.

Типы триггеров

Триггеры могут быть внутренними и внешними. И то, и другое может сильно повлиять на нас.

Внешние триггеры — Универсальные триггеры

Когда большинство людей думают о триггерах, они думают о внешних триггерах. Все, что находится в нашем окружении, может быть внешним триггером. Они, как правило, более очевидны и могут быть легче диагностированы нами самими или близкими нам людьми.

Внутренние триггеры — Триггеры в нашей голове

Внутренние триггеры – это то, что мы ощущаем внутри себя, - наши чувства или мысли.

В отличие от внешних триггеров, это "внутренние" события, которые являются личными и индивидуализированными для нас. Они более тонкие и невидимые, и может потребоваться много времени, иногда целая жизнь, чтобы понять, принять и управлять ими.

Возбуждающие причины запускают острые события.

Фундаментальные и предрасполагающие причины ответственны за характер хронических явлений.

Сохраняющиеся причины и окружающая среда ответственны за повторяемость переживаний, которые усиливают переживания хронических событий.

Вот некоторые примеры распространенных триггеров:

- годовщины потерь или травм.
- пугающие новостные события.
- слишком много нужно сделать, чувствую себя подавленным.
- семейные трения.
- конец отношений.
- проводишь слишком много времени в одиночестве.
- когда тебя судят, критикуют, дразнят или принижают.
- финансовые проблемы, получение крупного счета.
- физическая болезнь.
- сексуальное домогательство.
- когда на тебя кричат.
- агрессивно звучащие звуки или воздействие чего-либо, что заставляет нас чувствовать себя некомфортно.
- находиться рядом с кем-то, кто плохо с нами обращался.
- определенные запахи, вкусы или звуки.

Запускает 'План действий'

Выявление триггеров поможет нам составить план действий. Возможно, нам не удастся избежать всех эмоциональных триггеров, но мы можем предпринять действенные шаги, чтобы позаботиться о себе и помочь себе справиться с этими неприятными ситуациями.

Когда мы знаем свои эмоциональные триггеры, мы можем смело встретить их лицом к лицу. Нам не нужно убегать от этих ситуаций.

Есть целый ряд вещей, которые мы можем сделать, когда глубоко погружены в экстремальные эмоции, такие как гнев или страх.

1. Разработайте предварительный план действий о том, что можно сделать, если возникнет триггер, чтобы успокоить себя и не дать реакциям перерасти в более серьезные симптомы.

2. Включите инструменты, которые работали в прошлом, а также идеи, почерпнутые у других.

3. Укажите, что необходимо сделать в это время, и что можно сделать, если мы считаем, что это может быть полезно в данной ситуации.

План действий мог бы включать:

- *"Я выбираю нарушить привычный порядок вещей и не потеряю надежды, даже если не добьюсь полного успеха"*. Продолжайте повторять это всякий раз, когда сталкиваетесь с триггером и реагируете на него.

- Отвлеките внимание от человека или ситуации и сосредоточьтесь на дыхании. Пока мы живы, наше дыхание всегда с нами – это отличный способ расслабиться. Продолжайте сосредотачиваться на вдохе и выдохе в течение нескольких минут. Если внимание возвращается к провоцирующему человеку или ситуации, верните его обратно к дыханию.

- Если мы находимся с кем-то, желательно извиниться на некоторое время, отстраниться и вернуться, когда почувствуем себя более уверенными в себе и спокойными.

- *"Я позвоню своему другу в 3 часа ночи"*, *моему сотруднику службы поддержки, и попрошу их выслушать, пока я буду объяснять ситуацию"*.

- Никогда не обходите стороной чувства, но и не разыгрывайте их. Подавление чувств или попытки контролировать их - это не выход. Мы можем выбрать смягчение, уменьшение интенсивности эмоций, с которыми сталкиваемся. Существует тонкая грань между отрицанием эмоций, их смягчением и бессознательным подавлением. Следовательно, важно практиковать советы по самосознанию.

• Такие практики, как осознанность, позволяют нам сосредоточиться прямо сейчас, перенося наше мышление в настоящий момент. Это способствует отстранению от болезненных или огорчающих переживаний и может уменьшить стресс.

Ведение журнала

"Я пишу, потому что не знаю, что я думаю, пока не прочитаю то, что говорю".

Спросите – каков мой паттерн срабатывания? Наши эмоциональные триггеры способны ослеплять нас, поэтому, чтобы противодействовать этому, будьте любознательны. Пойми – что происходит во мне? Понимание того, что "происходит внутри", поможет нам вновь обрести чувство спокойствия, самосознания и контроля.

Записывайте мысли и чувства в журнал, основываясь на описанных шагах, отмечая реакцию и прослеживая ее до источника.

Запишите это. Нам не обязательно писать красиво, чтобы получить преимущества. Простого приведения наших мыслей в порядок на бумаге или в цифровом виде часто бывает достаточно, чтобы дать нам больше ясности в отношении наших мыслей и чувств, чем держать все это закупоренным в наших ушах.

Запишите:

- Признаки на теле.
- Предшествующая мысль и последующая эмоция.
- То, что случилось раньше.
- Наши основные чувства.
- Добавляйте триггеры в список всякий раз, когда мы узнаем о них. Напишите те, которые более вероятны или произойдут, или которые, возможно, уже происходят в нашей жизни.
- Ведите журнал о том, откуда взялись эти триггеры. Например, говорили ли наши родители, что мы ни на что не годны, доставляем неприятности или непривлекательны? Говорил ли нам учитель, что мы тупые и никогда не добьемся успеха в жизни? Или нами пренебрегали, и мы выросли, чувствуя себя одинокими? Знание того, откуда берутся наши триггеры, позволяет нам лучше узнать самих себя.

- Если мы поддаемся импульсу и делаем те вещи, которые полезны, тогда сохраняйте их в списке. Если они окажутся частично полезными, мы можем пересмотреть наш план действий. Если они не помогут, продолжайте искать и пробовать новые идеи, пока мы не найдем наиболее полезные.

Когда мы чувствуем, что люди и их разговоры заводят нас, мы должны помнить о двух вещах.

Намерение другого человека – другой человек может совершенно не осознавать ту боль, которую мы испытываем. Хотя нам неудобно поддерживать общение, мы должны по-новому взглянуть на намерения другого человека. Важно быть терпеливым с ними и медленно, но настойчиво сообщать им о наших границах.

Наша боль – Важно понимать, что все, что мы чувствуем, вызвано реальностью в нашей жизни.

Точно так же, как мы не знаем, с какими неприятностями могут сталкиваться другие люди, другие могут совершенно не знать о нашей собственной борьбе.

Эмоциональные триггеры будут продолжать повторять паттерны снова и снова, если мы не справимся с ними и не излечим их. Мы убегаем от них и не делаем того, что необходимо, чтобы излечить эти триггеры и сломать стереотипы. Исцеление просто означает обретение осознанности и обретение стабильного ума, который придает нам силы.

"Наши эмоциональные триггеры - это раны, которые необходимо залечить".
"Каждое намерение - это спусковой крючок для трансформации".

– Дипак Чопра

Почему мы этого не делаем Делать То, Что Мы Хотим Делать?

"Люди склонны пугать вас, указывая на ваши недостатки. Если вы добровольно признаете свои ошибки, то людям не на что будет указывать".

– Анупам Кхер

"Тебя сдерживает не то, кто ты есть, а то, чем ты думаешь, что ты не являешься".

– Генри Форд

"Мы живем в свободном мире, пойманном в ловушку нашего мышления!"

Почему мы не делаем то, что хотим" - это не простой, линейный процесс. Ломать наши шаблоны и настройки по умолчанию сложно, потому что это требует от нас отказаться от существующей привычки, одновременно поощряя новый, незнакомый набор действий. Удивительно, но это может произойти в одно мгновение или занять всю жизнь, и мы все еще можем быть не в состоянии преобразить себя. Простые изменения, такие как своевременное вставание, прохождение 10000 шагов, или просто практика пранаямы, или выпивание дополнительного стакана воды в день, требуют времени, чтобы стать последовательным, привычным образцом поведения.

Наш успех в разрушении стереотипов и формировании новых, наделенных силой, - это способ справляться с неудачами. Наш импульсивный вывод заключается в том, что мы становимся самокритичными и понимаем, что мы недостаточно компетентны или у нас недостаточно силы воли для достижения нашей цели.

Превращение неудач в успех требует размышлений, сострадания и последовательности в усилиях.

Какие-то саморазрушительные, саморазрушительно препятствующие оправдания и выводы, которые мы говорим себе:

Я не знаю почему, но я не могу этого сделать.

Это невозможно сделать. Это хорошо только в мыслях. Я безнадежен в своем состоянии.

У меня сейчас нет на это времени. Может быть, позже. Именно так я всегда это делал.

Так живут все.

Сейчас у меня слишком много обязательств.

Я должна сосредоточиться на своем ребенке, престарелых родителях, заработках и высоком уровне сахара в крови.

У меня нет времени на физические упражнения, йогу, прогулки пешком, здоровое питание. Мне легко становится скучно.

Это не работает.

Мой друг пытался, но у него ничего не получилось. Есть ли какой-нибудь короткий путь?

Я устал.

Мы не хотим выходить из своей зоны комфорта, даже если это нам не помогает.

Мы чувствуем, что у нас нет выбора. Мы не любим меняться.

Мы не меняем своих привычек. Мы не справляемся со своим стрессом.

Мы боимся браться за более серьезные проблемы. Мы игнорируем боль и изнеможение.

Мы не признаем, что наши тела, наш разум и наш дух нуждаются в заботе.

У нас нет времени на самотрансформацию. Мы не позволяем себе потерпеть неудачу.

У нас нет времени.

Что нас сдерживает?

Что нас сдерживает? Страх, убеждение или привычка?

У нас есть потенциал достичь большего, чем мы думаем, и это требует от нас энтузиазма и решимости в достижении поставленных целей. Однако этого недостаточно, если мы забываем разобраться в вещах, которые сдерживают нас в жизни. Мы все окружены такими элементами, но они часто остаются незамеченными, влияя на нашу общую производительность.

Недостаток уверенности

Отсутствие уверенности в себе и процессе трансформации - одно из самых больших препятствий на пути трансформации. Мы стараемся. Мы терпим неудачу. Это делает процесс повторной попытки еще более трудным. Мы начинаем верить, что просто не можем этого сделать. Но это так не работает.

Неуверенность в себе

"Я не вижу решения своих проблем".

"Я не думаю, что у меня есть потенциал изменить свою жизнь".

Если мы постоянно сомневаемся в себе и задаемся вопросом, достижимы ли наши цели, наши пессимистические чувства станут самореализующимися. Мы не сможем добиться успеха, если будем сдерживать себя. Если мы верим в себя и визуализируем свой успех, у нас гораздо больше шансов добиться успеха.

Думая, что ничего никогда не изменится

Многие из нас убеждены, что ситуации в нашей жизни никогда не изменятся. Мы были такими всю нашу жизнь, и это мешает нам осуществить реальные перемены. Мы заключены в тюрьму нашего мышления. Для лягушки в пруду весь мир - это пруд. Приступайте к действиям, и горы сдвинутся с места.

Сравнивая себя с другими

Одна из самых трудных вещей, которую нужно сделать, - это перестать сравнивать себя с другими, особенно когда наступают времена конкуренции и каждый старается чтобы обогнать друг друга. Мы будем страдать либо от ревности, либо от эгоизма. И оба эти состояния препятствуют нашей трансформации.

Ожидая мгновенных результатов

Мы живем в 'мгновенном' и 'за минуту' мире. Это раздутый мир. Нам нужны результаты сейчас. Мы стали нетерпеливы. Мы приучены к принципу "меньше затрат — больше результата'. Мы решаем преобразиться. Мы думаем и составляем план. И мы хотим видеть результаты уже сейчас. И когда мы не получаем того, чего хотим, мы виним в этом усилия и сам процесс. Хорошие вещи требуют времени. Упорный труд всегда приносит свои плоды.

Предполагая результат

Некоторые из нас верят, что мы умные. ' Из этого ничего не выйдет. Это обречено на провал. Этого никогда не может случиться.' Мы не начинаем что–то новое, потому что уверены, что все, скорее всего, обернется плохо! Нет никакого способа узнать, что произойдет в нашем будущем. Будьте оптимистичны и оставляйте результаты на усмотрение жизни.

Живущий прошлым

Мы превращаем вчерашние отказы в историю сегодняшнего дня. Прошлое не проявляется в настоящем. Это случилось, и так оно и было. Но, думая о прошлом, мы сохраняем мысли о прошлом живыми в настоящем. Мы позволяем неприятиям нашего прошлого диктовать каждый последующий шаг, который мы делаем. Мы буквально не знаем, можем ли мы быть лучше. Отказ не означает, что мы недостаточно хороши. Это означает, что у нас есть больше времени для совершенствования, развития наших идей и более глубокого погружения в то, что мы хотим делать.

Цепляясь за прошлую вину

Чувство вины часто является созданным нами самими напоминанием обо всех тех вещах, которые мы хотели бы сделать для себя по-другому. Мы все испытываем чувство вины. Это может проявляться во многих формах, от простого нарушения диеты до принятия ужасного решения, которое навсегда повлияет на нашу жизнь. Чувство вины мучает нас, оно заставляет нас повторять свои ошибки и растрачивает огромное количество нашей энергии, воспроизводя то, как мы могли бы сделать что-то по-другому. Одна из причин, почему это становится трудно сдаться и отпустить чувство вины из-за того, что мы чувствуем потребность наказать себя. Чувство вины не позволяет нам полностью присутствовать в нашем "сейчас" и видеть все хорошее, что есть в нашей жизни. Чувство вины все глубже погружает нас в режим "жертвы". Это бессмысленное бремя вдобавок к нашему горю.

Страх разочаровать близких

Многие из нас испытывают беспокойство из-за того, что могут подвести людей, и поэтому мы хронически избегаем ситуаций, в которых могли бы разочаровать кого-то другого. Это происходит потому, что мы чувствуем, что мнения других имеют фундаментальное значение для нашей самооценки. Мнение наших близких имеет тенденцию влиять на нас. Мы слишком боимся оказаться не на высоте. В случае с нашими родителями это становится еще более сложным. Очень часто у нас с родителями разные мнения, вкусы и личностные черты. Это совершенно нормально - заботиться и переживать, но как только мы позволяем страху разочаровать других взять верх, мы парализуем себя.

Оставаясь в нашей зоне комфорта

"Зона комфорта - прекрасное место, но там никогда ничего не растет".

Мы привыкаем к своему образу жизни, даже если внутри у нас может не быть покоя. Перемены всегда болезненны. Мы отвергаем возможности для роста или продвижения по службе, потому что это означает выход за пределы нашей зоны комфорта и открытость для неудач. Идти на риск - пугающее предложение для многих. В конце концов, выйти за пределы нашей зоны комфорта означает допустить возможность неудачи. Но мы никогда не узнаем, на что мы действительно способны, если не попробуем. Все мы в какой-то момент потерпели неудачу, но мы добьемся успеха, если будем заставлять себя. Это история всех великих людей. С большим риском приходит возможность большого вознаграждения. Находиться в зоне комфорта кажется действительно хорошим, но та же самая зона комфорта мешает нам самореализоваться и получить реальный жизненный опыт.

Страх и неудача

Путь трансформации нелегок. Мы боимся. Мы боимся неопределенности, будущего, повторения прошлого, неудач. На этом пути случаются неудачи. Страх неудачи сдерживает нас, потому что, когда мы боимся потерпеть неудачу, мы боится чем-либо рисковать. Итак, мы остаемся в той же роли. Мы постоянно делаем одно и то же только потому, что боимся потерпеть неудачу, если сменим роль. Мы мечтаем наяву и просто засыпаем.

Неудача означает, что то, что мы сделали, не сработало на этот раз, но это не значит, что это не сработает снова. Пусть неудача не тяготит нас. Мы пошли на риск, и у нас ничего не вышло. Это ужасное чувство, но мы должны понимать, что это нормально. Никто не добивается успеха, не терпя иногда неудач. Оцените, что пошло не так. Извлеките уроки, которые нам необходимо усвоить, чтобы мы могли двигаться вперед и принимать лучшие решения в следующий раз. Те, кто добивается успеха, извлекают уроки из своих неудач, вместо того чтобы падать и оставаться на месте.

Неудача не должна нас сломить. Неудача должна делать нас сильнее и помогать нам развиваться. Успех определяется тем, как мы реагируем на то, что с нами происходит. Мы должны решать проблемы, которые разрешимы, и учиться жить с проблемами, которые мы не можем решить.

Не зная, когда отпустить

Приходит время, когда нам нужно все отпустить. Даже капитан на тонущем корабле должен знать, когда хвататься за спасательную шлюпку. Трудно уйти от чего-то, с чем мы эмоционально связаны. Но знание того, когда двигаться дальше, даст нам свободу и позволит воспользоваться другими возможностями.

Не в ладу с самим собой

Все мы дышим, но лишь немногие из нас живы. Большинство из нас просто проходят через повседневную рутину рутинной жизни. Мы не останавливаемся и не размышляем. У нас нет времени быть 'наблюдателями" за самим собой. Мы не знаем, что с нами не так. Мы даже не осознаем своих восприятий и паттернов. Мы не знаем, что такое трансформация и что она может сделать. Мы не знаем, что нам нужно знать и что нам нужно делать. Это отсутствие осознанности, то, что мы не в ладу с самими собой, сдерживает нас.

Жду подходящего момента

Если мы никогда не начнем, то никогда не добьемся успеха. Мы продолжаем ждать, и ждать, и ждать подходящего момента. Мы не можем ждать идеального времени; оно наступит никогда не приходи. Если мы отказываемся ввязываться в драку до тех пор, пока не почувствуем, что пришло "подходящее" время, мы можем провести свою жизнь, спрятавшись под одеялом. Сегодня первый день нового начала – первый шаг к переменам. Многие из нас отступают назад, когда терпят неудачу, когда у нас возникает это ощущение бабочки в животе. Примите это чувство. Не ждите, пока мы больше не перестанем бояться. Этого может никогда не случиться. К тому времени будет уже слишком поздно. Начните с малого. Начни что-нибудь.

Отсутствие плана

У многих из нас есть идея, концепт или мечта, которые мы хотим воплотить в реальность. Но без твердого плана и четкого видения у нас нет возможности чего-либо достичь. Определение наших целей - это первый шаг к их достижению. Речь идет о создании дорожной карты, которая будет направлять нас. Без плана мы можем легко сбиться с курса, даже не подозревая об этом. Составьте план выполнения этих задач, по одной за раз. Планирование не обязательно должно быть долгим и утомительным. Составляйте микропланы и долгосрочные пошаговые планы. И просто сделай это.

Перфекционизм

Нас воспитывали с мыслью, что мы должны быть совершенными, или первыми, или лучшими. Никто не совершенен. Постоянное стремление к совершенству приводит только к недовольству. В жизни есть вещи, в которых мы хороши, и будут вещи, в которых мы будем бороться. Научитесь чувствовать, когда наше желание сделать что-то совершенным мешает нам это сделать. Перфекционизм истощит нас. Подумайте о разнице между усердными усилиями и перфекционизмом. Знайте, когда этого достаточно. Вместо того чтобы возлагать на себя недостижимые ожидания, примите тот факт, что мы будем совершать ошибки. Если мы будем учиться на этих ошибках, мы станем сильнее благодаря этому опыту.

Ищущий одобрения

"Удивительная вещь происходит, когда вы перестаете искать одобрения и валидации. Ты найдешь это."

Что нас сдерживает, так это наша постоянная потребность получать одобрение за свои действия. Мнения других людей значат для нас больше, чем наши инстинкты и мысли. И мы не всегда получаем ободрение и позитивную мотивацию от окружающих нас людей. Иногда хорошо прислушиваться к мнению других. Никто не знает нас лучше, чем мы сами. В конце концов, мы должны встать на собственные ноги. Прислушиваться к мнению других в отношении каждого принимаемого нами решения - все равно что не прислушиваться к тому, чего мы хотим в будущем.

Попадание под влияние других

Многие люди испытывают странное удовлетворение и трепет, рассказывая нам, почему что-то не сработает, и с радостью расскажут нам о ком-то другом, кто пытался и потерпел неудачу. Мы могли бы стать теми, кто добьется успеха! Единственный способ узнать это - попробовать! Мы позволяем нескольким негативно настроенным людям забивать наши умы бесполезными непродуктивными советами. Они приводят нам дюжину причин, по которым это может не сработать. Легче быть критичным, чем корректным. Потратьте время и выслушайте тех, кто поощряет и признает с уважением.

Перекладывание вины – поиск причин

"Когда вы обвиняете других, вы теряете свою способность меняться".

До тех пор, пока мы не осознаем, что несем ответственность за то, кто мы есть, и не приписываем свои недостатки кому-то или чему-то другому, мы никогда не получим от жизни того, чего хотим. Это так заманчиво - переложить вину на других. Это естественно - хотеть этого. Быть ответственными. Возьми на себя ответственность. Не оправдывайся. Принимать меры. Перестаньте искать причины и подумайте, какие изменения следует внести, чтобы устранить проблему.

Унижать себя или других

Если мы постоянно ведем негативный разговор с самим собой или принижаем других, мы только приглашаем негатив в свою жизнь. Говорить себе "Я глупый" или "я ничего не могу сделать правильно" - значит наносить раны, которые сдерживают нас. Точно так же, когда мы поступаем так с другими, мы тянем всех вниз. Замените негативные привычки позитивными. Сосредоточьтесь не на том, что пошло не так, а на том, чем мы гордимся. Ищите способы поднять настроение себе и всем остальным.

Неспособность предпринять какие-либо действия

Тот, кто ждет, что пирог упадет с неба, никогда не поднимется очень высоко.

Некоторых из нас сдерживает наша неспособность действовать! Мы склонны к многозадачности до такой степени, что у нас не остается энергии для принятия реальных мер по более важным вопросам. Некоторые из нас просто слишком ленивы, слишком расслаблены. Мы предпочитаем ничего не делать. Промедление - это коренная причина нашей неспособности что-либо сделать. Если мы хотим что-то сделать, то нам нужно начать действовать. Мы не можем сидеть сложа руки и надеяться, что все сложится в нашу пользу.

Мы хотим и ожидаем, что все будет легко

Никаких бесплатных обедов и легких целей. Достижение цели требует усилий и борьбы, упорного труда и самоотдачи. Что легко, так это просто стоять на стойке ворот и ничего не делать. Но матчи выигрываются не так. Не делайте того, что легко, делайте то, на что вы способны. Мы ничего не меняем и ожидаем результатов. Если мы хотим самосовершенствоваться, мы должны пробовать разные вещи, чтобы увидеть, что работает, а что нет. Некоторые люди сидят и ждут, когда принесут волшебные бобы, в то время как остальные просто встают и приступают к работе.

Мы избегаем правды

Мы продолжаем рассказывать себе неправильную историю. Трансформация не может быть основана на лжи. Нам нужно быть честными с самими собой. Мы не можем жить за фасадом. Нам нужно быть подлинными. А это значит, что мы должны принимать себя такими, какие мы есть. А затем решаем преобразиться сами. В противном случае это приведет к гневу и разочарованию. Игнорирование истины - это не трансформация. Притворство в отношении любого аспекта нашего существования создает темную пустоту в нашей душе. С правдой не всегда может быть легко иметь дело, но иметь дело с правдой - это единственный путь. Это мы сами продолжаем судить себя. Мы судим о себе, рассказывая историю у себя в голове.

Отпусти то, чего на самом деле никогда не было. Это была просто иллюзия, которая на самом деле никогда не была тем, чем мы ее считали. Ключ - это осознанность, принятие, отпускание и следующий шаг.

Чувство незаслуженности

Быть скромным - это не синоним того, чтобы быть маленьким самим собой. Но у многих из нас есть привычка к самоуничижению. Мы начинаем верить, что недостойны почестей, похвал и комплиментов. Когда мы чувствуем себя недостойными того, что нам дают, мы уклоняемся от возможностей делать больше и быть кем-то большим. Мы слишком мало думаем о себе. Либо мы в конечном итоге остаемся довольны тем, где мы находимся в жизни сегодня, либо просто чувствуем, что достичь того, чего мы желаем, невозможно. Итак, в конечном итоге мы становимся обычными.

Отвлекающие факторы!

Никогда не бывает недостатка в отвлекающих факторах. Но когда наше внимание рассеяно в миллионе направлений, нам трудно сфокусировать свои мысли. Если мы живем рассеянной жизнью, наши цели отходят на второй план. Перестаньте подпитывать отвлекающие факторы. Когда мы поймаем себя на том, что перескакиваем с одной задачи на другую, сделайте глубокий вдох. Сбавьте темп и успокойте свой разум.

Самооправдания

Мы можем придумать, почему мы должны что-то делать, или придумать, почему мы не должны этого делать. Почему большинство из нас склонно верить последнему? Потому что так проще. Ничто из того, ради чего стоило работать или чего стоило иметь в жизни, никогда никому не давалось легко. Достижения и зарабатывание наших успехов никогда не будут результатом того, что мы говорим "нет" или чувствуем себя виноватыми из-за того, что считаем, что что-то недосягаемо. Всегда найдутся отговорки для того, чтобы чего-то не делать. Для разнообразия найдите оправдание тому, чтобы что-то сделать!

Не быть подотчетным

Нам нужно признать свои ошибки, неправильный выбор, плохие поступки. Признай и принимай. Никто из нас не совершенен, и никто из нас не лучше другого. Мы просто разные. У нас есть свое путешествие и своя версия нормы. Какими бы ни были наши действия, переживания или чувства, мы несем ответственность за сделанный нами выбор.

Закрываем свой разум для новых идей и перспектив

Даже становясь мудрее с возрастом, мы останемся учениками на всю жизнь. Любое понимание никогда не бывает абсолютно окончательным. Успех в жизни не зависит от того, чтобы всегда быть правым. Чтобы добиться реального прогресса, мы должны отказаться от предположения, что у нас уже есть ответы на все вопросы. Мы можем слушать других, учиться у них и успешно работать с ними, даже если мы можем не соглашаться со всеми их мнениями. Когда люди уважительно соглашаются не соглашаться, все выигрывают от разнообразия точек зрения.

"Более Могущественным, Чем Воля К Победе, Является Мужество Начать".

Часть проблемы заключается в том, чтобы знать, с чего начать. Другая часть - это страх перед неизвестным. И то, и другое может помешать нам сделать первый шаг. Суть путешествия трансформации заключается в том, чтобы не сбиваться с курса, преодолевать дистанцию, падать и снова подниматься, продолжая двигаться вперед.

К чему мы стремимся?

Мы ошибочно ориентируемся на результат, не посвящая себя сначала процессу.

Мы мечтаем об успехе еще до того, как предпримем усилия и сделаем первый шаг. Мы стремимся к результату прежде, чем приступать к процессу. Процесс заключается в том, чтобы сделать первый шаг и быть готовым к следующему. Это и есть обязательство.

Результат - это все, что нужно для того, чтобы "добраться туда'. Это основано на эго. Речь идет о том, чтобы выиграть приз. Добиваясь признания. Принимая похвалу. Весь процесс заключается в том, чтобы 'быть здесь'. Это реальность. Это происходит сейчас.

Когда мы посвящаем себя процессу, тогда мы можем мечтать о результате.

Многие из нас колеблются между надеждой и безнадежностью. Мы чувствуем застой, чувствуем себя маятником.

Мы чувствуем, что не справляемся с обязательствами, которые берем на себя перед самими собой. Если мы не знаем, к чему стремимся, мы не сможем прогрессировать.

"Что единственное, что расстроило бы меня, если бы в конце своей жизни я не попытался, не сделал или не довел до конца?" Если будет немедленный ответ, мы должен взять на себя обязательство сделать это. Если немедленного ответа нет, все в порядке. Просто позволь жизни течь своим чередом. Правильная мысль придет сама собой в нужный момент жизни. Не форсируйте это. Когда "ответ" станет ясен, позвольте ему обрести форму, набрать обороты и превратиться в удивительное творение. Единственный необходимый ингредиент - это целеустремленность.

Мы не можем мечтать о победе в матче, пока не сыграем его. Нам нужно смотреть в лицо кадру, а не быть комментаторами, высказывающими свое мнение. Наше обязательство заключается в том, чтобы пройти через весь процесс, а не в том, чтобы каждый раз получать идеальный результат.

Готовы ли мы к этому? Готовы ли мы играть в эту игру? Готовы ли мы взять себя в руки и встретиться лицом к лицу с мячом? Даже если мы не уверены в победе или поражении? Даже если у нас дрожат ноги? Мы появимся? Сделаем ли мы это? Несмотря на оппозицию снаружи и внутри?

Это и есть обязательство. Это то, что нужно, чтобы что-то произошло.

Выставьте правую ногу вперед. Это и есть Посвящение. Затем выставьте левую ногу вперед. Это и есть настойчивость.

Ставьте одну ногу перед другой и не сбивайтесь с курса. Даже если мы не знаем, правильно ли мы это делаем. Даже если мы не знаем, доберемся ли мы когда-нибудь туда.

Простой акт приверженности - это мощный магнит для получения помощи.

"Человек, который страдает раньше, чем это необходимо, страдает больше, чем необходимо".

Нам нужно достичь эмоционального порога, когда мы скажем себе: "С меня хватит, больше никогда, это должно измениться сейчас!"

"Что удерживает нас от воплощения нашей мечты, так это наша вера в то, что это всего лишь мечта".

"Что бы ты ни делал, никогда не возвращайся к тому, что сломало тебя". "Ты не можешь жить позитивной жизнью с негативным мышлением".

"Вы не сможете достичь того, что находится перед вами, пока не отпустите то, что находится позади вас".

Держусь... Отпусти

"Правда в том, что пока ты не отпустишь, пока ты не простишь себя, пока ты не простишь ситуацию, пока ты не поймешь, что ситуация

конец, вы не можете двигаться вперед".

"Забудь о том, что причинило тебе боль, но никогда не забывай, чему это тебя научило". "Некоторые из нас думают, что умение держаться делает нас сильными, но иногда это отпускает".

"Когда я отпускаю то, что я есть, я становлюсь тем, кем мог бы быть. Когда я отпускаю то, что у меня есть, я получаю то, что мне нужно".

"Держаться - значит верить, что есть только прошлое; отпустить - значит знать, что есть будущее".

"Отпустить - значит освободиться от образов и эмоций, обид и страхов, привязанностей и разочарований прошлого, которые связывают наш дух".

"Есть важная разница между тем, чтобы сдаться и отпустить".

Почему мы цепляемся за наше прошлое?

Почему мы цепляемся за свои эмоции? Почему мы цепляемся за свой негатив?

Почему мы не можем избавиться от вещей, которые глубоко влияют на нас?

Почему мы не можем избавиться от тьмы прошлого и беспокойства о будущем?

Почему мы не можем избавиться от мыслительного и эмоционального беспорядка в нашем мыслительном пространстве?

Держите в руке лист бумаги и держите руку поднятой прямо перед туловищем на уровне вытянутой руки.

Есть ли у нас какие-либо проблемы с этим? Нет

Обременены ли мы весом бумаги? Нет

Теперь держите руку поднятой в течение часа в том же положении, держась за бумагу.

Что мы чувствуем?

Боль в руке, дискомфорт. Продолжайте держаться в течение двух часов. Что мы чувствуем сейчас?

Боль. Много неудобств. Продержись еще час. Что теперь?

Ужасный. Сильная боль. Чувство бессилия. Онемевший.

Что, если бы нам сказали продержаться еще час? Ни за что. Мы будем чувствовать себя бессильными.

И наша рука просто упадет замертво. Что случилось?

Была ли бумага слишком тяжелой, чтобы за нее держаться?

Стала ли бумага тяжелой, когда мы держали ее в руках?

Почему мы испытывали чувство боли, дискомфорта, ущемления, бессилия, оцепенения и падали замертво?

Что ж, газета осталась такой, какая она есть.

Проблема заключалась в том, чтобы 'держаться" за это.

Когда мы впервые держали газету в руках, у нас все было в порядке. Это было нормально. Это происходит с нашими обычными мыслями, эмоциями и поведением. Это свойственно человеку - чувствовать и реагировать. Мы злимся, грустим. Это нормально - чувствовать это.

Но когда мы держимся за бумагу, она начинает причинять нам боль, заставляет нас чувствовать себя некомфортно. Но мы держимся за это. Чем больше мы держимся, тем больше испытываем боль.

Чем больше мы держимся, тем больше цепенеем. Пока не наступит момент, когда мы просто почувствуем себя бессильными и 'сдадимся'.

Бумага символизирует наше прошлое.

Бумага отражает наши эмоции.

Бумага символизирует наши ядовитые отношения.

*Бумага отражает наше **восприятие и паттерны**.*

Отпустить это так трудно. Мы застреваем в одних и тех же образцах мышления снова и снова.

Мы цепляемся за прошлое и прокручиваем его в своем сознании снова и снова. Отчаянная попытка уцепиться за что-то ограничивает нашу способность испытывать счастье и радость в настоящий момент. Жизнь - это сплошные перемены. Независимо от того, как сильно мы стараемся держаться за что-то, рано или поздно мы столкнемся с переменами, нравится нам это или нет. Чем раньше мы прекратим наши попытки владеть окружающей средой, в которой живем, и контролировать ее, тем быстрее мы откроем себя новым возможностям.

Вот почему так важно уметь отпускать.

"Просто отпусти!" Нам нужно постоянно напоминать себе об этом. Нам нужно сделать это своей мантрой, повторяя ее по ходу дня.

Конечно, важно отпустить себя. Меняться трудно, и отпустить прошлые события, отношения, надежды и желания жизненно важно для того, чтобы двигаться дальше по нашей жизни. Но часто мы терпим неудачу в этом, обнаруживая, что цепляемся за болезненные события нашего прошлого.

Почему Мы держимся?

Дилемма! Это случилось в прошлом. Мы испытали это на себе. Мы прокручиваем это снова и снова в своих мыслях. Это больно. Мы хотим и стараемся отпустить прошлое и сделать все, что в наших силах. Но мы застряли. И это чертовски больно. Почему мы держимся, если это так больно?

Мы привыкли к нашей боли и нашему прошлому

Мы привыкли и приспособились к нашей боли. Боль, от которой мы страдаем, нам знакома. Когда мы какое-то время действуем определенным образом, нам кажется, что именно так все и обстоит.

Мы склонны придерживаться того, что знаем, даже если это причиняет страдания. Тогда, когда мы отпускаем себя, нам становится некомфортно. Поскольку жизнь непредсказуема, знание того, чего ожидать, обнадеживает. По крайней мере, при нынешней боли мы знаем, чего ожидать.

Неосознанно мы путаем то, кто мы есть, с нашим прошлым. Наша боль становится нашей индивидуальностью. Отпустить - значит отпустить нашу идентичность.

Мы верим, что наша боль защищает нас

Если я буду цепляться за болезненный опыт, я смогу предотвратить его повторение.

Мы не хотим, чтобы наше прошлое повторилось. Мы не хотим снова переживать эти воспоминания. Было бы невыносимо проделывать все это снова. Итак, мы становимся особенно бдительными. Мы никогда не простили бы себе, если бы это случилось снова. Наблюдение за признаками потенциально болезненного переживания дает нам ощущение того, что мы контролируем ситуацию. На самом деле, ложное чувство контроля. Наш внутренний голос использует боль прошлого, чтобы отгородиться от боли будущего. Что ж, ни того, ни другого не происходит. Мы просто живем с болью в настоящем.

Мы хотим наказать тех, кто причинил нам боль

Ты причинил мне боль.

Как я могу простить тебя?

Прощение тебя исправит тебя. Прощение тебя означает, что я смирился с поражением.

Око за око. Ты должен чувствовать ту же боль, что и я. Я хочу, чтобы вы также поняли, каково это.

К сожалению, человеку, который причинил нам боль, похоже, все равно, что мы чувствуем. Они могут даже не знать. Они могут даже отказаться признать то, что они сделали, или вместо этого обвинить нас. *Как они могли?* Итак, мы пытаемся причинить им боль назад. Мы делаем в точности то, что они сделали с нами. Мы верим, что, сделав это, мы решим нашу проблему.

Наказывать 'их' может быть приятно в данный момент, но в долгосрочной перспективе это усиливает нашу боль. Око за око заставляет мир ослепнуть. В конечном итоге мы отдаем свою силу и держим себя прикованными к гораздо большему, за что можно держаться.

Мы все еще воспринимаем прошлое как неудачу, а не как часть процесса

Когда отношения заканчиваются, мы воспринимаем это так, как будто "нам не удается" поддерживать их в рабочем состоянии. Мы фокусируемся на том, как мы могли бы быть лучше, и постоянно видим, что другой человек прав. Все мы люди. Мы не неудачники, и мы потерпели неудачу не только потому, что нам нужно попрощаться. Иногда хорошие люди перестают смотреть друг другу в глаза; иногда просто приходит время отпустить их. Это просто часть процесса жизни.

Мы "учимся на нашем опыте'

Часть того, что присуще многим из нас, - это идея о том, что мы должны "учиться на своем опыте'. Применение прошлого опыта к нынешним ситуациям не работает по двум причинам. Во-первых, ни одна текущая ситуация никогда в точности не похожа на прошлую. Во-вторых, опора на прошлый опыт мешает нам получить что-либо новое. Всякий раз, когда мы полагаемся на свой опыт, мы ограничиваем то, что может проявиться, только тем, что уже проявлялось в нашем прошлом. Мы делаем прошлое источником всего будущего творения. Что, если то, что мы пережили в прошлом, сейчас не имеет значения? Что, если прошлое сейчас не имеет значения?

То, за что мы держимся… Наши отношения, наши заботы

Наш имидж – Хорошо выглядеть в нашей зоне комфорта

Наши привычки

Наш прошлый материал загромождает мысли

Это эмоциональный беспорядок.

Такие, какие мы есть, мы привлекаем людей и отношения в жизни. Мы ищем свою жизненную цель в наших узах. Мы держимся за них и так сильно дергаем за ниточки наших уз, что это напрягает отношения. Отношения - это то, от чего нам труднее всего избавиться, даже если связь становится токсичной. Могут пройти месяцы или годы, прежде чем мы действительно перестанем зацикливаться на событиях, связанных с нашими отношениями.

Мы продолжаем размышлять над нашими тревогами. Размышление - это сосредоточение внимания на симптомах нашего беспокойства и его возможных причинах и следствиях, в отличие от его решений. Это то, что делает большинство из нас, постоянно переживая из-за беспокойства, пока мы не рассмотрим каждую его мельчайшую деталь. Это ненадолго поднимает нам настроение, но в конечном итоге причиняет еще большую боль.

Беспокойство по поводу проблемы заставляет нас чувствовать, что мы что-то делаем для ее решения. Существует иллюзия, что каким-то образом, после всех этих размышлений об этом, мы найдем решение. Проблема в том, что мы часто размышляем о неразрешимых проблемах, с которыми ничего не можем поделать. Вместо того чтобы отпустить, мы размышляем снова и снова.

Размышления начинают становиться проблемой, когда мы становимся одержимыми какими-то вещами. Когда это постоянное ворочание мыслей в нашей голове больше не служит нам, именно тогда нам нужно отпустить их.

Мы живем в двойственности. Мы такие, какие мы есть. Но мы хотим, чтобы другие видели нас не совсем такими, какие мы есть. И мы продолжаем цепляться за эту двойственность бытия и видимости. Нам нужно перестать думать о том, какими мы хотим, чтобы другие видели нас. К сожалению, социальные сети для многих стали инструментом общения с людьми, подталкивающим к одиночеству. Мы сравниваем наше "отсутствие" с тем, что мы видим в "бытии' других.

Отпускание - это противоположность цеплянию. Отпустить - значит мысленно ослабить нашу хватку за что-то. Эта потеря контроля - вот почему мы предпочитаем не позволять идти. Когда мы за что-то держимся, мы все еще тешим себя мыслью, что не контролируем ситуацию.

Мы можем отпустить ситуацию, когда примем тот факт, что не контролируем ее. Это особенно верно в отношении проблем в отношениях, когда иногда нам приходится отпустить проблему и просто позволить ей быть такой, какая она есть.

У нас есть привычка цепляться за материальные ценности. Это происходит потому, что мы привязываем свои эмоции к материальным вещам — нашей комнате, нашим игрушкам, нашему одеялу, нашей машине, нашим подаркам. Наши вещи имеют сентиментальную ценность. Самая распространенная причина, по которой мы цепляемся за вещи, заключается в том, что мы сентиментальные существа. Иногда мы держимся, потому что беспокоимся, что эти вещи могут нам снова понадобиться. Мы чувствуем вину за то, что избавляемся от чего-то от того, кого любим. Или мы чувствуем вину за потраченные деньги. Мы привязываем наши мечты и надежды к нашему имуществу.

Иногда, когда мы прощаемся с чем-то, мы также прощаемся с надеждой, которую эта вещь олицетворяет для нас. Отказ от этих вещей может восприниматься как неудача или смущение. Это может быть похоже на отказ от мечты.

То, от чего мы больше всего боремся избавиться, скорее всего, связано с нашей самооценкой.

В порочном круге беспорядок, возникающий в результате реакции на чувства пустоты, страха, вины и беспокойства в прошлом, может заставить нас создавать еще больший беспорядок и может усугубиться реактивной эмоциональной болью от еще большей вины и стыда, страха, тревоги.

То, за что мы держимся больше всего, определяет нашу самооценку. Например, если мы придаем большое значение успеху, нам может быть трудно расстаться с вещами, которые являются осязаемыми свидетельствами наших достижений, такими как награды или аттестаты об окончании колледжа. Выбрасывание этих вещей может заставить нас чувствовать себя менее успешными.

Или, если мы превыше всего ценим наши отношения, избавиться от подарков от людей может оказаться сложнее. Выбрасывание нежелательных или неиспользованных подарков может заставить нас почувствовать, что мы проявляем нелояльность по отношению к дарителю. Это может относиться и к дню рождения а также поздравительные открытки, которые могут показать нам, что нас любят и ценят, доказывая, что мы что-то значим для других.

Беспорядок — это не просто отражение наших эмоций, воспоминаний, ценности и идентичности, но он также может отвлекать от решения более глубоких проблем - и защищать от боли. "Когда мы загромождаем вещи, мы не можем видеть вокруг себя, что позволяет нам не иметь с этим дела — это способ справиться".

Чем больше мы избавляемся от ненужного, тем лучше у нас это получается и тем более осознанными мы становимся в выборе того, что сохранить, выбросить и к чему стремиться в нашей жизни. Немного свободного пространства помогает освободить место для нового образа жизни, который способствует укреплению отношений и делает нас сильнее за счет улучшения физического и психического здоровья.

Воспоминания и эмоции

Мы продолжаем жить прошлым. Прошлое уже случилось. Но мы сохраняем мысли о прошлом живыми в настоящем. Цепляться за прошлое - значит делать его частью настоящего. Это как если бы мы заново переживали это в настоящем. Мы используем прошлый опыт в качестве оправдания наших текущих действий. Цепляние за прошлое не позволяет нам двигаться дальше. Потому что каждая капля энергии, которую мы тратим на то, чтобы цепляться за прошлое, - это капля энергии, которой у нас нет для создания нашего настоящего и нашего будущего.

Мы цепляемся за события, которые носят ярко выраженный негативный или позитивный характер. Это могут быть прошлые обиды, предательства, жестокое обращение, а также ярко выраженные позитивные воспоминания.

Мы держимся, потому что верим, что удержание создает защиту от будущих обид. Если мы сохраним это в нашем состоянии 'осознанности', тогда нам больше не причинят вреда. Если мы отпустим это, то окажемся в неведении.

Некоторые из нас цепляются за прошлые обиды, потому что нам нравится драма о травме. Мы хотим, чтобы кто-то был виноват в нашей жизни, что удерживает нас в положении жертвы. Это отличный способ сделать других жертвами и манипулировать ими. Мы не только живем прошлым, мы очень легко используем его, чтобы заставить других ошибаться.

Цепляться за прошлое всегда вредно, так или иначе. Это требует суждения, а суждение по самой своей природе разрушительно.

Даже цепляние за позитивные события прошлого создает огромные ограничения в нашей жизни!

Когда у нас входит в привычку постоянно говорить о наших прошлых достижениях и успехах, о наших самых счастливых моментах, мы неосознанно склонны сравнивать наше прошлое с нашим настоящим. Мы уже не те, кем были 10 или 20 лет назад. Воспоминание о позитивном прошлом сопряжено с риском возникновения чувства, что настоящее не так хорошо, и может сделать его несчастным.

Важно понимать, что воспоминания о прошлом, хорошие или плохие, не могут быть стерты. Бессмысленно 'забывать прошлое'. Как же мы тогда отпускаем?

Мы не можем стереть эту память. Мы можем поработать над эмоциями, запечатлевшимися в наших воспоминаниях.

Мысли о прошлом всегда заряжены положительно или отрицательно какими-то положительными или отрицательными чувствами и эмоциями. Если бы мы могли попрактиковаться в преобразовании положительного или отрицательного заряда в нейтральный, тогда мы перестали бы зацикливаться на прошлом. Итак, то, что тогда останется, будет воспоминанием с нейтральным эмоциональным зарядом. Итак, нам не нужно стирать память, потому что, возможно, нам это и не понадобится. Если это достойно того, чтобы о нем помнили, память останется. Иначе это исчезнет само собой. В обоих случаях это просто прекрасно. И когда мы нейтрализуем эмоции наших воспоминаний, мы перестаем цепляться, мы отпускаем их. Теперь мы будем более полно находиться в настоящем, полностью осознавая их. Это и есть осознанность.

Как Отпустить

Намеренный выбор отпустить говорит нашему подсознанию, что мы готовы исцелиться и двигаться дальше. Наша привязанность к болезненному прошлому опыту начинает разрушаться.

- Отпустить - не значит избавиться от чего-то. Отпустить - значит позволить быть. Когда мы проявляем сострадание, все приходит и уходит само по себе.'

1. Действуй, ничего не ожидая. Делать, просто получать удовольствие от того, что делаешь. Действия, основанные на ожиданиях, приводят к разочарованию, когда ожидания не оправдываются. Это верно и в отношении отношений.

2. Не привязывайтесь к результату. Обязуйтесь делать.

3. Откажитесь от мысли, что мы можем контролировать действия других. Мы контролируем только самих себя и то, как мы действуем.

4. Оставляйте место для ошибок.

5. Примите то, что мы не можем изменить.

6. Осваивайте новый навык.

7. Измените восприятие, посмотрите на первопричину как на скрытое благо.

8. Выплакивайте это; выплакивание негативных чувств освобождает их.

9. Направьте недовольство в русло немедленных позитивных действий.

10. Внимательность, медитация или пранаяма, чтобы вернуться в настоящий момент.

11. Составьте список достижений, даже самых незначительных, таких как начало ежедневной прогулки или работа над диетой, и ежедневно пополняйте его.

12. Занимайтесь физической активностью. Физические упражнения повышают уровень эндорфинов, которые улучшают душевное состояние.

13. Сосредоточьте энергию на том, что мы можем контролировать, а не на том, что мы не можем.

14. Творчески выражайте свои чувства.

15. Безопасно выплескивайте свои эмоции.

16. Избавьте себя от стрессовой ситуации, измените ее или примите – эти действия создают счастье; удержание горечи никогда не приводит к этому.

17. Определите, чему нас научил этот опыт, чтобы помочь развить чувство завершенности.

18. Записывайте мысли в дневник. Это форма самовыражения.

19. Поощряйте себя за небольшие акты принятия.

20. Соприкоснитесь с природой. Это связывает нас с нашими 'корнями'.

21. Погрузитесь в групповое занятие. Быть с незнакомыми людьми. Наслаждайтесь людьми вокруг.

22. Метафорически высвободите его. Запишите все ударения и выбросьте бумагу в канализацию. Промойте его. Это действительно работает.

23. Погрузитесь в творческую фантазию. Посмотрите на это через десять лет. Затем посмотрите на двадцать лет, а затем на

тридцать. Многое из того, о чем мы беспокоились примерно то, что было в прошлом и сейчас, не имело бы значения по большому счету.

24.   Смейся над этим.

25.   Просто сделай это.

" Страдание тебя не удерживает. Вы удерживаете страдание. Когда вы овладеете искусством отпускать страдания, тогда вы поймете, насколько ненужным было для вас таскать с собой это бремя. Вы увидите, что никто другой, кроме вас, не нес за это ответственности. Истина в том, что существование хочет, чтобы ваша жизнь стала праздником".

"Обнови, освободи, отпусти. Вчерашний день прошел. Ты ничего не можешь сделать, чтобы вернуть это обратно. Вы не можете "должны были" что-то сделать. Вы можете только что-то сделать. Обнови себя. Освободите эту привязанность. Сегодня новый день!"

Неудачи и эмоциональное выгорание

"Быть брошенным вызову в жизни неизбежно, быть побежденным необязательно".
"Конечно, это тяжело. Это должно быть тяжело. Если бы это было легко, все сделал бы это. Трудность - вот что делает его великим.'

– Майкл Джордан

"Когда я оглядываюсь назад на свою жизнь, я понимаю, что каждый раз, когда я думал, что меня отвергают от чего-то хорошего, на самом деле меня перенаправляли к чему-то лучшему".

"Поломки могут привести к прорывам. Все разваливается, чтобы все могло сложиться вместе".

Я мотивировал себя. Я пытался.

Я пытался. Я потерпел неудачу.

Я потерпел неудачу. Я неудачник

Как мне снова мотивировать себя? Что, если я снова потерплю неудачу?

У меня нет мотивации повторять попытку. У меня нет сил повторять попытку.

Я боюсь пробовать снова.

Я не знаю, почему у меня ничего не вышло.

Я не знаю, как попробовать еще раз.

Мы все сталкиваемся с неудачами, срывами и рецидивами в наших жизненных путешествиях.

Незначительные неудачи выбивают нас из колеи на короткое время, но другие, может показаться, пускают под откос всю нашу жизнь. Все мы испытываем их в какой-то момент жизни.

То, как мы справляемся со своими неудачами, определяет наш жизненный путь. У некоторых из нас хватает сил просто собрать все по кусочкам и двигаться дальше. Другим трудно отпустить это. Сталкиваясь с неудачами, срывами и рецидивами, мы все испытываем разочарование, безнадежность, печаль, досаду или гнев. Каждый из нас справляется с этим по-своему. Кто-то выбирает отрицание, кто-то гнев, кто-то скорбь, а кто-то просто решает убежать. То, что мы делаем с этими чувствами, отличает нас друг от друга. Как нам выйти из этих трудных времен?

Не у всех из нас есть силы или мотивация для того, чтобы внести изменения в свою жизнь. Те из нас, кто получает вдохновение и мотивацию... пытаются. Может быть множество причин, по которым мы можем не достичь того, чего хотим. Мы терпим неудачу. Мы считаем это неудачей. *Неудачи отбрасывают нас назад.* Самая большая проблема, связанная с неудачей, заключается в том, что для повторной попытки требуется больше мотивации, чем на предыдущем уровне. Мы пытались с определенным уровнем мотивации, но не смогли добиться успеха. В следующий раз потребуется больше самоубеждения, больше мотивации, больше усилий, больше самоограничивающих убеждений, которые нужно расшатать, больше сомнений и вопросов, которые нужно преодолеть, больше эмоций, над которыми нужно поработать... чтобы иметь возможность вернуться на наш жизненный путь. И это становится все труднее и труднее каждый раз, когда мы натыкаемся на препятствие. Мы устаем даже от попыток. Мы перегораем. До того времени, когда неудачи станут историей нашей жизни. Именно так мы решаем идентифицировать себя.

Как нам осмыслить то, что произошло, и обрести большее чувство самосознания?

Хотя неудачи и препятствия могут сбить нас с толку, они также являются возможностью взглянуть на нашу жизнь с другой точки зрения. Многие прорывы были достигнуты после того, как люди пошли на риск, наткнулись на препятствие, перегруппировались и двинулись вперед.

"Неудача часто толкает нас на дорогу, которая еще хуже, но ведет к еще лучшему пункту назначения".

"Чем тяжелее неудача, тем лучше возвращение".

"Неудача - это возможность начать все сначала, на этот раз более разумно".

Различные типы препятствий

Хотя неудачи, заграждения на дорогах и поражения - все это препятствия, стоящие между тем, где мы находимся сейчас, и тем, где мы хотим быть, каждое из них представляет собой разный уровень сложности.

Неудачи обычно представляют собой относительно незначительные сбои. Они подобны нарушителям скоростного режима в том смысле, что они нас не останавливают. Они просто замедляют нас.

Рецидивы - это ухудшение состояния после периода успеха. Это возвращение к прежнему состоянию бытия после периода перемен и трансформации.

Блокпосты - это препятствия, которые делают немного больше, чем просто замедляют нас. Они заставляют нас 'застревать'. Они не только препятствуют нашему прогрессу, но и мешают нам чего-то достичь. Возможно, нам удастся "пересечь контрольно-пропускные пункты", но это требует времени и усилий.

Сбои - это неспособность функционировать, неспособность прогрессировать или оказывать влияние, коллапс.

Поражения передают ощущение "разбитости", чувство деморализации и подавленности невзгодами. Это мать всех неудач и препятствий на пути. Поражения могут стать серьезными жизненными переменами, которые могут изменить восприятие нашей жизни.

Итак, когда мы называем наши препятствия неудачей, рецидивом, препятствием на пути, срывом или поражением? Ответ заключается не в неудаче или препятствии. *Это зависит от нашего восприятия препятствия и нашей модели реакции.* Это степень и интенсивность, до которой мы подавлены или оттеснены назад. *Это зависит от нашей надежды и от того, как мы справляемся.* Если мы полностью сдадимся, это будет поражением. Если мы замедлимся, изменим свое восприятие и будем двигаться с удвоенной энергией, значит, это была просто неудача.

По мере того как мы меняем наше восприятие и ломаем наши стереотипы, то же самое препятствие, которое выглядело как поражение, может превратиться в незначительную неудачу.

Когда мы сталкиваемся с препятствием лицом к лицу, мы обвиняем. Вините ситуацию, вините людей, вините судьбу, вините Бога и даже самих себя. Другой реакцией на неудачу или поражение является гнев. Гнев, потому что мы чувствуем разочарование и грусть из-за того, что подвели себя потому что на данный момент мы находимся не совсем там, где хотели бы быть. Именно так мы реагируем, что на самом деле причиняем себе вред.

Ни одна из этих негативных реакций, чувств или откликов не поможет нам достичь того, чего мы хотим. Хуже того, они останавливают нас как вкопанных. Мы погружаемся в отчаяние, как пыль в разорванную суматоху, ходим по кругу, и по кругу, и по кругу, тратим много энергии, но ничего не добиваемся. Вот что мы чувствуем. Как будто мы просто вращаемся по кругу и не уверены, как выбраться из этой суматохи, чтобы снова начать двигаться вперед.

Неудача на пути к повышению

Признайте это

Никто не застрахован от неудач. Столкнувшись с неудачей, распознайте ее и примите к сведению. Это запускает процесс переформирования. С другой стороны, мы уже не будем теми людьми, которыми были раньше.

Устраните вину

Иногда что-то случается без всякой видимой причины. Изучать пути продвижения вперед гораздо полезнее, чем пытаться обвинять или дуться.

Потребуется время

Физическим ранам нужно время, чтобы зажить. Эмоциональные раны заживают дольше. Очевидно, что нам нужно дать себе время преодолеть наши неудачи. Нетерпение только усложняет и затягивает процесс. Мы всегда очень спешим решить наши проблемы и двигаться дальше. Нетерпение стало привычкой, которая влияет на другие сферы нашей жизни. Позвольте движению времени протолкнуть нас сквозь это. Время действительно лечит!

Испытайте эти эмоции

Если мы игнорируем свои эмоции, в какой-то момент они проявятся, и часто более разрушительным образом. Определите крайний срок – день, неделю, месяц, – чтобы испытать эмоциональный отклик. Пока мы это делаем, наблюдайте за своим ощущением. Записывайте свои мысли в журнал. Затем вытрите слезы в последний раз и приготовьтесь снова двигаться вперед.

Примите реальность

Один из лучших способов преодолеть неудачу - это принять реальность, даже если результат кажется несправедливым. Этого не должно было случиться, говорим мы себе. Может быть, и так. Некоторые решения являются сложными, и мы не всегда можем знать, какие факторы сработали против нас. Это могло быть так же просто, как неподходящее время. Это возможность освободиться от самоотречения. Пока мы не примем то, что произошло, мы будем застревать в состоянии отрицания, где правят наши эмоции.

Измените перспективу: Нормализуйте – измените приоритеты – переосмыслите структуру

Нормализовать. Каждый борется. Мы просто видим успешные профили. Мы не обращаем внимания на истории борьбы на заднем плане. Это нормально - испытывать неудачи. Ожидайте, что вам бросят вызов и вы будете разочарованы. Знайте, что мы не одиноки.

Измените приоритеты. По шкале от 1 до 10, насколько это серьезная проблема или препятствие? Мы склонны преувеличивать. Изменение приоритетов дает нам реалистичный взгляд на препятствие.

Переосмыслить. Подумайте о преимуществах, которые могут возникнуть. Какой новый смысл мы могли бы извлечь из этого? Ищите способ переосмыслить то, что произошло, в терминах, которые могут помочь нам добиться положительного результата.

Перейти от "нет" к "еще нет"

Ключ в том, чтобы перейти от убеждения себя "Нет, я потерпел неудачу" к "Пока нет, но я это сделаю".

Рассматривайте неудачу как процесс, а не как самоцель. Такое мышление поможет заглушить негативный голос в наших головах, который хочет, чтобы мы уволились, когда ситуация становится трудной. Если мы верим, что можем извлечь уроки из неудач и у нас есть потенциал для успеха, мы находим в себе силы попробовать еще раз.

Оставайтесь в настоящем

Чем больше мы зацикливаемся на том, что произошло, мы будем переживать это снова и снова в своем сознании, тем больше наш страх, что то же самое повторится, будет сдерживать нас.

Сделать перерыв

Дышать. Сделай что-нибудь веселое. Дайте уму передышку. Нам нужны перерывы, чтобы сломать стереотипы.

Уточните, в чем заключалась цель

Когда наш план проваливается, первое, что нам нужно сделать, это уточнить, чего именно мы надеялись достичь. Реализм и точность важны для того, чтобы избежать чрезмерной реакции.

Проясните результат

Как только нам станет ясно, чего мы пытаемся достичь, важно понять, что... мы чего-то достигли. Абсолютно все редко идет наперекосяк. Определите как положительные, так и отрицательные стороны. Возможно, нам потребуется внести изменения, не отменяя часть уже проделанной хорошей работы.

Перечислите правильные вещи и те, которые пошли не так

Это не сеанс нытья. Это не игра в обвинителей. Осознание и принятие ошибок. Перечислите ошибки.

Разделите список на 2 части

Нам нужно разделить список на две части. Когда план проваливается, не все, что привело к его провалу, находится под нашим контролем. Назовите списки — то, что находится *под моим контролем*, и то, что *вне моего контроля*. Просмотрите каждый элемент в списке и распределите его по категориям.

Вычеркните список вещей, которые мы не можем изменить

Когда план проваливается, мы проклинаем и стенаем на факторы, которые не можем контролировать. Мы будем биться головами о стену. Примите тот факт, что мы ничего не могли с этим поделать. Выбросьте из головы второй список и сосредоточьтесь на первом.

Составьте план действий

Переопределите цель. Извлекайте уроки на будущее. Подумайте о возможных препятствиях, которые могут возникнуть, и спланируйте их преодоление. Нам нужно предвидеть, что мы столкнемся с проблемами, и иметь наготове планы действий на случай непредвиденных обстоятельств, когда эти проблемы возникнут. Будьте гибкими и непредубежденными к пробованию новых подходов.

Принимать меры

"Знать недостаточно; мы должны применять. Желания недостаточно; мы должны делать".
Брюс Ли

Мы не можем изменить то, что было сделано, но мы можем решить справиться с этим.

Неудача приходит двумя путями: нашими действиями и нашим бездействием. Когда мы размышляем о наших самых больших сожалениях, мы жалеем, что не можем исправить бездействие, а не действия! Когда жизнь сбивает нас с ног, поднимайтесь снова. И когда это снова собьет нас с ног, поднимайтесь снова. Это единственный способ преодолеть неудачу.

Выгорание

Мы пробуем и пробуем снова. Мы устаем от попыток. Мы перегораем.

Выгорание - это состояние ума, которое возникает при длительном, неразрешенном стрессе. Выгорание - это потеря смысла в наших усилиях и потугах в сочетании с умственным, эмоциональным или физическим истощением.

Эмоциональное выгорание может затронуть любого человека в любое время.

Фаза медового месяца

Когда мы начинаем действовать в направлении нашей трансформации, мы начинаем с большого позитива, целеустремленности и энергии. Это фаза медового месяца – все хорошо, хорошо началось.

Начинается стресс

Вторая стадия эмоционального выгорания начинается с осознания того, что некоторые дни бывают более трудными, чем другие, а усилия менее вознаграждаемыми. Оптимизм начинает терпеть побои. Стресс начинает проявляться физически, эмоционально и в наших действиях.

Накапливается стресс

Третья стадия эмоционального выгорания - это хронический стресс. То, что казалось неудачей, вскоре становится препятствием на пути или поломкой.

Выгорание

Переход к четвертой стадии эмоционального выгорания - это когда симптомы становятся критическими. Это и есть настоящее выгорание. Продолжать в обычном режиме часто невозможно. Срывы начинают выглядеть как поражения.

Выгорание становится закономерностью

Выгорание становится историей нашей жизни, историей, из-за которой мы сдаемся. Мы просто перестали пытаться. Не осталось никакой надежды справиться.

"Страх неудачи порождает порочный круг, который создает то, чего больше всего боятся".

Неужели именно так мы хотим прожить всю оставшуюся жизнь?

Не делаем всего того, на что мы в полной мере способны, потому что просто сдались?

Ребенок, который учится стоять, ходить, падать, плакать, а затем пробовать.

Он снова падает. Но на этот раз усилий потребовалось больше, чем при первой попытке. Он пытается снова и снова. И шаг за шагом, маленькие шажки подталкивают ребенка к достижению цели. Бежать. Ребенку требовалось время, усилия, но он плакал и старался. Называет ли ребенок это неудачей, нервным срывом или поражением?

Важно иногда быть похожим на ребенка, достаточно упрямым, чтобы не сдаваться и продолжать требовать от себя большего!

Мы живем в *мгновенном* мире. Мы - *нетерпеливое* поколение. Мы верим, что есть быстрое средство от всего – таблетка от любой болезни! Но таблетка не устраняет причину или генезис заболевания.

"Требуется целая жизнь, чтобы попасть в ту переделку, в которой мы оказались. Дай себе немного времени, чтобы прийти в себя."

Чтобы исцелить больного, требуется нечто большее, чем хорошая книга, проповедь или 6-шаговый сценарий.

Готовы ли мы к этому?

Трансформация - это не разовое событие. Нельзя просто прочитать книгу или блог, пройти курс и думать, что все проблемы будут решены. Мы потерпим неудачу в этом процессе, потерпим неудачу и будем чувствовать себя неудачниками. Это нормально! Пробовать снова. Мы извлекаем гораздо больше уроков из неудач, чем из успеха.

"Если ничего не меняется, то ничего не меняется".

"Иногда то, что нам больше всего нужно сделать, - это то, чего мы больше всего боимся".

"На самом деле нам нужны взлеты и падения в жизни. Взлеты напоминают нам, куда мы хотим попасть, а падения подталкивают нас к тому, чтобы добраться туда. Со временем взлеты продолжают становиться все выше, а минимумы уже не такие низкие".

"Жизнь - это череда переживаний, каждое из которых делает нас больше, хотя иногда это трудно осознать. Ибо мир был создан для развития характера, и мы должны усвоить, что неудачи и огорчения, которые мы переживаем, помогают нам двигаться вперед". —
Генри Форд

"Вы знаете, у каждого в жизни бывают неудачи, и каждый не достигает тех целей, которые он мог бы перед собой поставить. Это часть жизни и примирения с тем, кто ты есть как личность". — Хиллари Клинтон

"Самая первая компания, которую я основал, с треском провалилась. Второй провалился немного меньше, но все равно провалился. Третий, знаете ли, по-настоящему провалился, но в целом все было в порядке. Я быстро пришел в себя. Номер четыре почти не провалился. Это все еще было не очень приятно, но все прошло нормально. Номером пять был PayPal." — Макс Левчин, бывший технический директор PayPal

Ломка шаблонов

"Никто вне нас самих не может управлять нами внутренне. Когда мы узнаем это, мы становимся свободными".

— Будда

"Мы - это то, что мы постоянно делаем. Таким образом, совершенство - это не действие, а привычка".

— Аристотель

"Уйти от всего этого, многие люди хотят этого, и, конечно, в конечном счете единственный способ уйти от всего этого - это уйти внутрь себя сейчас".

— Экхарт Толле

"Креативность предполагает выход за рамки устоявшихся шаблонов, чтобы взглянуть на вещи по-другому".

— Эдвард де Боно

"Цепочки узоров слишком легки, чтобы их можно было почувствовать, пока они не станут слишком тяжелыми, чтобы их можно было разорвать".

"Все это плод воображения — все, что мы думаем, чувствуем, осязаем — проходит через человеческий мозг. И как только мы создаем новые паттерны в этом мозге, как только мы формируем мозг по-новому, он никогда не возвращается к своей первоначальной форме".

"Двигаться дальше - это первый этап освобождения от прошлого, в то время как последняя стадия - это отпускание".

"Вырваться на свободу или нет, обычно определяется тем, хотите ли вы попасть куда-то медленно или никуда быстро".

Что такое наша жизнь? Это путешествие по открытию своего 'я'. Мы оказываемся пойманными в жизненные петли. Истории разные, ситуации разные, но наши модели поведения остаются прежними.

Когда мы сталкиваемся с чем-то негативным, мы отмахиваемся от этого как от разового инцидента и обвиняем себя или окружающую среду. А потом мы забываем об этом. Но каждый раз, когда это случается, мы реагируем и забываем. И мы ничему из этого не учимся. Все потому, что мы не в состоянии распознать закономерности. Итак, мы продолжаем притягивать подобные ситуации в свою жизнь и виним себя, свое окружение или даже Бога!

Большинство решений, которые мы принимаем, принимаются на подсознательном уровне, который мы до конца не осознаем. На эти лежащие в основе решения, принимаемые за доли секунды, влияют наши "восприятия" и ошибочные убеждения из нашего прошлого. Мы видим, как паттерны в нашей жизни повторяются снова и снова, и мы не знаем, как остановиться. Кажется, что от них трудно избавиться, потому что они глубоко укоренились в нашем существе благодаря постоянному повторению. Когда мы углубляемся в определенные закономерности, мы обнаруживаем, что их глубинные причины одни и те же. Разобравшись с этой причиной, мы можем избавиться от многих нежелательных форм поведения в нашей жизни.

Паттерны могут быть взаимосвязаны с другими, некоторые причины также могут быть самими паттернами! Возможно, будет нелегко полностью искоренить такие паттерны за один раз. Продолжайте работать и будьте последовательны. Впоследствии мы придем к тому моменту, когда коренные причины будут должным образом устранены и шаблоны будут нарушены.

Как разрушить шаблоны

Паттерны возникают в результате внутренних, фундаментальных 'настроек по умолчанию' нашего разума и тела. Эти настройки по умолчанию "устанавливаются" на основе нашей врожденной природы, чувствительности, внутренних убеждений и ценностей, которых мы придерживаемся. Чтобы 'сломать шаблон', нам нужно заглянуть внутрь себя, определить триггеры и закономерности и устранить их. Хорошо то, что шаблоны можно "сбросить'.

"Правда сделает тебя свободным, но сначала она сделает тебя несчастным".

Итак, как же нам на самом деле сбросить наши шаблоны?

Определите конкретное поведение, которое необходимо изменить или развить. Определите триггеры.

Разберитесь с триггерами.

Разработайте план замены. Измените более крупный узор. Используйте подсказки и напоминания. Получите поддержку.

Поддерживайте и вознаграждайте самих себя. Будьте настойчивы и терпеливы.

Запустите процесс избавления от привычек, размышляя в терминах конкретных, выполнимых форм поведения.

Ведение журнала негативных стереотипов в нашей жизни поможет нам определить и выбрать, от чего следует избавиться.

1. **Перечислите последние несколько раз, когда мы оказывались в подобной ситуации.** Выберите шаблон, от которого мы хотим вырваться. Перечислите несколько предыдущих напряженных ситуаций, с которыми мы сталкивались.

2. **Перечислите факторы для каждой ситуации, которые привели к результату.** Перечислите как можно больше факторов, которые привели к каждому инциденту. Возможно, у каждого инцидента есть более одного триггера, поэтому перечислите как можно больше триггеров.

3. **Определите общие черты между этими факторами.** Посмотрите на все перечисленные факторы. Обратите внимание на любые общие черты в этих инцидентах. По всем перечисленным факторам было бы несколько доминирующих тенденций.

4. **Детализируйте причины возникновения факторов.** Детализируйте эти общие факторы. Что привело к возникновению этих факторов? Для каждого ответа копните глубже, чтобы определить первопричину. За этими факторами может стоять несколько причин.

5. **Определите шаги по устранению причины.** Что мне делать, чтобы устранить причины? Составьте план действий. Когда мы приступаем к описанию шагов, может показаться, что они не касаются шаблонов напрямую. Тем не менее, поскольку это устраняет одну из причин, это может помочь вырваться из шаблона.

Обычно шаблоны и рутинный бихевиоризм могут быть полезны для нашей системы, потому что они переводят наш мозг в режим автопилота. Обратная сторона этих рутинных шаблонов проявляется в том, что они чаще попадают в колонку "Плохие", чем "хорошие".

Всегда есть триггер для запуска паттерна. Триггеры могут быть внутренними или внешними, эмоциональными или ситуативными, а также связанными с окружающей средой. Меньшие узоры могут быть встроены в более крупные узоры. Если мы правильно разберемся в первопричинах, определим правильные планы действий и будем действовать в соответствии с ними, шаблоны начнут исчезать.

Рассматривая и изменяя более масштабный паттерн, мы на самом деле не только облегчаем борьбу с нашими основными привычками, но и тренируем свою силу воли на более мелких и простых способах поведения, нарушающих этот паттерн. Это усиливает наше ощущение силы.

Важно понимать, что потребуется время для формирования новых нейронных путей, для того, чтобы старые исчезли, для того, чтобы новые заменили старые. Осторожно! Не используйте это как предлог для увольнения.

Несколько трудных вопросов

Удивительно, но мы неохотно погружаемся в свое прошлое сознательно, с позитивной целью. С другой стороны, мы продолжаем размышлять о плохом без всякой причины. Оглядываться назад и выяснять, почему все произошло именно так, как произошло, может быть болезненно и разочаровывающе. Если мы не в состоянии определить, почему эти паттерны происходят в нашей жизни, мы никогда не сможем остановить их, чтобы создать новый опыт.

Поймите причину, по которой нам нужно нарушить этот шаблон и что делает его нездоровым. Первым шагом к исправлению проблемы всегда является понимание того, почему она должна быть исправлена. Таким образом, мы увидим выгоду и будем иметь цель, к которой нужно стремиться с самого начала.

Готовы ли мы честно ответить на некоторые вопросы? Остановитесь и поразмыслите – принимались ли решения в жизни: от отчаяния? Импульсивно?

Из страха упустить прекрасную возможность? От эгоизма к поддержанию имиджа или репутации?

Было ли это решение основано на том, как другие люди воспримут нас?

Чтобы доказать кому-то свою правоту? Родители? Друзья? Подписчики в социальных сетях?

Чтобы выбрать самый безопасный маршрут из возможных? Слепо доверяя другим?

Намеренно причинять вред самому себе – самосаботаж?

Где подобные решения проявляли себя в других сферах жизни?

У кого я научился быть таким? Кто был таким в моем детстве?

Что я наблюдал в отношениях между моими родителями?

Неужели в детстве на мои потребности так не обращали внимания, что я иду по жизни в поисках любви, но постоянно нахожу только людей, которые бросают меня?

Отказываюсь ли я от себя? Другие?

Еще несколько вопросов для самосознания:

В каких сферах моей жизни я страдаю?

Как я отношусь к себе, к своим отношениям или к своей карьере? Какие чувства я испытываю по этому поводу? Это печаль, беспокойство, вина или гнев? Что мешает мне быть тем человеком, которым я хочу быть?

Где в моей семье я наблюдал подобный образ жизни в детстве?

Каковы последствия сегодня, в моей жизни, того, что я продолжаю вести себя таким образом?

Почему и что я хочу изменить?

Каково мое видение своей жизни в конкретных терминах? Как я буду чувствовать себя в этом видении?

Не все трансформационные изменения, которые мы переживаем, сразу очевидны, многие из них неуловимы.

Это непрерывный процесс, и это тяжелая работа. Но это необходимо сделать, чтобы мы могли продолжать расти и совершенствоваться и, следовательно, развивать более здоровые отношения с самими собой и другими людьми.

Это может показаться монументальным, невозможным или трудным, но это необходимо для нашего внутреннего покоя и роста. Самый простой способ - позволить нездоровым привычкам сохраняться, не предпринимая вообще никаких действий, но в конце концов мы поймем, что мы не по-настоящему счастливы и что нам нужно что-то большее. Вот тут-то и приходит на помощь **_разрушение шаблона_**. Это поможет нам не только стать лучшими версиями самих себя, но и привлечет позитивных людей, здоровые связи, наполненную силой жизнь и то, что лучше и здоровее подходит для нас.

"Секрет перемен в том, чтобы сосредоточить всю свою энергию не на борьбе со старым, а на построении нового". — Сократ

"Вы не можете изменить свое будущее; но вы можете изменить свои привычки, и, несомненно, ваши привычки... изменят ваше будущее". — Доктор Абдул Калам

"Ничего не происходит до тех пор, пока боль от того, что остаешься прежним, не перевешивает боль от перемен".

"Говоря "НЕТ" неправильным вещам, мы создаем пространство для того, чтобы сказать "ДА" правильным вещам".

"Трансформация - это гораздо больше, чем просто использование навыков, ресурсов и технологий. Все дело в привычках ума".

"Настоящая трансформация требует настоящей честности. Если ты хочешь двигаться вперед – будь честен с самим собой".

просто сделай это ...

"Совершенные маленькие поступки лучше, чем запланированные великие".

"Вам не обязательно быть великим, чтобы начать, но вы должны начать быть великим".

— Зиг Зиглар

"Действие - это великий восстановитель и созидатель уверенности. Бездействие - это не только результат, но и причина страха".

— Норман Винсент Пил

"Важно само действие, а не его плоды. Ты должен поступить правильно. Возможно, это не в вашей власти, возможно, не в ваше время, чтобы были какие-то плоды. Но это не значит, что вы перестаете поступать правильно. Возможно, вы никогда не узнаете, к каким результатам приведут ваши действия. Но если вы ничего не будете делать, результата не будет".

— Махатма Ганди

"Путешествие в тысячу миль начинается с одного шага". — Лао-цзы, просто сделай это!

Я осознаю это. Я принимаю это.

Я выбираю действовать.

Я предпочитаю отделять прошлое и будущее от настоящего. Я выбираю *изменить восприятие и разрушить шаблон*.

Иногда единственное, что нужно, - это сделать глубокий вдох, убедиться и просто действовать. Больше ничего не нужно. *Вселенная - это мысль!* И именно мысль может подтолкнуть нас к действию.

Действуйте, а не потому, что мы должны действовать. Действуй, а не для того, чтобы кому-то понравиться.

Действуй, а не потому, что нет другого выхода.

Я действую, потому что сам решаю действовать.

Я действую, потому что меня побуждает действовать что-то изнутри. Сосредоточьтесь на действии, а не на результате.

Действие - это то, что приводит к переменам. Обдумывать это в нашем сознании бессмысленно, пока мы этого не сделаем. Мы не можем забить гол, когда сидим на скамейке запасных. Для этого мы должны нарядиться и войти в игру.

Да, у нас должна быть цель. Только тогда мы сможем забить гол.

Целью не всегда может быть 'решение проблемы'. Потому что чем больше мы пытаемся понять проблему, чем больше мы пытаемся проанализировать проблему, тем больше мы будем увязать в ней и тем больше наша жизнь будет вращаться вокруг проблемы.

Наша цель должна быть за пределами наших проблем. Спросите –
Получу ли я душевный покой, самореализацию, расширение прав и возможностей или удовлетворенность, просто решив проблему?

Или же мной будет руководить что-то запредельное, даже если я, возможно, не знаю, как этого достичь?

Взгляните дальше изменения нашего восприятия самих себя, и мы изменим восприятие окружающего мира.

Смотрите дальше разрушения шаблонов, чтобы мы могли создавать более вдохновляющие модели бытия.

В тот момент, когда мы посвящаем себя процессу трансформации, начинается наша трансформация.

В тот момент, когда наш внутренний голос, наши мысли, наши эмоции, наше отношение приходят в соответствие, трансформация уже началась.

Мы можем достичь того, к чему стремимся, только благодаря нашей решимости и настойчивости, но принятие "мер" может быть спланировано, чтобы избежать ловушек на этом пути.

Действия могут быть просто предприняты. Планирование действий не сработает до тех пор, пока мы не приведем план в действие.

Мы хотим избежать паралича действий. Мы можем осознавать и принимать происходящее, но мы не хотим теряться в "принятии мер'. Принятие мер может показаться особенно трудным, когда мы стоим перед важным решением. Несмотря на то, что определенное планирование, подготовка и обдумывание важны, реальность такова, что принятие мер, даже небольших, будет иметь совокупный эффект, который продвинет нас вперед к принятию важных решений.

Иногда реальность такова, что "сделано" лучше, чем 'идеально'.

Возможно, мы обладаем тоннами знаний. У нас могут быть самые лучшие навыки, самое позитивное отношение и самые сильные убеждения. Но если мы будем ждать подходящего времени и просто продолжать планировать, из этого ничего не выйдет. Действие - это основа любого успеха. Каждое действие может не привести к успеху, но в то же время никакой успех невозможен без действия.

Цели придают жизни смысл и целеустремленность. Цели не являются самореализующимися. Нам нужен план действий. И необходимо действовать в соответствии с планами действий. Нас можно тренировать, но достижения требуют, чтобы в игру играли.

План действий

Думать о цели и фактически реализовывать ее - это две разные вещи. План действий - это список, в котором подробно описано все, что мы должны выполнить для выполнения задачи. Планы действий - это то, как мы воплощаем эти цели в реальность.

Определите, "Что"

Сделайте внутреннее взбивание. Осознайте и примите это. Созерцать. Мозговой штурм. Поразмышляйте над целями, поставленными ранее. Подумайте о целях, достигнутых ранее, и о тех, которые не были достигнуты. Определите закономерность.

Цели, которых мы успешно достигли, имели определенную цель. Те цели, которые нам не удалось достичь, этого не сделали. Это самый важный шаг. *Чего мы на самом деле хотим?*

Менее чем за 30 секунд быстро запишите три самые важные цели в жизни прямо сейчас. Какие бы три цели нам ни удалось записать, это, вероятно, точная картина того, чего мы хотим в жизни. Когда мы пишем поставив цель, мы как будто программируем ее в своем подсознании и активизируем целый ряд ментальных способностей, которые позволят нам достичь большего, чем мы когда-либо мечтали.

Мы начнем привлекать в нашу жизнь людей и обстоятельства, которые соответствуют достижению нашей цели.

Как только мы поймем, *что* мы такое, мы сможем сформулировать, что заставляет нас чувствовать себя удовлетворенными, и лучше понять, что движет нашим поведением, когда мы проявляем себя наилучшим образом. Когда мы сможем это сделать, у нас будет точка отсчета для всего, что мы будем делать в будущем.

Это позволяет лучше принимать решения и делать более четкий выбор.

Объявите цель

Наш разум - это хорошее пространство. Но в нем много беспорядка. Выбросьте цель из головы и перенесите ее на лист бумаги. Запишите это в журнал. Объявите об этом. Когда мы физически записываем нашу цель, когда мы заявляем о ней, мы получаем доступ к левому полушарию мозга, которое является логической стороной. Это говорит нашему мозгу о нашей приверженности делу.

Поставьте перед собой РАЗУМНУЮ цель

Наша РАЗУМНАЯ цель должна быть реалистичной и достижимой. В противном случае это будет постоянно приводить нас к неудачам и эмоциональному выгоранию. Установив РАЗУМНУЮ цель, мы можем начать мозговой штурм шагов, задач и инструментов, которые нам понадобятся, чтобы сделать наши действия эффективными.

Специфический	Нам нужно иметь конкретные идеи о том, чего мы хотим достичь. Для начала ответьте на вопросы "W": кто, что, где, когда и почему.
Измеримый	Нам нужен метод, с помощью которого мы могли бы прийти к знайте, какую часть цели мы достигли на каждом этапе, чтобы измерить наш прогресс.
Достижимый	Наша цель должна быть достижимой. Подумайте об инструментах, навыках и шагах, необходимых для достижения цели, и о том, как этого достичь их.

Подходящий	Почему цель так важна для нас? Согласуется ли это с нашей жизнью? Эти вопросы могут помочь нам определить истинную цель и стоит ли к ней стремиться.
Привязанный ко времени	Будь то ежедневная, еженедельная или ежемесячная цель, крайние сроки может побудить нас к действию раньше, чем позже.

Продолжающийся...

Делайте по одному шагу за раз

Когда мы отправляемся в автомобильное путешествие, мы используем карту для навигации от места отправления к месту назначения. Ту же идею можно применить и к плану действий. Подобно карте, наш план действий должен включать пошаговые инструкции о том, как мы достигнем нашей цели. Другими словами, это мини-цели, которые помогают нам достичь того, чего нам нужно.

Это может показаться сложным планированием, но благодаря этому наш план действий кажется 'более достижимым" и более управляемым. Самое главное, это помогает нам определить конкретные действия, которые нам необходимо предпринять на каждом этапе.

Расставьте приоритеты в задачах

Определившись с шагами действий, просмотрите список и расположите задачи в том порядке, который наиболее целесообразен. Матрица Эйзенхауэра - хороший инструмент для определения приоритетов.

	срочный	НЕ СРОЧНО
важный	**Квадрант 1** Срочный и важный 'кризис' Делать — Краткосрочные цели	**Квадрант 2** Не срочно, но важно План "Цели и планирование' Долгосрочные цели
НЕ ВАЖНО	**Квадрант 3** Срочно, но не важно 'Прерывания' Делегирование/задержка — не тратьте время впустую	**Квадрант 4** Не срочно и не важно 'Отвлекающие факторы' Устранить

Прежде чем использовать матрицу Эйзенхауэра, нам нужно четко определить, что является срочным и что важно. И это происходит от понимания наших восприятий и паттернов, от осознания того, кто мы есть и кем мы выбираем быть.

Как только мы определимся со срочными и важными задачами, следующим приоритетом будет стремиться проводить большую часть нашего времени в квадранте 2. Как лучше всего это сделать? Научитесь быть настойчивыми и говорить "нет" заданиям из квадранта 3. Отложите выполнение задач квадранта 4, предпочтительно ближе к концу.

И самое главное, проводите как можно больше времени в квадранте 2. Занимаемся важными делами, которые соответствуют нашему долгосрочному видению. Делаем все возможное, чтобы добраться до него до того, как это станет чрезвычайно срочным!

Запланируйте задачи

Следующий шаг - установить крайний срок.

Установление крайнего срока для достижения нашей цели является обязательным; это не позволяет нам откладывать начало реализации нашего плана действий. Главное - быть реалистом. Назначьте задачам дату начала и окончания для каждого созданного шага действия, а также график выполнения конкретных задач. Добавление их в наше расписание гарантирует, что мы будем оставаться сосредоточенными на этих задачах, когда они должны быть выполнены, не позволяя ничему другому отвлекать нас.

Если это большая цель, установите ряд промежуточных сроков. Разбейте конечную стойку ворот на вехи.

А что, если мы не достигнем нашей цели к установленному сроку? Установите другой крайний срок.

Помните, что крайний срок - это приблизительное представление о том, когда мы его достигнем.

Мы можем достичь нашей цели заблаговременно или это может занять гораздо больше времени, чем мы ожидаем, но у нас должно быть определенное время, прежде чем мы отправимся в путь.

Крайний срок действует как "система подталкивания" нашего подсознания к достижению нашей цели в установленные сроки.

Отмечайте пункты по ходу дела

Списки не только помогают воплотить наши цели в реальность, но и упорядочивают наш план действий и помогают отслеживать наш прогресс. Списки обеспечивают структуру, они уменьшают беспокойство. Когда мы вычеркиваем задачу из нашего плана действий, наш мозг выделяет дофамин. Эта награда заставляет нас чувствовать себя хорошо.

Просмотреть Сбросить уточнить Перезапустить Переработать

Этапы достижения цели носят циклический характер. Если мы достигаем наших целей, процесс начинается сначала с новой целью. Если есть препятствия, необходимо провести проверку, сброс или уточнение, чтобы процесс начался сначала. Мы можем достичь наших целей за считанные минуты, а это может растянуться на годы.

Достижение нашей цели - это процесс. Этот процесс требует времени. Мы можем испытывать неудачи, препятствия на пути, рецидивы, поражения и эмоциональное выгорание. Вместо того чтобы расстраиваться и опускать руки, запланируйте частые обзоры, чтобы видеть, как мы продвигаемся вперед. В начале нашего путешествия мы можем не знать, на правильном ли мы пути. Если это не то, чего мы хотим, возможно, нам придется изменить наш план действий. Переделай это.

Жизненные цели

Жизненные цели - это то, чего мы хотим достичь, и они гораздо более значимы, чем просто "чего нам нужно достичь, чтобы выжить'. В отличие от повседневной рутины или краткосрочных целей, они определяют наше поведение в долгосрочной перспективе. Они помогают нам определить, что мы хотим испытать с точки зрения наших ценностей. И поскольку это личные амбиции, они могут принимать самые разные формы. Но они дают нам чувство направления и делают нас ответственными за то, как мы стремимся к счастью и благополучию - к нашей наилучшей возможной жизни.

У многих из нас есть мечты. Мы знаем, что делает нас счастливыми, что мы хотели бы попробовать, и у нас может быть смутное представление о том, как бы мы этого добились. Но постановка четких целей может быть полезна несколькими способами, помимо принятия желаемого за действительное.

Постановка целей может прояснить наше поведение

Процесс постановки целей и мысли, которые мы вкладываем в их достижение, направляют наше внимание на то, почему, как и к чему мы стремимся. Таким образом, они дают нам возможность сосредоточиться и положительно влияют на нашу мотивацию.

Цели позволяют получать обратную связь

Если и когда мы узнаем, где мы хотим быть, мы сможем оценить, где мы находимся сейчас, и, по сути, наметить наш прогресс. Эта обратная связь помогает нам соответствующим образом скорректировать наше поведение. Допуская обратную связь, цели позволяют нам согласовывать или перестраивать наше поведение, не сбиваясь с пути.

Постановка целей может способствовать счастью

Когда наши цели основаны на наших ценностях, они имеют смысл. Смысл, цель и стремление к чему-то "большему" - это ключевой элемент счастья. Наряду с положительными эмоциями, отношениями, вовлеченностью и достижениями, это составляет то, что мы понимаем как "Хорошую жизнь'. Жизненные цели представляют собой нечто большее, чем повседневную рутину. Они позволяют нам следовать подлинным целям нашего выбора и наслаждаться чувством достижения, когда мы достигаем их. Даже стремление быть самыми лучшими из нас иногда само по себе может привести к счастью.

Они побуждают нас использовать наши сильные стороны

Когда мы задумываемся о том, что для нас важнее всего, мы можем лучше приспособиться к своим внутренним силам, а также к своим страстям. Наметить курс для себя - это одно, но использование наших сильных сторон для достижения цели дает целый набор других преимуществ. Знание и использование наших сильных сторон может повысить нашу уверенность в себе и даже способствовать ощущению хорошего здоровья и удовлетворенности жизнью. Использование их для достижения наших целей, следовательно, даже открытие того, что они собой представляют, может быть полезным для нашего благополучия.

Просто сделай Это!

Жизнь действительно проста, но мы настаиваем на том, чтобы усложнять ее.

Иногда, если мы достаточно глубоко задумаемся, мысли можно превратить в действие, просто щелкнув пальцем. Прямо сейчас. С помощью всего лишь правильного сдвига в наши мысли. Никаких планов не требуется. Планы должен составлять и воплощать в жизнь мозг. Планы упрощают действие.

Единственный необходимый план - это осознание и принятие. Нужен ли нам план?

Дышать, регулировать свое дыхание, выполнять пранаяму

Принимать себя такими, какие мы есть, и мир таким, какой он есть, оставаться в настоящем, быть внимательным

Любить себя и других и быть любимым, уважать себя и других и быть уважаемым

Простить себя и других, отпустить

Чтобы просто снова начать взрослеть, просто сделай это!

[Что касается всего остального, определите планы действий и цели!]

"Если вы хотите прожить счастливую жизнь, привязывайте ее к цели, а не к людям или вещам".

– Альберт Эйнштейн

"Единственным ограничением высоты ваших достижений является достижение ваших мечтаний и ваша готовность работать ради них".

– Мишель Обама

"Вам не обязательно быть фантастическим героем, чтобы делать определенные вещи – соревноваться. Ты можешь быть обычным парнем, достаточно мотивированным для достижения сложных целей".

– Эдмунд Хиллари

"Начните освобождать себя немедленно, делая все, что возможно, теми средствами, которые у вас есть, и по мере того, как вы будете действовать в этом духе, перед вами откроется путь к большему".

"Если ты будешь ждать, все, что произойдет, - это то, что ты станешь старше".

"Нам не нужны и, более того, никогда не будут нужны ответы на все вопросы, прежде чем мы начнем действовать… Часто, предпринимая действия, мы можем обнаружить некоторые из них".

"За видением должно следовать предприятие. Недостаточно просто смотреть вверх по ступенькам – мы должны подняться по лестнице".

Актер – Наблюдатель – Режиссер – продюсер

- Дневной свет. Я должен дождаться восхода солнца. Я должен подумать о новой жизни.

И я не должен сдаваться. Когда наступит рассвет, сегодняшняя ночь тоже станет воспоминанием. И начнется новый день."

Анупам Кхер, Самое лучшее В Тебе - Это Ты сам! *"Актерское мастерство - это правдивое поведение в воображаемых обстоятельствах".*

"В сознании сновидения... мы заставляем что-то происходить, желая этого, потому что мы не только наблюдаем за тем, что происходит

мы переживаем, но также и творца".

"Наблюдайте, и в этом наблюдении нет ни "наблюдателя", ни "наблюдаемого" — есть только происходящее наблюдение".

— Джидду Кришнамурти **Актер** - это участник действия или процесса. Исполнитель или Деятельница.

Наблюдатель - это человек, который наблюдает за чем-то или замечает что-то. Наблюдатель за представлением.

Директор - это человек, который отвечает за какую-либо деятельность. Путеводитель наблюдателя.

В киноактере **актер** - это человек, который выступает перед камерой. Во время выступления актер - это исполнитель, который исполняет отведенную ему роль. Результаты могут соответствовать ожиданиям, а могут и не соответствовать. Как оценивает актер?

Теперь актер встает за камеру, чтобы понаблюдать за своим кадром или выступлением. Только когда он станет **наблюдателем** за своим выступлением, он сможет понять тонкости, над которыми необходимо поработать на сцене. Возможно, он переиграл роль или недооценил ее, или время срабатывания рефлексов было немного слишком ранним или запоздалым, или не подходило для сцены. Если только актер становится наблюдателем за своими действиями, он не сможет работать над тонкими нюансами, необходимыми для совершенства спектакля.

Итак, актер делает еще один дубль! Он снова встает перед камерой и снова делает снимок. Сознательно наблюдаемые нюансы свежи в его памяти. Итак, во время выступления он акцентирует внимание на том, что, по его мнению, было несовершенным, и берется за дело.

Он снова возвращается назад, за камеру, чтобы понаблюдать. Он понимает, что, сосредоточив внимание на ошибках, он переусердствовал в их исправлении ценой необходимости сцены. Заметив недостатки и то, как их исправить, он отправляется на пересдачу.

И, пересдача за пересдачей, актер-наблюдатель становится **режиссером** *своего кадра! Актер, который не возражает против повторяющихся представлений, удовлетворен только после достижения того, чего он хотел от сцены. Сейчас актер находится на стадии самореализации. Это совершенство не может быть достигнуто всего за один прием и требует последовательных, настойчивых, регулярных и самоотверженных усилий для достижения этого чувства удовлетворения.*

Только когда внутри него пробудится режиссер, он будет руководствоваться наблюдением за своими действиями, чтобы стать **продюсером** *успешного кадра.*

Такой пленочный! Но разве кинопроизводство не является отражением нашей жизни!

Цитирую "*Весь мир - сцена*" Уильяма Шекспира, монолог из его пасторальной комедии "Как вам это понравится", произнесенный меланхоличным Жаком во втором акте, сцена VII, строка 139. В речи мир сравнивается со сценой, а жизнь - с пьесой, и перечисляются семь этапов человеческой жизни, иногда называемых семью возрастами человека.

Весь мир - это сцена,

И все мужчины и женщины просто игроки; у них есть свои выходы и свои входы; И один человек в свое время играет много ролей, Его действия охватывают семь эпох.

Мы - люди. Мы живем своей жизнью. Каждое мгновение нашей жизни - это сцена в действии. Мы - исполнители. Всегда ли нам нравится то, что мы делаем? Удовлетворены ли мы? Чувствуем ли мы себя иногда счастливыми, а иногда грустными? Мы проживаем свою жизнь с желаниями и хотелками, а не переживаем "бытие'. Всякий раз, когда мы оглядываемся назад на свою жизнь, мы раскаиваемся.

Мы хотели, только если бы это было что-то другое, что-то лучшее. Мы все желаем – *я хочу снова повзрослеть!*

99% людей остаются на стадии становления актерами. Они просто играют свои роли на жизненном пути, просто пытаются заработать на жизнь, а немногие пытаются позаботиться о своем существовании.

Только 1% из нас достигает стадии наблюдателя, наблюдающего за своими действиями. И да, быть проницательным и непредвзятым наблюдателем. *Нам нужно выйти за пределы самих себя, чтобы заглянуть внутрь.* Нам нужно осознавать, где мы находимся и в каком направлении смотреть в нашей жизни. За осознанием должно последовать принятие. Осознание и принятие в конечном счете приводят к действию.

Простое наблюдение и действие могут не дать нам того, чего мы хотим в жизни.

Потому что неудачи будут случаться.

Рим был построен не за один день! ... как говорится. *Пробуй, пробуй, пробуй, пока у тебя не получится!*

Нам нужно находиться в непрерывном процессе делания – наблюдения – свершения

– наблюдаем – делаем – наблюдаем – пока не сделаем это так, как мы хотим. Удивительно, но многие из нас много размышляют о себе и наблюдают, но теряют надежду, направление и энергию. Последовательность и упорство необходимы для формирования нового паттерна и разрушения старого, для формирования нового нейронного пути. Тогда мы сможем управлять своей жизнью. Когда мы сможем управлять собой на каждом этапе нашей жизни, сможем ли мы стать создателями полноценной жизни!

Эффект Хоторна относится к типу реактивности, при котором индивиды изменяют какой-либо аспект своего поведения в ответ на осознание того, что за ними наблюдают.

Мы - наблюдатели, и мы - то, за чем наблюдают.

Мы сформировали свои собственные "настройки по умолчанию" в жизни, настройки, которые мы, возможно, хотели бы изменить, но что-то нас сдерживает. По умолчанию используется предварительно выбранный параметр. В качестве параметра по умолчанию используется автоматический. Шаблоны по умолчанию - это действия, которые мы совершаем, не задумываясь. Это наши привычки, распорядок дня и принуждения. Большинство наших повседневных действий контролируются нашими установками по умолчанию. Это мощные инструменты, помогающие или снижающие нашу производительность. Правда в том, что если мы хотим изменить свою жизнь и быть более продуктивными, нам нужно сначала изменить наши шаблоны поведения по умолчанию.

Итак, какие настройки по умолчанию вредят нашей производительности? Как мы можем справиться с ними и изменить их по-настоящему продуктивным, здоровым и долгосрочным образом?

Рассмотрим человека, который вызывает в нас гнев просто своим присутствием, словами или действием, потому что он обманул наше доверие. Что нам делать? Мы начинаем злиться. Наш гнев написан на наших лицах, чувствуется в тоне нашего голоса, проявляется в языке нашего тела и прорывается в нашей речи. Мы не решаем разозлиться; это просто происходит. Это происходит автоматически и не находится под нашим контролем. И каждый раз, когда этот человек-триггер оказывается прямо перед нами, наш здравый смысл затуманивается, и мы начинаем злиться... снова и снова.

Теперь мы решаем заглянуть внутрь себя, чтобы **понаблюдать** *за своим гневом. Мы решаем* **изменить восприятие спровоцированного** *человека и, следовательно, нашу реакцию гнева.*

Этот человек не вызывает гнева у всех, кто его окружает. Должен же быть кто-то, кому он нравится! Определяет ли триггер реакцию? Спусковой крючок есть спусковой крючок, потому что мы решили отреагировать гневом. Нашей реакцией могла бы быть печаль, или обида, или слезы. Мы могли бы посочувствовать этому человеку из-за того состояния, в котором он находится. Или мы могли бы просто игнорировать его присутствие. Или отпустив свое эго, став более сдержанными и позитивными, мы можем выбрать сострадание.

Но наш паттерн по умолчанию - это гнев. Гнев стал нашей установкой по умолчанию. Теперь мы решаем изменить обстановку, чтобы быть сострадательными.

В следующий раз, в его присутствии, наша настройка по умолчанию все равно вызовет гнев. Но теперь мы в курсе. Мы все равно будем злиться. Но сейчас мы находимся на стадии принятия, когда понимаем, что начинаем злиться. Но там произошли бы некоторые изменения в нашем лице, тоне голоса, языке тела и речи. Осознанный и принятый.

В следующий раз, с его присутствием, мы будем лучше контролировать ситуацию. Продолжительность и интенсивность нашей реакции лучше. Мы снова разозлились, но успокоились быстрее. Осознанный и принятый снова.

И это продолжается, пересдача за пересдачей, каждый раз, когда его присутствие вызывает лучшую и более сдержанную реакцию, реакцию, которую мы выбрали, наполненную силой и самореализующуюся.

В конечном счете, проявив последовательность и настойчивость, осознанность и принятие и совершая действие за действием, мы меняем наши стандартные установки импульсивно злиться на то, чтобы быть более сострадательными ко всем. Теперь, в его присутствии, мы в порядке, мы улыбаемся, мы чувствуем прилив сил. Спусковой крючок потерял свою 'срабатываемость'!!!

Любые **изменения**, которых мы желаем, требуют постоянного обучения и умелого применения того, что мы узнаем, для корректировки наших целей, стратегий и поведения. Но самое важное, что нам нужно усвоить, - это учиться на собственном опыте. Это требует совершенно иного набора навыков, чем те, которые необходимы для усвоения того, что могут рассказать нам другие люди.

У древних греков было для этого слово – практика. Практика - это четырехэтапный процесс:

- Наблюдая за нашими действиями и их последствиями.
- Анализируя то, что мы наблюдаем.
- Разработка стратегии плана действий.
- Предпринимаю действия.

Затем мы снова начинаем с самого начала, наблюдая за последствиями наших новых действий. Каждый из этих четырех этапов практического процесса имеет свой основной навык обучения.

На этапе наблюдения основными навыками являются самосознание и самоконтроль. Переключение нашего внимания на внутренние факторы - единственный способ получить информацию, необходимую нам для внесения необходимых изменений.

На этапе анализа основным навыком является критическое мышление о себе и своем поведении. Это требует, чтобы мы приняли определенное отношение к самим себе, похожее на отношение ученого к проводимому им эксперименту. Такое отношение должно быть открытым в том смысле, что мы готовы видеть все, что там есть, а не то, что мы хотим увидеть, чтобы подтвердить наши ранее существовавшие предположения. И это должно быть непредвзято. Цель состоит в том, чтобы выяснить, что может происходить под поверхностью.

На этапе разработки стратегии основным навыком является творческое мышление. Если мы решаем, что что-то необходимо изменить, самый эффективный способ определить, какие изменения будут эффективными, - это представить, как все будет выглядеть после того, как мы внесем изменения. Поработайте в обратном направлении, чтобы определить конкретные шаги, которые нам нужно предпринять, чтобы добраться оттуда, где мы были, до этого нового воображаемого места.

На этапе действия основным навыком является процессное мышление. Принятие решения об изменении, которое должно произойти, - это не то же самое, что успешное осуществление этого изменения. Чтобы довести дело до конца, может потребоваться знание того, как найти необходимые дополнительные усилия, копнуть немного глубже, чтобы найти мотивацию и настойчивость, необходимые для преодоления дискомфорта, и при необходимости изменить приоритеты и ценности. Процессное мышление - это переход от актера к наблюдателю и режиссеру. Это становится нашим собственным лучшим мотиватором, тренером, чирлидером и болельщиком в одном лице.

Этапы и цикл изменений

Транстеоретическая модель, или "Этапы изменений", изначально была основана на результатах исследований по прекращению курения. Были опрошены люди, которые самостоятельно бросили курить сигареты. Результаты показали, что потребовалось несколько попыток бросить курить, и они проходили через шесть этапов изменений. Дальнейшие исследования показали, что почти каждый, кто занимается изменением поведения, проходит эти стадии циклически.

Любой из нас, кто решит изменить восприятие и сломать шаблон, будет метаться взад и вперед между стадиями действия, рецидива и созерцания по мере того, как мы будем стремиться к переменам. Когда происходит неудача, мы следует осознавать и принимать упущение как часть процесса изменений и относиться к нему как к возможности для обучения в рамках грандиозного эксперимента. Это способствует гибкости и состраданию к себе, что облегчает решение проблем и более быстрое возвращение к стадии действия.

Стадиями изменений являются:

1. Предварительное обдумывание – еще не признание того, что существует проблема, которую необходимо изменить.

2. Размышление – признание того, что проблема существует, но вы еще не готовы к тому, чтобы захотеть что-то изменить.

3. Подготовка/решимость – Подготовка к переменам.

4. Действие/Сила воли – изменение восприятия и разрушение шаблона.

5. Техническое обслуживание – поддержание изменений.

6. Рецидив – возврат к старым настройкам по умолчанию и отказ от новых изменений.

Этап первый: Предварительное изучение

На этом этапе люди не задумываются всерьез о переменах и не заинтересованы в какой-либо помощи. Они защищают свои нынешние модели поведения и не считают это проблемой. Это стадия отрицания. Предварительные участники характеризуются как упорные или немотивированные и, как правило, избегают информации или обсуждения.

Стадия вторая: Созерцание

На этом этапе люди лучше осознают личные последствия существующего состояния их восприятий и стереотипов поведения. Хотя они могут рассматривать возможность перемен, они, как правило, относятся к этому неоднозначно. Они думают о негативных и позитивных аспектах изменений, но могут сомневаться в долгосрочных выгодах, которые могут произойти. Чтобы пройти стадию созерцания, может потребоваться всего пара недель или целая жизнь. Люди, которые думают, и думают, и думают, и могут умереть, никогда не преодолеют эту стадию. Но они могут быть более открыты для получения помощи. Созерцателей часто считают прокрастинаторами.

Третий этап: Подготовка/определение

На этом этапе люди взяли на себя обязательство внести изменения. Сейчас они предпринимают небольшие шаги. Сейчас они бродят по сети, разговаривают с людьми и читают книги по самопомощи, подобные этой, чтобы собрать информацию о том, что им понадобится для осуществления этих изменений. Очень часто в порыве энтузиазма люди пропускают этот этап и переходят непосредственно от созерцания к действию. Но они терпят неудачу, потому что не приняли должным образом то, что потребуется для осуществления этих изменений. Этот этап рассматривается скорее как переходный, чем как стабильный.

Четвертый этап: Действие/Сила воли

Это стадия, на которой люди верят, что могут изменить свое восприятие и стереотипы поведения, и активно участвуют в принятии мер по их изменению. Количество времени, которое люди проводят в действии, варьируется. Обычно это длится месяцы, но может длиться всего час! Люди полагаются на свою силу воли и прилагают искренние усилия, но подвергаются наибольшему риску рецидива. Они разрабатывают планы. Они могут использовать краткосрочные вознаграждения для поддержания своей мотивации и анализировать свои усилия по изменению таким образом, чтобы повысить свою уверенность в себе. Люди на этой стадии также, как правило, открыты для получения помощи и, скорее всего, будут искать поддержки у других.

Пятый этап: Техническое обслуживание

Техническое обслуживание предполагает возможность успешно избегать любых соблазнов вернуться к более ранним шаблонам по умолчанию. Целью этапа технического обслуживания является поддержание нового статус-кво. Люди на этой стадии склонны напоминать себе о том, какого прогресса они достигли. Они постоянно переформулируют правила своей жизни и приобретают новые навыки, чтобы справиться с жизненным рецидивом. Они могут предвидеть ситуации, которые сдерживают их, и заранее подготавливать стратегии преодоления. Они терпеливы к себе и признают, что часто требуется некоторое время, чтобы избавиться от старых стереотипов и практиковать новые. Они сопротивляются искушению и остаются на верном пути. Даже за один день мы можем пройти через несколько различных стадий изменений. Это нормально и естественно - регрессировать, достигать одной стадии только для того, чтобы отступить к предыдущему этапу. Это нормальная часть изменения восприятия и ломки стереотипов.

Шестая стадия: рецидив

Мы можем вернуться к нашим прежним настройкам по умолчанию и снова попасть в цикл. Мы можем застрять на любом этапе.

Осознание и принятие того, что рецидив жизненно важен, помогает выработать подход к его преодолению. Спросите:

Чему я научился из этой неудачи?

Что должно произойти, чтобы вернуться к активным действиям?

Как я хочу относиться к себе, работая над переменами?

Важно оценить причину рецидива и переоценить мотивацию к переменам. И мы можем повторять цикл перемен до тех пор, пока не достигнем изменения.

"Практика делает актера выдающимся. Это похоже на езду на велосипеде или автомобиле. Это искусство, которому можно научиться и практиковать".

Анупам Кхер

"Актерство - это не то, чем ты занимаешься. Вместо того, чтобы делать это, это происходит".

"Актерское мастерство - это форма самовыражения, это не превращение в кого-то другого и не игра понарошку; речь идет об использовании вымысла быть кем-то другим, чтобы выразить что-то о себе".

"Вселенная, какой мы ее знаем, является совместным продуктом наблюдателя и наблюдаемого".

"Мы по своей природе наблюдатели и, следовательно, обучающиеся. Это наше постоянное состояние".
— Ральф Уолдо Эмерсон

*"Как только вы начнете осознавать свое собственное тело и его движения, вы

будете удивлены тем, что вы - это не ваше тело. Это что-то вроде основного принципа: если вы можете что-то наблюдать, значит, вы этим не являетесь. Вы наблюдатель, а не то, за чем наблюдают. Вы наблюдатель, а не наблюдаемое. Как ты можешь быть и тем, и другим?" — Раджниш

Осознанность: Жизнь на одном дыхании

"Будь счастлива в данный момент, этого достаточно. Каждое мгновение - это все, что нам нужно, не больше".

— Мать Тереза

"Сосредоточьте внимание на ощущении внутри вас. Знайте, что это тело боли. Примите тот факт, что это есть. Не думай об этом — не позволяй чувству превратиться в размышление. Не судите и не анализируйте. Не делайте из этого самоидентификацию. Оставайтесь присутствующими и продолжайте быть наблюдателем за тем, что происходит внутри вас. Осознайте не только эмоциональную боль, но и "того, кто наблюдает", молчаливого наблюдателя. Это сила настоящего момента, сила вашего сознательного присутствия. Тогда посмотрим, что произойдет".

— Экхарт Толле

"Будь в настоящем моменте. Период. Просто будь рядом.

Потому что, если ты такой: "О, я должен сделать это важное дело".

Это просто никогда не срабатывает. Это просто не работает. Ты просто должен отпустить это.

Если это случается, то это случается. Если этого не произойдет, значит, этого не произойдет. Что бы ты ни делал, это нормально, просто будь правдивым, честным, настоящим, и это все, о чем ты можешь просить".

-Роберт Де Ниро

"Внимательность - это осознанность, которая возникает благодаря целенаправленному обращению внимания; в настоящий момент, без осуждения ... речь идет о том, чтобы знать, что у нас на уме".

-Джон Кабат-Зинн

Что такое осознанность

Осознанность - это жизнь в настоящем моменте. Это значит намеренно быть более осознанным и бодрствующим в каждый момент и быть связанным с тем, что происходит в нашем окружении, с принятием и без осуждения.

Это практика осознания своего тела, ума и того, что мы чувствуем в настоящий момент, с намерением создать ощущение спокойствия.

Это мгновенное осознание своего опыта без осуждения.

Итак, осознанность - это

– Осведомленность

– Обращая внимание

– Намеренно, с определенной целью

– В настоящем

– Без осуждения

Итак, когда наше намерение и внимание с полной осознанностью пребывают в настоящем моменте, не оценивая переживание как хорошее или плохое, правильное или неправильное, должно быть или не должно быть, результирующее состояние свободно от токсичности прошлого и предвкушения будущего.

Осознанность - это наделение силой настоящего момента!

Мы живем, потому что дышим.

Когда мы вдыхаем воздух, это называется вдохновением. Мы вдохновляем своим дыханием.

Когда мы выдыхаем воздух, это называется выдохом. Мы умираем с окончанием вдоха.

Вся наша жизнь - в одном дыхании.

Мы вдохновляемся с каждым вдохом и выдыхаемся с каждым выдохом.

Простыми словами, *осознанность - это наделение силой нашего дыхания, а следовательно, и нашей жизни!*

В какой степени мы находимся в настоящем?

Если мы тратим этот момент на размышления о прошлом или боимся неизвестного будущего, мы не оставляем никакого пространства и времени для настоящего, в настоящем. Это очень по-человечески - позволять уму блуждать, мы теряем связь с самими собой, с нашим настоящим, и погружаемся в вопросы прошлого или будущего. Мы становимся одержимы тем, что уже произошло или чего еще не произошло, вместо того, чтобы думать о том, что происходит в данный момент. Следовательно, осознанность - лучший инструмент для закрепления нас в том состоянии, в котором мы находимся "сейчас'.

Осознанность - это самый простой в использовании инструмент для 'изменения восприятия и разрушения шаблонов'.

Осознанность - это человеческое качество и способность полностью присутствовать, осознавать, где мы находимся и что делаем, и не быть подавленными тем, что происходит вокруг нас.

Три аспекта осознанности

Намерение – Наше намерение - это то, что мы надеемся получить от практики осознанности. Мы можем захотеть уменьшить стресс, добиться эмоциональной стабильности, изменить наши стандартные настройки восприятия и паттерны поведения или просто чувствовать себя здоровее. Сила нашего намерения помогает мотивировать нас регулярно практиковать осознанность и формирует качество нашего внимательного осознавания.

Внимание – Осознанность заключается в том, чтобы обращать внимание на наш внутренний или внешний опыт, просто наблюдая за мыслями, чувствами и ощущениями по мере их возникновения.

Отношение – Осознанность предполагает уделение внимания определенным установкам, таким как любопытство, принятие, доброта и, самое главное, непредвзятость.

Понимание осознанности

Осознанность - это качество, которым мы все обладаем; нам просто нужно научиться получать к нему доступ. Когда мы внимательны, мы снижаем стресс, повышаем работоспособность, обретаем проницательность и осознанность благодаря наблюдению за своим умом и повышаем наше внимание к благополучию других. Это нетрудно понять, и на практике это практикуется уже целую вечность.

Научно доказано, что практика осознанности приносит пользу. Это основано на фактических данных. Нам не обязательно принимать осознанность на веру. Как наука, так и опыт демонстрируют его положительную пользу для нашего здоровья, счастья, работы и взаимоотношений. Любой может это сделать.

Практика осознанности развивает универсальные человеческие качества и не требует от кого-либо менять свои убеждения. Каждый может извлечь выгоду, и этому легко научиться. Это больше, чем просто практика. Это привносит осознанность и заботу во все, что мы делаем, и снижает ненужный стресс. Это образ жизни.

Это динамично. Это сознательное внимание к тому, что происходит "прямо здесь, прямо сейчас'. Речь идет о том, чтобы научить себя обращать внимание определенным образом. Когда мы внимательны, мы: (1) фокусируемся на настоящем моменте, (2) стараемся не думать ни о чем, что происходило в прошлом или может произойти в будущем, (3) целенаправленно концентрируемся на том, что происходит вокруг нас, (4) стараемся не быть осуждаем все, что замечаем, или навешиваем ярлыки "хорошего" или 'плохого'.

Осознанность - это не просто знание того, что мы что-то слышим, что-то видим или даже наблюдаем за тем, что испытываем определенное чувство. Речь идет о том, чтобы делать это уравновешенно и невозмутимо, без осуждения. Осознанность - это практика сосредоточения внимания таким образом, чтобы создать пространство для прозрения. Осознанность показывает нам, что происходит в наших телах, наших эмоциях, нашем разуме и в окружающем мире.

Внимательность - это осознанное, сбалансированное принятие текущего опыта. Это открытие или принятие настоящего момента, приятного или неприятного, таким, какой он есть, не цепляясь за него и не отвергая его.

Осознанность означает возвращение к настоящему моменту.

Распространенное заблуждение о внимательности заключается в том, что это означает оставаться в настоящем моменте.

Но реальность такова, что ни один разум не остается в настоящем моменте. Но мы контролируем возвращение. Мы всегда можем вернуть свой разум к настоящему моменту, вернуть его к нашему дыханию или нашим чувствам, которые можно обнаружить в настоящем моменте.

Практика осознанности

Ваше прошлое - это прошлое по определенной причине, именно там оно и должно оставаться

Но если ты не отпустишь это

Ваша история поглотит ваше будущее!

Пока история вашего настоящего не превратится в человека, которым вы когда-то были

Уныние, раскаяние, гнев, вина, о, если бы только вы могли увидеть это 'размытое пятно'!

Вы не можете изменить то, что произошло, как бы сильно вы ни старались

Неважно, сколько ты думаешь об этом, Неважно, сколько ты плачешь!

Что происходит в вашем настоящем

Реальность… которую вы можете контролировать своим дыханием, живите своей жизнью полностью в этом дыхании

Вы почувствуете себя единым гармоничным целым!

Потому что прошлое есть прошлое, по какой-то причине оно было, а теперь его нет

Так что перестань пытаться придумать, как это исправить, Это сделано, это неизменяемо, двигайся дальше

Не зацикливайтесь на негативе, обретите внутренний покой и начните 'жить'

Измените восприятие, разрушьте шаблон

Ваша жизнь обретет совершенно новый смысл!

Это рекомендации о том, с чего начать. Оказавшись в потоке, мы можем практиковать осознанность в любой момент.

Осознанное дыхание

Прекратите то, что мы делаем, и сделайте вдох. Уделите минутку тому, чтобы обратить внимание на ощущение нашего дыхания. Делайте пранаяму. Почувствуйте, как дыхание входит внутрь и выходящий. Делайте это всякий раз, когда это возможно. Сосредоточение на этом единственном вдохе поможет нам оставаться спокойными в течение всего дня. Осознанное дыхание может быть замечательной практикой в те моменты, когда мы начинаем чувствовать небольшой стресс или раздражение.

Осознанное пробуждение

Намерение привнести осознанность в самые первые моменты нашего дня - это мягкий способ задать тон на долгие часы. Обратите внимание на то, чувствуем ли мы себя бодрыми или усталыми? Напряжены ли наши мышцы? Медленно разминайте конечности и спину, отмечая ощущения от каждого движения. Постарайтесь заметить, какая мысль приходит вам в голову в тот момент, когда вы открываете глаза.

Осознанное питание

Напоминать себе о необходимости возвращаться к этому моменту каждый раз, когда мы едим, - отличный способ привнести осознанность в наш день, и это поможет нам лучше осознавать, какую пищу мы отправляем в наш организм. Обратите внимание на

– вкус, текстура, запах. В каждом кусочке еды всегда есть на что обратить внимание. Смакуйте шоколад и наслаждайтесь фруктами. Откусывайте маленькие кусочки и медленно жуйте.

Внимательная уборка

Мытье посуды, подметание пола или стирка - эти повседневные хлопоты представляют собой идеальную возможность привнести осознанность в повседневную жизнь. Обращайте внимание на то, что делают руки; обратите внимание на прикосновение и температуру воды; на движение при чистке; почувствуйте различные ткани. Подметая, обратите внимание на движение рук.

Осознанное принятие душа

Хотя говорят, что наши лучшие идеи приходят к нам в душе, мытье также может быть временем отвлечься от безостановочного потока мыслей, который заполняет большую часть дня. Обратите внимание на ощущение воды. Обратите внимание на температуру и ощущение каждой капли при соприкосновении с кожей, а также на ощущение мыла при трении о кожу.

Осознанная ходьба

Будь то долгая прогулка на работу или домой или короткая внутри дома, каждый шаг дает возможность быть внимательным. Обратите внимание на

— ступни и голени. Обратите внимание на ощущения каждой ноги, когда она касается земли, перекатывается, а затем снова отталкивается. Почувствуйте изгиб каждой ноги, когда она движется вперед, растяжение икроножных мышц и мышц бедра. Почувствуй дуновение ветра на лице.

Внимательное слушание

Слушая другого человека, мы часто присутствуем там телесно, но не полностью. Очень часто мы не сосредотачиваемся на том, чтобы слушать их; мы захвачены болтовней нашего разума. Мы судим о том, что они говорят, мысленно соглашаясь или не соглашаясь, или думаем о том, что мы хотим сказать дальше. По-настоящему быть с окружающими нас людьми - это один из лучших способов установить связь и углубить наши отношения - дома и на работе. Обращайте внимание на все, что касается человека, с которым мы разговариваем, а не только на его слова. Слушайте, но также наблюдайте за языком их тела. Сопротивляйтесь желанию начать думать о том, что сказать дальше, прежде чем собеседник закончит свое предложение. Просто послушай.

Внимательное ожидание

Привнесение осознанности в наше время ожидания может превратить вздох в улыбку. Обратите внимание на первую мысль и весь опыт в целом. Испытайте чувство раздражения или гнева. Замечайте каждое малейшее движение.

Осознанные движения

Есть много способов практиковать осознанность в движении, и мы можем сделать это настолько активным, насколько захотим. Бег, танцы или физические упражнения могут стать нашей практикой осознанности. В качестве альтернативы, наша практика может быть такой же простой, как обращать внимание на ощущение наших ног на полу, когда мы поднимаемся по лестнице. Пройдитесь босиком по траве, наслаждаясь этим ощущением. Дело не в том, на чем мы фокусируем свое внимание, а скорее в том, что мы тратим время на то, чтобы последовательно практиковать удержание своего осознания на чем-то одном и замечать то, что появляется.

Одна минута осознанности

Мы можем ввести короткие "минуты осознанности" в течение всего нашего дня. В течение этого времени наша задача состоит в том, чтобы сосредоточить наше внимание на нашем дыхании, и ни на чем другом. Мы можем практиковать как с открытыми, так и с закрытыми глазами. Если в течение этого времени мы теряем связь со своим дыханием и погружаемся в размышления, просто отпустите эту мысль и мягко верните внимание к дыханию. Привлекайте внимание столько раз, сколько нам нужно.

Наблюдайте за умом

Благодаря самонаблюдению осознанность автоматически проникает в нашу жизнь. В тот момент, когда мы осознаем, что мы не внимательны – мы внимательны! Сейчас мы наблюдаем за умом, вместо того чтобы быть унесенными его течением. Каждый раз, когда мы наблюдаем за мыслями, мы проявляем внимательность. Главное – не верьте своим мыслям. Не воспринимай их все так серьезно. Наблюдайте за ними, задавайте им вопросы. Таким образом, мысли и обусловленный, реактивный образ жизни и мышления теряют свою власть над нами. Нам больше не нужно их разыгрывать.

Таким образом, каждое маленькое действие становится священным ритуалом. Это позволяет нам оставаться в гармонии с текущим моментом, с самими собой, нашим пространством и даже окружающим миром, и все это функционирует в гармонии. Когда мы "делаем", просто будьте там полностью, со всем вниманием, в каждый момент этого. Жизнь - это не список дел. Это предназначено для того, чтобы наслаждаться!

Практикуйте осознанность в отношениях

Осознанность играет важную роль в том, что помогает нам эффективно общаться друг с другом о наших чувствах в отношениях и межличностных ситуациях.

• Уделяйте больше внимания – становясь более осведомленными о своих чувствах, а не реагируя инстинктивно и уделяя больше внимания тому, что говорят другие.

• Практикуйте большее принятие – особенно в условиях конфликта. Быть более восприимчивым, а не сопротивляющимся помогает нам увеличить наши шансы на позитивную, продуктивную реакцию со стороны других.

• Цените других – в отношениях, что приводит к укреплению более глубоких связей.

• Позволяем себе быть теми, кто мы есть, и позволяем другим делать то же самое. Это способствует большему самовыражению.

Как осознанность полезна для нашего тела и ума

1. Улучшенная рабочая память.
2. Уменьшает беспокойство.
3. Уменьшает стресс.
4. Повышает эмоциональную стабильность.
5. Лучшее обезболивание.
6. Легче оттоняет негативные мысли.
7. Освободите пространство нашего разума.
8. Помогает нам лучше слушать, больше ценить других и ладить на работе.
9. Помогает нам реагировать, а не бездействовать.
10 Улучшает сон.

Прошлое продолжает преследовать нас. Чувство вины и раскаяние. *Могущие-имущие*

и *ничего не сделал*. Обвинять воспитание и винить себя.

Будущее продолжает беспокоить нас. Смогу ли я это сделать? Что мне делать?

Что мне делать?

И прошлое, и будущее съедают наше настоящее. Осознанность переносит нас в настоящее.

Бытие-в-настоящем не допускает навязчивого прошлого и тревожного будущего.

Чем больше мы внимательны, тем больше отдаляемся от прошлого и будущего.

Следовательно, осознанность - это самый простой способ *изменить восприятие и разрушить шаблон!*

- *Сдайся тому, что есть. Отпусти то, что было. Имей веру в то, что будет".*

"Мы не всегда можем изменить события, которые происходят с нами в жизни, но мы можем выбирать, как мы на них реагируем".

"Загляни за пределы своих мыслей, чтобы ты мог испить чистый нектар этого момента".

– Руми

"В сегодняшней суете мы все слишком много думаем, слишком многого ищем, слишком многого хотим и забываем о радости просто быть".

– Экхарт Толле

"Сосредоточьте свое внимание на переживании видения, а не на видимом объекте, и вы окажетесь повсюду".

Изменил восприятие и сломал шаблон

Это правдивое повествование о жизни молодого человека ... это ее история, ее слова, ее восприятие и паттерны... это история ее преображения.

Моя история

Здравствуйте, я ...

Я тот, кого мы все знаем как "слишком старого, чтобы быть ребенком, и слишком юного, чтобы быть достаточно взрослым'. Да, вы правильно угадали, я являюсь той фазой жизни каждого человека, когда "*Подросток вступает во взрослую жизнь*'.

Кроме того, я идентифицирую себя как студента-медика последнего курса, у которого есть множество историй и жизненных уроков, которых мне хватит на всю оставшуюся жизнь. Поскольку примерно через год я собираюсь вступить в большой и смелый профессиональный мир, жизнь решила преподать мне очень важный урок, и как именно! Позволь мне взять тебя с собой в это путешествие.

В детстве у меня было кожное заболевание, которое началось в самом начале моей жизни. Поначалу это меня не сильно беспокоило, но со временем все стало хуже как физически, так и эмоционально. Болезнь распространялась, внешний вид моей кожи изменился, а вместе с этим изменились взгляды и представления людей обо мне. От любви и привязанности это перешло к сочувствию и некоторой жалости. Иногда это доходило до такой степени, что ко мне относились как к неприкасаемому. *Мое крошечное детское сердечко было ранено. Я начал винить себя. Я думал, что это моя вина, я допустил какую-то ошибку, что ко мне относились по-другому. Я жаждал быть нормальным, быть таким же, как все остальные, быть включенным в процесс. Но я больше не был уверен в себе, мне казалось, что я не могу быть самим собой, скорее, я больше не знал, кто я* такой.

Примерно в то же время мне посчастливилось преуспеть в учебе, и, как по волшебству, отношение окружающих ко мне изменилось.

Я больше не была "девушкой, которую жалеют" или "той, у кого уродливая кожа'. Все это внимание, признательность, этот выброс адреналина... это было похоже на настоящий кайф. Я жил за счет этого выброса адреналина. *Я поставил перед собой цель быть в этой позиции каждый раз, и все это было только ради тех нескольких мгновений внимания.* Я ставлю перед собой ориентиры и цели. Все, что было ниже этого даже на 0,1%, было для меня неприемлемо, это был просто провал. Я так сильно давил на себя, что мне казалось, будто я живу внутри живой скороварки. Я бежал за чем-то, что мне не принадлежало, но чем я привык быть. *Я сделал это своим 'образцом'.* Мое представление о себе так сильно пошатнулось, что я начал верить, что только моя болезнь и мои академические знания были тем, кто я есть, и без них я не существую.

Все это хорошо продолжалось в течение моих школьных лет, даже в младших классах колледжа. *Я вырос способным учеником, но с очень низкой самооценкой, у меня было очень мало уверенности в себе и почти никакого мнения о себе.* У меня было очень мало друзей, так как я не мог легко смешаться с толпой. Я отгородился стеной от всего мира, чтобы защитить себя от боли. Но я жаждал 'быть включенным'. Я страдал от тяжелого случая того, что мы, миллениалы, называем "FOMO – боязнью что-то упустить'. Добавьте к этому давление сверстников из-за "яркой" жизни, и это была идеальная смесь несчастной жизни. *Я и не подозревал, что смотрю на себя с точки зрения того, каким меня видит общество.*

Поступив в медицинский колледж, я продолжал бороться. Это требовало от меня уверенности в себе и красноречия, а мне не хватало самых основ этого. Я боялся поступать в колледж, сомневаясь в единственной вещи, в которой, как мне казалось, я был уверен, - в моем выборе стать врачом. Результатом этого стало то, что я потерпел неудачу на своем самом первом экзамене. И я воспринял это не очень хорошо. После этого начался настоящий ад. Я перешел в режим, в котором чувствовал: *"Я полный неудачник, я ни на что не гожусь'.*

"Ты *никогда* не сможешь ничего достичь в своей жизни. Ты ничего не будешь значить"

Таковы были мои мысли, я боялся, что на меня навесят ярлык 'неудачника'. Мне казалось, что я перестал существовать, потому что у меня отняли мои академические способности. Забавно, что я ставил свои цели, основываясь на мнениях людей, и видел свои неудачи с точки зрения своих взглядов, а не их. Поскольку я это сделал, у меня было бы понял, что им вообще все равно! Они даже не вспомнили об этом в следующий момент.

Это было моим обычным занятием. *Ставьте перед собой цели, и даже если я немного оступлюсь, перестаньте верить в себя.* Я бы даже не стал рассматривать все свои прошлые достижения и победы. Одной из неудач стало мое новое определение того, кем я себя видел. Я превратился в лошадь с ограниченным зрением, которая просто видела вещи в одной-единственной перспективе. И, честно говоря, *я даже не наслаждался своими успехами, потому что боялся потерпеть неудачу в следующую минуту, и даже мысли о них вызывали воспоминания о давлении и сомнениях.*

Затем начался цикл полного погружения в книги. Мне нужно... скорее ... Я должен был вернуться, подняться снова. Мне нужно было снова идентифицировать себя.

Постепенно дела начали идти в гору, я только учился обретать уверенность в себе. Я начал узнавать о своих мыслях и силе разума. Я начинал учиться жить честно, а потом ... БАМ!

Жизнь решила сыграть со мной злую шутку. Я заболел, и мне поставили диагноз, который изменил мою жизнь, - редкое расстройство. Я до сих пор помню тот момент, когда я узнал об этом, я был ошеломлен, шокирован. Я не знал, что сказать, что чувствовать. Я просто дышал, но я не жил. Я только учился расправлять крылья, расти, и все было вырвано с корнем до самого основания. Для меня это означало конец света.

После этого последовала волна плача и обвинений. "Почему я?" "Разве жизнь была недостаточно жестока ко мне?" "ПОЧЕМУ вся вселенная все время была полностью против меня?" "Мне просто не повезло, и я не заслуживаю счастья", "Должно быть, я сам навлек это на себя" - вот мысли, которые проносились у меня в голове весь день. Я был зол, расстроен, удручен и напуган одновременно. Все остальное отошло на второй план в моей жизни, и я начал вращаться только вокруг этого. Я боялся встречаться с людьми, потому что видел себя через их очки. Я вернулся к своему старому восприятию, когда отождествлял себя только с этим. *Это был мой 'шаблон'.*

Но через какое-то время я понял, что не делаю себе ничего хорошего. Весь этот негативный мыслительный процесс, мой негативный образ самого себя просто сдерживали меня. Я был так напуган будущим из-за своего плохого прошлого, что меня не было там в моем настоящем.

Именно тогда я решила, что в конце концов, важнее всего я сама, и все изменится только тогда, когда я приму себя, включая все свои достоинства и недостатки.

Кому я что-то доказывал?

В конце концов, все это было моим восприятием, и все, что имело значение, - это мои взгляды и то, как я видел себя.

Я должен был *изменить свое восприятие и сломать свой стереотип'*.

Мне нужно признать, что "сейчас я не в порядке... но я только помогу себе достичь этого в ближайшее время'.

Я гораздо больше стою за пределами своих проблем, а также намного выше своих академических достижений.

Я научился принимать тот факт, что "Да, произошло что-то неблагоприятное, и мне нужно принять это во внимание, а не убегать в отрицании".

Обвинения и критика, попытки выяснить, почему все обстоит так, как оно есть, не помогут... но что определенно поможет, так это признать и принять все таким, какое оно есть, и планировать свои действия на будущее.

Каждый раз, когда у меня случался рецидив, вставать становилось очень, очень трудно. Мир казался темным местом без всякой надежды. У меня просто не было никакой мотивации начинать день или что-то делать. Я был как овощ в своем доме, просто валялся без дела. Казалось, у меня не было никакой цели. Мне не хватало самого смысла жизни. Было нелегко выйти из всего этого. И с каждым разом становилось все хуже, казалось, что я исчерпал все свои возможности и умения. Я просто чувствовал, что этому не суждено было случиться со мной, или я не был создан для этого. Я больше ничего не мог сделать. Казалось, это КОНЕЦ!

Ни надежды, ни простора!

Но в конце концов эти мысли заставили меня разозлиться на самого себя. Я начал думать: "Что я делал? Я ненавидел то, что не мог осуществить свои планы, и теперь я делал это сознательно. "Оглядываясь назад, я понял, что вел себя глупо, я был незрелым и безответственным. Горевать какое-то время - это нормально, но цепляться за это и использовать как причину для оправдания своего поступка было неправильно, и это нужно изменить сейчас!

Я начал осознавать свое восприятие и паттерны поведения. Я осознал это и начал принимать.

Я не скажу, что сейчас я в полном порядке. Скорее, я далек от этого. Это будет трудный путь со многими препятствиями и множеством слабых моментов.

Но я знаю, что это мое начало.

Это станет поворотным моментом в моей жизни, потому что *я сам решил сделать так, чтобы это было так.* Я усвоил это на собственном горьком опыте, но это то, что делает меня, МЕНЯ! Я начал заново открывать себя и переживать свои увлечения. Я начала заниматься вещами, которые доставляют мне удовольствие, такими как приготовление пищи, рисование, чтение. Но прежде всего. Я снова начал писать, написание стихов стало моей творческой отдушиной, это стало моим эмоциональным дневником, и это стало моим утешением. Я пришел к пониманию, что если я увижу себя счастливым и довольным, то небо будет моим пределом, или, скорее, предела не было!

Жаль, что я не узнал об этом раньше. *Я хотел бы снова повзрослеть.* Но еще не слишком поздно. Вы можете прочитать тысячу мотивационных речей и цитат и попытаться вдохновиться, но это заимствованное вдохновение не продлится долго, пока изнутри не раздастся голос, который скажет: "Ты делаешь это сам".

Я определился со своим путем и решил взять на себя инициативу, указать направление своей жизни.

Путешествие, которое я начал, произошло только тогда, когда я решил изменить свое восприятие самого себя. Каждый этап жизни приносит с собой трудности и проверяет вас по-разному. Это проверяет ваше терпение и вашу уверенность в себе. Вы можете начать сомневаться в себе, как вы это делали перед лицом каждого испытания. *Но вызов остается вызовом только до тех пор, пока вы воспринимаете его таким.*

Мое восприятие самого себя вращалось вокруг моей болезни и того, как я сдал экзамен. Перемены произошли только тогда, когда я решил взглянуть на себя со стороны. Я - новая версия себя в каждый новый момент, я постоянно меняюсь и развиваюсь, и это идеально для меня.

Это принятие принесло ту силу, в которой я нуждался, чтобы избавиться от своих сомнений, самокритики и желания оказывать на себя давление. Моя петля разорвалась только после того, как я сделал этот первый шаг, чтобы признать и смириться с тем, что у меня есть определенное представление о себе, и я отреагировал по своему фиксированному шаблону. Это маленькие шаги, которые я предпринимаю, но это доставляет мне огромное удовлетворение, и я не ложусь спать, думая о том, как я мог вести себя по-другому в течение дня. Скорее я ложусь спать с улыбкой и надеждой на следующий день.

Поначалу меняться трудно. Беспорядок в процессе этого. Но, в конце концов, великолепно!

Итак, мое приключение начинается, надеюсь скоро встретиться с вами на другом конце!

Я изменил свое восприятие и разрушил свой стереотип. Я взрослею... снова.

Теперь твоя очередь.

Отрываясь

Я мечтаю улететь далеко и высоко, страхи и сомнения удерживают меня.

Настало мое время подняться и сиять, Нет смысла плакать и ныть, Смотри, как я разрываю свои цепи, Освобождаюсь от сомнений и боли, я выбираю быть птицей без клетки.

Огонь во мне сейчас разгневан, Падаю и спотыкаюсь на своем пути, Это мой полет, и я на борту, я больше не буду сдерживать себя.

Я буду своей радугой, когда вокруг будет темно, Потому что я тот, кем я решил быть.

Никто не может сказать: "Это не я".

В эти моменты я освобождаю себя

Избавиться от всех своих сомнений, страхов и быть 'просто собой'.

Все в порядке!

Все в порядке ... Я вступаю на путь принятия и эволюции. Я выбираю стать свидетелем путешествия моей трансформации.

Все в порядке ... Я строитель и творец своей жизни.

Я выбираю стать своим собственным наблюдателем и режиссером.

Все в порядке ... Я - центр своей Вселенной.

Я выбираю позволить своей боли и страданиям рассеяться.

Все в порядке ... Я готов все отпустить и стать свободным.

Я предпочитаю улыбаться тому опыту, который может предложить мне жизнь

Все в порядке ... Я готов жить настоящим моментом. Я выбираю научиться любить себя в наслаждении.

Все в порядке ... Я ставлю перед собой цель.

Я выбираю изменить свое восприятие и носить свою душу.

Все в порядке ... Я становлюсь сильнее благодаря своему отражению. Я выбираю сломать свой шаблон и пережить трансформацию.

Все в порядке ... Теперь я на правой полосе

Я выбираю исцелиться и снова повзрослеть.

Новое начало

Я хочу повзрослеть... Еще раз!

Действительно ли я хочу повзрослеть... снова?

Я хотел этого... всю свою жизнь.

Но теперь ... Я чувствую, что родился заново!

Действительно ли я хочу вернуться в прошлое и все исправить? На самом деле нет ... Я нахожусь в настоящем... и это ярко!

Говорят, что стареть обязательно, взрослеть необязательно.

И взросление - это тот вариант, который я выбираю. Потому что это трансформационный процесс.

Я взрослею, потому что теперь я ценю то, как я рос!

Я снова взрослею, потому что верю, что любой момент в моей жизни может стать тем решающим моментом, с которого начинаются новые начинания.

Празднуйте окончание, ибо оно предшествует новым начинаниям.

Начните с того, что делайте то, что необходимо; затем делайте то, что возможно, и внезапно вы совершаете невозможное.

Позади тебя все твои воспоминания. Перед тобой все твои мечты. Вокруг тебя все, кто тебя любит. Внутри вас новое придало вам сил.

Каждый момент в жизни может 'происходить'. Это может как сделать нас сильнее, так и сломать. Выбор за нами. И каждое происходящее превращает нас в другую версию самих себя.

Приготовьтесь к новой **"I ... версии n.0"**

www.ingramcontent.com/pod-product-compliance
Lightning Source LLC
LaVergne TN
LVHW091629070526
838199LV00044B/1000